엄마의 죽음은 처음이니까

엄마의 죽음은
처음이니까

●

권혁란 지음

**존엄하고 아름다운
이별에 관해 묻는 애도 일기**

한겨레출판

존엄하고 아름다운 죽음을 찾아서

부모를 두고 겪는 남 일이 다 내 일같이 유난하던 1, 2년 사이. 부고가 한 달에 두어 번씩 날아왔다. 기쁜 봄소식을 알리는 말 '춘신春信'이 부고와 다를 게 없었다. 늙고 아픈 사람이 겨우내 앓다가 봄기운이 스며들면 그동안 잡고 있던 명 끈을 맥없이 놓고 떠난다는 거였다. 여름에도 얇고 가느다란 목숨이 뜨겁고 습한 여름 날씨를 견디지 못하고 쉽사리 떠난다고 했다. 가을은, 작별하기엔 내남없이 쓸쓸하지만 가을날의 바람과 온도와 습도가 죽기에 딱 알맞고 좋아서 아픈 이들이 "여기서 이만" 작별인사를 건네고 선선하게 떠난단다. 겨울이야 펄펄 뛰던 사람도 살기에 버거운 계절이니 힘 빠져 기진한 사람들은 으레 더 못 버티고 툭 이승의 끈

을 놓아버린다고 했다. 듣고 보면 봄, 여름, 가을, 겨울, 사계
절이 다 죽을 계절, 죽기 좋은 날씨, 죽을 수밖에 없는 날들
이 된다. 그러니 산 사람이 죽은 이와 작별하는 게, 누군가가
세상을 등지는 게 실은 밥 먹고 차 마시는 일과 다르지 않은
셈이다. 하늘이 무너지는 슬픔이라고 해도 누구에게나 일어
나는 일이라니. 눈앞에 보이는 가까운 그 길, 언젠가는 나도
가야할 길. 아직은 살아 있는 사람들과 부고를 주고받으며
우리는 자주 장례식장에서 인사를 나눴다.

장례식장에 앉아 있으면 세상 사람이 앓다 죽은 낯선 병
명을 거의 다 들을 수 있었다. 맑은 소고기 뭇국, 벌건 육개
장을 앞에 두고 당신의 엄마가, 너의 아버지가 무슨 병으로
얼마나 앓다가 돌아가셨는지 묻는 것은 어쩌면 위로의 말이
라기보다 자신 앞에 놓여 있는 늙고 아픈 엄마 아버지 상황
을 위안하고 싶은 안간힘이기도 했다. 그동안 보살핌의 노
고와 수발의 고통을 들어주려고 귀를 빌려주는 시간이기도
했고 부모를 잃은 당사자들에게는 고통스러운 슬픔의 시간
을 하소연할 수 있는 입을 주는 시간이기도 했다.
나는 정말로 그런 날들 속에 돌아가신 사람들의 연세가
얼마나 되셨고 어디가 어떻게 아프셨는지, 마지막 생의 장
소가 어디였는지 궁금했다. 다들 누구에게 보살핌을 받다가

어떤 모습으로 떠난 것일까 조목조목 알고 싶었다. 1, 2년 동안 늙고 아픈 엄마가 양 옆구리에 발목에 걸려 있던 탓이었다. 단 하나밖에 없는 엄마인데도 단 한 번만 겪을 일인데도 늙고 아픈 엄마의 죽음이 큰 산처럼 무거웠다.

"세상에는 부모를 사랑하는 자식만 있는 건 아냐. 부모라면 차라리 없느니만 못한 사람도 많으니까. 엄마를 좋아하지 않을 수도 있는 일이야. 사랑하지 않고 좋아하지 않는다 해도 그것이 곧바로 증오로 가는 것도 아닐 거야. 아니, 엄마를 미워할 수도 있고 싫어할 수도 있지. 어떻게 나를 낳았다고 사랑스럽기만 하겠어." 누가 따져 묻는 것도 아닌데 종종 혼잣말을 뱉기도 했다.

밥도 싫다, 죽도 싫다, 혓바닥 아파서 아무것도 못 먹겠다면서, 부들부들 떨리는 손으로 한 움큼의 약은, 그리도 잘 삼키는 것인지. '죽고 싶다, 죽고 싶다, 죽어야지…' 덜덜덜 떨면서 왜 링거 병 수액이 잘 안 떨어지냐고 간호사를 불러오라고 호출해대는지. 죽는 게 소원이라면서 영양제와 약만은 끊지 않았다. 기어이 오래 살고 싶은 본능만 남은 것처럼. 이제는 안다. 죽는 것보다 아픈 게 무서워서 그랬다는 것을. 그렇다 해도 어쩐지 그악스러운 삶을 향한 엄마의 '약탐'은 이해하기 싫었다.

나는 나쁜 딸인가. 정 없는 딸인가. 차가운 딸인가. 부모사이는 천륜이라는데 천륜도 어기는 마음을 가진 냉혹한 인간인가. 왜 사랑이 샘솟듯이 콸콸 흐르지 않는 건가. 왜 그리워만 할 수 없는 건가. 숨을 고르려고 오래 걸어도 거친 숨만 나오는 지금의 내 모습이 덩달아 싫어지는 날들이었다.

중년쯤 부모를 잃은 사람들은 사실 복이 많은 편이어서 노인 환자의 죽음에 대해 이것저것 잘 모른다. 그들에겐 죽은 부모를 그리워하고 슬퍼하기만 하는 나만 있으면 되니까. 애도하고 안쓰러워하며 돌아가신 분을 추억하면 되니까. 이미 심리적, 경제적, 육체적으로 독립한 후니까. "오, 엄마아버지. 당신들 계신 곳은 아름다운가요, 잘 계신가요" 물어보며 애절하고 사무치게 울 수 있으니까.

부모가 아파서 혼자 움직이지 못하고 온몸이 무너져 내리고 까만 반점이 솟아나는 걸 보며 그래도 살아야 하는 자식은 나날이 마음이 널뛴다. 좋은 밥 한 끼를 놓고도, 명랑한 웃음 한 번에도 뒤통수가 당긴다. '자식이 이래도 되나? 부모가 아픈데.' 그리움보다 죄의식과 부담에 목이 아프다. 나날이 삭고 정신마저 혼미해져 자식들 이름조차 헷갈릴 때, "내가 오래 살아 네가 고생이구나" 청승스레 울 때, 그래도 고기가 먹고 싶다고 홀연 눈을 빛낼 때, 수없는 모든 순간에.

이제 혼자서는 별로 할 게 없는 뼈만 남은 그 손을 잡을 때, 이제 마지막인 것 같은 눈과 마주치고 집으로 돌아올 때, 먼 길로 여행갈 때. 더 이상 발굴하려 해도 할 수 없을 정도로 깡마른 뼈와 뼈들, 뼈와 피부 사이의 한 점 경계도 없는 몸으로 죽음과 싸우는 사람들을 병실에 두고 5분의 면회를 허락받아 황급히 들어갔다 나와야 할 때, 감은 눈으로 꼼짝도 못하고 누워 있는 얼굴을 쳐다봐야만 할 때. 아, 나는 내 아이에겐 절대적으로 내가 죽어도 나를 그리워만 할 수 있게 내 죽음을 채비하고 싶어 마음이 조급해졌다. 만약 내가 오래 살아서 죽지도 못하고 그저 머물러만 있으면 아이에게 그리운 존재조차 되어주지 못할 것이다. 가슴은 아프지만 어떻게 해야 곧 잊힐 슬픔과 조금은 달콤할 수 있는 그리움만 주고 이 세상을 떠날 수 있을까.

엄마가 죽어도 나는 살고 내가 죽어도 딸들은 살겠지. 아프다 죽은 엄마를 보내느라 헐떡이다보니 나이 들어가는 내 등 뒤에 나를 엄마라 부르는 딸들이 보였다. 그리고 공부를 시작했다. 잘 죽을 방법, 아니 자연스럽게 죽을 방법, 불합리하고 무의미한 고통에 시달리다 죽지 않을 방법에 대해.

떠날 듯 갈 듯 오래 망설이던 엄마가 땅으로 돌아간 지 1년이 되었다. 그동안 엄마 옷을 입고 살았다. 남긴 것은 그

것밖에 없었다. 노란 수건에도 마름질 한 끝에 그 이름이, 하얀 빤스 여러 장에도 양말과 덧버선에도 또렷하게 이름을 새겨놓았다. '봉황새 봉' 자에 '예도 례' 자, 김봉예 이름 석자는 자주 빨아도 지워지지 않았다. 엄마 이름이 새겨진 옷들은 도무지 버려지지가 않았다. 1년 동안 내 허리에 가슴에 내가 살았던 몸의 주인 여자 이름이, 내가 품었다가 풀어놓은 몸의 여자 이름이 붙어 있었다. 그간 나는 한 번도 엄마 계신 곳에 가지 않았다. 뼈와 함께 심은 어린 주목은 엄마의 영양분을 먹고 지금까지 잘 자라고 있을까. 엄마 없이 내가 살듯이, 내가 죽어도 딸들은 살겠지. 나무도 자라고 딸들도 제 나름의 인생찬가를 부르며 잘 살게 되겠지. 1년 동안 나는 바랐다. 엄마라는 사람이 어디로 갔는지 알아내기를. 언제라도 내가 죽어도 아이들이 오래 시름하지 않기를.

차례

5부   **엄마 없이, 인생찬가**

1부

봉황의 이름을 가진
한 여자의
마지막 2년

엄마는
내 엄마니까

돌아가신 엄마의 생일이 오늘이라, 아마도 횡설수설하려고 해.

2월 19일. 정월대보름이 오늘이야. 음력 1월 15일. 1월 12일에 떠나가셨으니 한 달이 좀 지났어. 날이 흐려서 아직 달이 보이지 않네. 아니 저 달뜨는 쪽 베란다 창가로 나가면 보이려나.

엄마 생일은 정월대보름이야. 음력으로 쇠었어. 망자의 첫 번째 생일은 차려먹는 거라기에. 일주일 고아 뽀얀 우유처럼 흐리고 맑은 사골 국물에 푸른 미역만 불려 넣어 미역국을 끓이고 기장, 찹쌀, 흑미, 백미, 적미, 보리쌀, 서리태에 팥까지 섞어 오곡밥 아니라 칠곡, 팔곡 밥 지어놓고 귀밝이

술까지 맑은술로 받아놨어. 아예 보름날 귀밝이술이라고 나온 술을 팔더라. 감자와 당근 여러 개 깎아서 닭볶음탕 한 솥 만들고 땅콩이나 호두 대신 스리랑카에서 올 때 사온 캐슈너트를 부럼 삼아 깨물어 먹었어.

엄마가 없으니 엄마 대신 찾아오라는 큰언니네 집도 가지 않고 엄마가 살았던 큰오빠네 집도 가지 않고 산발한 머리를 빗어 내리며, 제 같은 것은 올리지 않았다. 우리 집엔 제사용으로 쓰는 흑백의 병풍이 없다. 영정 사진도 없다. 꽃피던 봄날 엄마랑 둘이 찍은 스냅 사진을 걸어놓은 벽에서 그냥 얼굴 한 번 쓰다듬었다. '걸신이 바로 나야, 아귀도 나다' 그런 심정으로 내가 만든 걸 꾸역꾸역 다 먹었다. 굳이 다 듣도록 소리 내어 "돌아가신 엄마 생일이야" 말하지 않았다. 무던이도, 미륵이도, 애들 아빠도 무슨 날인 줄 다 알면서 아무 말 하지 않았다. 언젠가부터 아무 말 못하는 게, 아무 말 안 하는 게 버릇처럼 편해졌다.

그 산골짝 장례식장에 와준 사람들에게도 온라인으로 부조한 사람들에게도 인편으로 위로의 말과 부의금을 부쳐준 분들에게도 인사를 해야 하는데…. 말이 나오지 않아 아직 못하고 있다.

장례식장 빈소 앞에 있던 까만 부의록 열네 장을 앞뒤로 찍어온 사진들을 자꾸자꾸 보고 있다. 장손 조카와 큰언니 네 아들이, 우리 딸 무던이가, 부산 막내 언니네 아들들이 번 갈아 앉아서 기록한 조문객 이름들을 하나하나 읽어본다. 이름 옆에 봉투에 들었던 부의금 액수가 쓰여 있다. '인사를 드려야지, 감사를 드려야지, 그래야 사람이지' 보고만 있을 뿐. '아니 이 사람이 왜 부의금을 보냈을까, 그이의 상가에는 가보지도 못했는데.' 놀라고 짚어보고 기억하면서.

엄마, 돌아가신 그즈음 날들에 대해 말을 잘하지 못하겠다.

제 어미가 죽은 지 3일 째되는 발인 날, 제 어미 화장하던 날 촬영 한답시고 푸드덕 날아서 떠났던 게 스스로도 못내 이상하고 패륜으로 보일까 두렵기도 했다. 적당한 때를 놓 치고 하지 못한 애도가 꾹꾹 쌓인 것도 같다. 병원에서 바로 장례식장으로 장례식장에서 바로 공항으로, 창졸지간에 다 른 나라에 가서 여러 사람 앞에서 웃고 떠들고 다녔던 게 아 무래도 이상하다. 엄마의 살과 뼈가 뜨거운 불에 타 식기도 전에 떠나서 억지로든 천성인 듯 웃고 돌아다니며 지낸 한 달여의 시간이 과연 있기나 했었나, 믿어지지 않아서인지도 모르겠다. 곤죽이 되어 돌아온 지 열흘 쯤. 누군가 나를 닮은 한 여자가 진짜 나 대신 스리랑카에서 웃고 떠들고 걸어 다닌 것만 같다. 3월이 되면 텔레비전에 내가 나오는데도 기쁘게 봐줄 엄마는 흔적조차 찾을 수 없다. 거기서는 엊그제 엄마가 죽었다는 것을 실감하지 못했다. 속으로 엄마가 아직 살아계신 걸로 생각하고는 '텔레비전에 내가 나오면 울 엄마 좋아하겠네' 그렇게 생각했다.

'엄마 없인 못 살아, 지금 가시면 못 살아요. 정 깊은 딸도 아니었는데…' 싶은 마음. 그래서 자꾸 혼잣말을 하게 되었다.

90년 살다 가신 엄마는, 고아였다.

혈혈단신, 고아. 아버지 쪽으로는 친척이 많았어도 엄마 쪽으로는 단 한 명의 친척도 없었다. 엄마는 자기 엄마 얼굴도, 이름도 모르고 평생을 살았다. 가끔 가족을 물으면 "나는 천애고아야. 언니가 있었다는 말은 들어봤지만 못 찾았어." 그렇게 말했다.

정월대보름 생일도 진짜 태어난 날이 아닐 것이다. 그렇게 들었다. 엄마 아버지가 아무도 없어 주민등록증도 없었던 엄마, 고아 김봉예는 어쩌다 우리 아버지 집에 민들레 씨 앗처럼 날아와 그냥 살게 되었다. 다 큰 아들 셋에 고명딸 하나 있던 아버지 집은, 다행히도 그리 가난하진 않아 이리 저리 장꾼으로 떠돌던 엄마의 아버지가 아직 어린 딸을 슬쩍 두고 떠날 수 있었다. 엄마 나이, 열 살 그 무렵이라고 했

다. 엄마의 아버지는 우연히 들렀던 아버지네 집에서 밥이
라도 먹고 살라고, 잔일이나 해주면 굶지는 않을 거라고 슬
쩍 맡겨놓고는 '또래들이 있으니 외롭지나 말아라' 빌었다
고 했다.

잘 먹고 던져놓은 토마토나 참외 씨처럼 그 땅에 아주 눌
러앉아 뿌리를 내린 어린 내 엄마는 그 집에서 여섯 명의 아
이를 슬어놓았다. 열일곱 살에 첫아들을 낳았으니 아마도
열다섯쯤에 결혼한 셈이겠다. 결혼이라니. 그냥 천방지축 살
다가 결혼식도 없이 아내가 되고 엄마가 되었을 거였다.

아버지는 훈장에게 배웠던가, 소학교를 다녔던가, 한문에
도 한글에도 능통하셨는데 엄마는 학교 근처에도 가지 못했
다. 무학, 글자 그대로 일자무식이었다. 일본말은 조금 했다.
이찌 니 산 시 고, 숫자를 그렇게 말했다. 한글은 내가 먼저
깨우치고 가르쳐드렸다.

아들을 낳은 후인가, 딸까지 낳은 후인가. 자식을 호적에
올리려면 주민등록증이 필요했을 터였다. 엄마는 그게 없었
다. 적이 없는 무연고 엄마는 주민등록증을 만들려고 윗동
네 상진이 할머니를 엄마로 삼아 수양딸이 되었다. 상진이
는 나랑 나이가 같았다. 호적을 만들던 그때 생일날을 받았
을 것이다. 마침 정월대보름. 날도 좋으니 생일로 하자고, 쉽

게 정했을 것이다.

때가 되면 엄마는 수양엄마네 집으로 내 손을 잡고 가 인사를 시켰다. "너도 잘해라, 잘해야 해. 나를 딸로 받아줘서 너희들을 호적에 올릴 수 있었으니까. 고마운 수양엄마니까. 얼굴도 모르는 진짜 엄마보다 고맙지 뭐니. 나는 저 엄니를 업고 다니래도 종일 할 수 있어." 상진이 할머니는 가끔 진짜 외할머니처럼 다정했다.

얼굴도 이름도 모르는 외할아버지, 엄마의 친정아버지 제사는 엄마 혼자 모셨다. 명절 때는 모든 종중 남자들이 으리 번쩍한 상석과 비석이 세워진 안동 권씨 문중 종중산으로 성묘하러 갔다. 제주와 성묘 음식을 남자들에게 들려 보낸 후 엄마는 논둑 위에 비석도 상석도 없이 낮게 만들어진 친정아버지 산소로 우리 여자들, 딸들만 데려갔다. 돗자리를 말아 허리에 끼고 머리에 북어와 과일 몇 개 담은 '다라이'를 이고서. 술 주전자를 들고 따라가 엄마 다음에 절을 했다. 한글도 배우기 전부터 죽은 사람에겐 두 번 절하는 걸 허물어진 그 무덤 앞에서 배웠다.

이제 엄마도 돌아가셨고 아버지도 돌아가셨으니 그 외할아버지 산소는 어떻게 되었을까. 어쩌면 봉분마저 사라져 논이 되었을 수도 있겠다.

그런 때가 거의 이맘때쯤, 정월대보름, 엄마의 생일날쯤이다. 어린 시절 고아인 엄마의 만들어진 생일날, 나는 깡통에 장작불을 넣어 콧구멍이 까매지도록 불을 돌리고 놀았다. 나뭇잎으로 옷을 지어 입고 집집마다 돌아다니며 나물과 전을 가득 담아와 오곡밥을 비벼 먹었다. 동네가 들썩거렸다. 우리들은 카세트 녹음기를 들고 다니며 노래를 틀어놓고 춤을 추었다. 낮에는 논물을 대서 얼린 이장네 논에서 큰오빠가 만들어준 썰매를 타고 놀았다. 긴 머리엔 엄마가 짜준 귀마개 같은 가리개를 양쪽에 묶고서. 엄마 생일이 하필이면 정월대보름이니, 돌아가신 날보다 이날을 못 잊을 것이다. 엄마가 죽고 없어도 대보름달이 뜨면 어린 날의 기억들이 줄줄이 딸려 나올 것이다.

10년 전 아버지 돌아가셨을 때까지도 16년을 같이 산 우리 개 꼬동이가 나 없을 때 죽었을 때까지도 막연히 난 윤회를, 인연을, 환생을 믿었던 것 같다. 죽은 이들이 모여 있는 피안의 어떤 세계가 있다고 생각했던 것 같다. 엄마가 죽고 난 이제는, 그런 것, 손톱만큼도 믿지 않는다.

그 텅 빈 자루 같았던 엄마의 몸, 부어오른 손발, 푸르고 딴딴하게 장작마냥 굳어가던 몸이, 피부 전체에 저승꽃이 피어 보랏빛이 되었던 참혹한 몸이 불에 다 타고 뼈가 되는 순간을, 나는 못 보고 내 딸 무던이가 나 대신 가서 지켜봤다. 두 시간 넘게 다 타기를 기다렸다고 했다. 5개월 전 쯤 고관절 수술할 때 박은 쇠심이 타지 않고 남아서 그대로 쇠가 나왔을 때 화장 관리인이 어떻게 할 거냐고 물었다고 했다. 그냥 같이 봉분에 넣어달라고 대답했다는 것도, 알려준 것도 무던이 그 아이다. 발인하고 화장하는 것까지 보고 가도 비행기 시간을 얼추 맞출 수 있었는데 30여 명의 가족들이 다 내 등을 떠밀었다. "엄마가 너 마음 놓고 가라고 시간 딱 맞춰 돌아가신 거야. 그렇게 막내딸 좋아하시더니 맘 편히 못 갈까 봐, 어떻게 가방 싸서 공항 갈 시간까지 맞춰서 돌아가실 수 있다니? 기적이 따로 없잖아." 모두 그랬다.

"엄마는 내 엄마잖아." 발인 날 스리랑카로 떠나서 26일이 지난 후에 넝마처럼 너덜너덜해져 돌아온 다음 날, 딸이 내게 말했다.

"난 엄마의 엄마보다 엄마가 진짜 내 엄마니까. 엄마가 그 자리에 없어서 차라리 다행이라고 생각했어. 엄마는 내 엄마니까 엄마가 덜 슬플 수 있는 게 나는 좋았어. 엄마가 거기서 외할머니 화장하는 거 다 봤으면 너무 슬퍼서 쓰러졌을 거야. 못 견뎠을 거야. 그건 그냥 보기만 해도 절절히 슬픈 장면이더라. 엄마는 엄마의 엄마니까 얼마나 슬펐겠어. 큰 이모는 너무 울어서 죽을까 봐 걱정될 정도였어. 엄마 대신 내가 가서 할머니 보내드려서 다행이야. 엄마는 내 엄마니까 슬픈 거 안 보게 해서 나는 정말 다행이었어."

엄마는 내 엄마니까. 위로해주듯 울면서 딸이 말했다. 발인 날부터 계속 그동안 못 운 울음이 뒤늦게 솟구쳐서 하, 넋을 놓고 울다가 여기저기 부딪쳤다. 밥상에도 치다 박고 화장실 벽에도 쿵쿵 찌었다. 눈알이 빠질 것처럼 튀어나왔고 머리통이 며칠 동안 우우, 하고 아팠다. 머리카락이 죄 뽑히는 것처럼 두피가 들들 떴다. 차라리 화장하는 걸 봤더라면 나았을 것 같았다.

없어짐. 완전한, 완벽한 소멸. 엄마는 어디 있어? 묻고 싶었다. 오늘 밤은 12시 30분에 가장 큰 보름달이 뜬다는데 그래도 엄마가 저승(안 믿지만)에서 맞는 첫 생일날인데, 아무것도 안 믿어도 그냥 옛날처럼 달구경이나 하러 나갈까. 엄마에서 엄마로 딸에서 딸로 이어지는 이 고리의 끈을 잡고 달이나 보러 갈까.

돌아갈
집이 없는 사람

　　15층 아파트 1층 계단참에 어느 할머니가 나와 앉아 있었다. 슈퍼에 갈 때도 아이들을 배웅하고 마중하러 나갈 때도 출근하고 퇴근할 때도 거의 날마다 그 할머니를 봤다. 오래전에 살던 곳에서였다. 할머니는 긴 머리를 쪽 찌고 헐렁한 면 티를 입고 있었는데, 티셔츠 위로도 어깨뼈가 보일 정도로 깡말라 있었다. 거의 종일을 밖에 나와 앉아 있었을 거였다. 가끔은 잔소리를 하며 할머니 팔을 잡아끌고 집으로 데리고 들어가는 가족들을 마주치기도 했다. 집에서 나와 엘리베이터를 타고 1층까지는 내려올 수 있지만 다른 데로는 한 발자국도, 어디도 갈 수 없었던 할머니의 성긴 정수리가 생각난다. 붙박이장처럼 우두커니 서 있던 마른 등허리를 생각한다. 저쪽에 가면 시설 괜찮은 경로당이 있는데 왜 거기는 못 가시는 걸까. 어디로 가려고 나온 걸음일까. 아마도 할머니가 갈 수 있는 길의 끝이 거기 계단참이었을 것이다. 할머니는 혼자 앉아서 아파트 주민들이 들고 나는 것을 하루 종일 쳐다만 봤다. 아들이나 며느리나 손자나 손녀가 일으켜 데리고 들어갈 때까지. 아파트 주민들은 그 가족을 '할머니 모시고 사는 사람들'이라고 불렀다.

몇 번은 경비 아저씨나 청소 아주머니가 옆에 앉아 몇 마디 말을 걸어줬을 것이다. 집으로 들어간 할머니는 다시 말없는 공간에 가만히 놓여 있었을 것이다. 잠이 들 때까지 말 거는 사람도 아마 없었을 것이다. 다음 날 아침까지 할머니는 어쩌면 한마디 말도 안 할지 모른다. 그렇게 하루가 가고 한 달이 가고 1년이 갔다. 나는 15층 아파트 계단참 앞에 나와 앉은 할머니가 일정 궤도만 도는 것을 3년 넘게 보다가 이사했다. 이사 온 아파트 1층 계단참에도 똑같은 모습의 다른 할머니가 앉아 있는 걸 봤다.

엄마가 만약 나와 함께 여기 산다면 저 할머니들과 흡사한 모습일 것이다. 엄마가 몸이 성했을 때, 바쁜 가을이 지나고 겨울이 되면 이따금 엄마를 내 집으로 모셔왔다. 1년에 한 번씩 길면 한 달 정도를 엄마와 같이 지냈다. 큰며느리에게는 짧지만 귀한 휴가를 주고 내게는 짧은 효도, 아니 딸

흉내를 낼 수 있는 기간이었다. 엄마도 겨울에는 남보란 듯 도시에 살고 있는 자식들 집에 살고 싶어 했다.

고향 집은 새로 지어서 넓고 큰 거실이 있고 문을 열고 나오면 바로 푸성귀가 자라는 텃밭이 있다. 아무리 걸어 다녀도 내 논밭이 있는 동네 땅이니 눈 감고도 길 잃을 일이 없고 수십 년 본 이웃이니 해코지를 당할 일도 없다. 그러나 우리 집은 거기가 여긴가 싶은 아파트, 엄마가 지형지물로 삼을 랜드 마크가 없었다. 다 똑같은 문 앞에서 반 바퀴만 돌아도 자주 길을 놓쳤다. 같이 나가는 게 아니면 엄마 혼자 갈 데가 전혀 없었다. 함께 가는 소풍도 여행도 한두 번이지 날마다 갈 수는 없는 일이었다. 화제가 궁하기는 너도나도 마찬가지, 다정한 걸로 호가 난 사위도 "잘 주무셨습니까? 그럼 편히 주무십시오" 인사를 마치면 더 이을 말이 없었다. 한참 자라나는 딸들은 1년에 한두 번 뵙는 시골 외할머니와 대화할 게 없었다. 딱히 무심할 것도 아닌 것이 늘 하던 대로 그저 제 방에서 시간을 보냈다. 식사 시간에 "많이 드세요, 할머니" 건네면 대화의 끝.

엄마를 대면하고 먹이고 시간을 보내야 할 사람은 딸인 나밖에 없었다. 혼자 있는 것을 좋아하는 데다 열여섯 살에 집을 떠나 30, 40년 넘게 떨어져 살았는지라 곰살궂게 나눌 말거리가 많지 않았다. 엄마가 종종 하고 싶어 하는 말이 행여 며느리들 흉이라면 단호하게 말을 막았다. 엄마는 말길이 막히면 침대에서 내려와 걸레를 찾아 들고 창틀 틈새를 하나하나 닦고 가구를 문질렀다. "이거 봐라, 더럽지?" "이거 봐라, 깨끗해졌지?" 자꾸 말하는데 골이 아픈 느낌이었다. 냉장고를 뒤집어 청소하고 감주를 만들어주겠다고 나서는 것을 막지 않은 까닭은, 그러지 않으면 마주 앉아 있어야 하는 많고 많은 시간을 혼자 감당할 수가 없어서였다.

고두밥을 짓고 누룩을 짓이겨 넣어 전기밥솥에 띄워 식혜를 만들어주던 시간도 있었다. 당신 젊은 날엔 찹쌀을 찧어 인절미를 만들고 맷돌에 콩을 갈아 무쇠 솥 가득 두부를 만들었다. 도토리를 갈아 풀썩풀썩 끓여 도토리묵을 만들었다. 어느 겨울 어린 나를 키워준 고전적인 그 음식들을 도란도란 배우는 시간도 있었다. 사우나에 함께 가 등허리를 밀어주고 김치만두를 빚어 먹기도 했다. 하지만 아파트에 갇혀 24시간을 꼬박 같이 있는 것은 쉽지 않았다. 왠지 엄마랑 있으면 자꾸 잔소리를 하게 되었다. 나쁜 딸이 되기는 싫어 입을 틀어막고 문을 닫았다. 우리는 모두 말이 없어져갔다. 그런 겨울날들도 오래가진 못했다.

엄마는 저 할머니들과 똑같이 집에서도 할 일이 없고 나가도 할 일이 없는 것은 물론 누구와도 말할 거리가 없는

'뒷방 할머니'가 되어갔다. 우리 집에 와 계신다 해도 엄마는 하루 종일 집에 갇힌 거나 마찬가지였다. 우리는 모두 아침이면 밖으로 나갔고 들어와서는 자기 방으로 들어갔고 인사만 겨우 나눈 것으로 엄마의 존재를 인지했을 뿐, 엄마의 존재도 부재도 우리에게 아무 영향을 미치지 못했다.

"징역살이야, 징역살이."

고향 집에서 아들 며느리와 같이 사는 날들을 내 맘대로 할 수 없는 징역살이라고 말했지만 이윽고 막내딸 집에서도 똑같이 징역살이하는 것처럼 부자유하다는 것을 엄마는 알아차렸다. 딸이 며느리보다 더 다정한 것도 아니라는 것을, 딸도 교도소 간수만큼 모질게 닦달할 수 있다는 것을 엄마는 깨달아갔다. 고향 집보다 더 좁고 며느리보다 더 나을 것도 없는 딸네 집에서 우두커니 앉아 해다 주는 마뜩잖은 밥이나 겨우 먹고 부대끼며 사는 것이 더 나을 것도 없다는 것을 알게 된 후, 엄마는 더 이상 우리 집에 오지 않았다. 나부터도 모셔 오고 싶지 않았다. 때로는 간절하게 '네 차를 타고 네 집에 가고 싶다'는 엄마의 사인을 눈치 챘으면서도 착한 딸 노릇을 해보려는 내 마음을 극구 외면했다. 모셔온다 해도 엄마를 집에 가둬놓는 거나 마찬가진데 뭐. 삼시세끼 신경 쓰랴, 하염없이 나를 기다리며 말 걸기를 고대하는 모습이 생각보다 보기 힘겨운 걸. 혼자서 자유로울 수 있는 집이 없다면 엄마나 나나 남의 집에 사는 것 같아질 테고 징역살이가 되는 걸.

　매일매일 혼자 방 안에 갇혀 있는 노인들이나 그 노인들을 두고 자기 삶을 사는 자식들이나 누굴 탓할 게 아니었다. 누가 학대할 마음으로 부모를 붙잡아 두겠는가. 어느 부모가 자식을 괴롭히려고 숨 쉬고 움직이겠는가. 한 공간에 다른 존재 둘이 갇혀 살다 보면 둘 다 나쁜 사람이 될 수밖에 없다. 존재가 존재를 미워하게 되는 것, 움직이면 움직일수록 상대를 괴롭히게 되는 게 부모 자식 간이라고, 엄마와 딸 사이라도 다를 것은 없다. 하물며 물고 빨 정도로 서로 사랑하는 것도 아니라면. 인연의 빨간 끈을 따라 그저 내 엄마가 되고 내 딸이 되어 태어나 서로 오래 너무나 다르게 살고 있었다면. 그 오랜 세월 따로 살다가 함께 살기는 어려운 일이다. 그것이 엄마라 해도 아빠라 해도, 내 자식이라 해도. 누군가 하나는 온전히 다른 하나에게 기대야 하는 처지가 되었다면 더더욱 힘들 수밖에. 늙고 아파서 누군가 도움의 손이 필요할 때에는 같은 집에 살 게 아니라 헤어져야 한다는 생각을 그렇게 하게 되었다. 냉정하기가 뱀처럼 차가워 보일지라도 따로 살아야 한다고.

엄마가 살아야 할 곳은
여기야

"나도 뭐 여기 살았으면 좋겠네. 햇볕 잘 들어와 환하고, 혼자 쓸 수 있는 깨끗한 침대도 따로 있고. 때 되면 목욕시켜줘, 시간 딱딱 맞춰 밥해서 갖다 줘. 간식 주고 산책하고, 텔레비전도 맘대로 볼 수 있고 말벗도 있잖아. 뭘 더 바랄 것도 없네 뭐. 여기 괜찮지 않아? 엄마."

물론 솔직한 심정이었다. 요양원은 우리 집보다 넓고 환하고 깨끗했다. 예전에 엄마가 원했던 그런 장소이기도 했다. 내 맘대로 할 수 있는 집, 누구의 눈치도 볼 필요 없는 곳. 엄마가 요양원에 입소하던 날, 밤새 울다가 잠들었다는 소식을 전해들은 후였다. 엄마 눈에 반짝 노기가 맺히는 것 같았다. 나를 흘낏 돌아보는 표정이 싸해졌다. "아니, 왜요?"

누워만 있어서 뒷머리가 뒤숭숭해져 하트 모양이 자리 잡은, 아무렇게나 깎인 하얀 구름 같은 머리카락에 서운한 기운이 묻어 있었다. 눈치 빠른 내가 몰라볼 줄이야. 아무리 깨끗하고 좋아도 이런 곳에 살고 싶어 했다 해도 딸한테서 듣는 건 싫을 거였다.

"근데 진심이야, 엄마. 엄마가 살던 진짜 집보다, 병원 중환자실보다, 요양병원보다, 자식들 사는 어느 집보다 여기가 제일 좋아 보여요." 이어 말했다. 요양원의 모든 가구와 집기는 다 새것인 데다 거실도 시원시원하니 넓고 테이블과 의자도 크고 편안했다. 필요한 모든 편의시설을 다 갖추고 있었다. 통유리 창으로 보이는 마당까지 환하고 넓었다.

근사한 카페라 해도 손색없을 여기로 오기 전에 머물던 요양병원은 좁고 어두운 상자 같았다. 침대가 다닥다닥 나란히 붙어 있어서 허름한 환자복을 똑같이 입고 머리를 한 방향으로 똑같이 두고 누운 환자들은 각기 다른 병을 앓는 다른 이름의 개인들이 아니라 재활용도 안 되어 따로 버려진 인형들 같았다. 어쩌면 하나같이 그리도 다 낡고 얇은 환자복을 입히는지. 위중한 상황이 지나간 뒤 엄마의 거처에 대한 이야기가 오갈 때 가족들은 그 누구도 감히 발병 전에 살던 고향 집으로 돌아가야 한다고 주장하지 못했다. 남은 자식들 중 또 어느 누구도 선뜻 나서서 우리 집으로 모시겠다, 입을 떼지 않았다. 사실 모시겠다는 말도 모시지 않겠다는 말조차도 아무도 먼저! 꺼내지 않았다. 일종의 눈치 게임 같았다. 막내인 나는, 다섯이나 되는 언니, 오빠 누구에게도 섭섭하지 않았다. 다들 사정이 있었으니까. 아프고, 늙었고, 가족 사이가 좋지 않고, 멀리 살고, 집이 좁고, 나 벌어먹고 살기도 어렵다는 것까지. 사정이 변명에 불과하다 해도 늙고 병든 엄마를 데려가 방 하나를 온전히 비우고 24시간 수발을 든다는 게 말처럼 쉬운 일은 아니니까. 빈자리에 사람 하나를 들인다는 것은 온 집안 구성원의 생활 습관, 감정 체계, 위계와 공간까지 재편해야 할 중대사이므로 먼저 태어났다는 이유로 책임과 봉양 의무를 물으며 섭섭해할 자격이 없었다. 아니 너무 섭섭했다. 언니나 오빠 하나가 선뜻 나서서 자, 우리 집으로 모셔간다, 비용은 이렇게 하고 저렇게 하고 너는 무엇을 맡고, 너는 저것을 맡고, 명확하게 정해주기를 간절히 바랐다. 그렇게 해주는 윗사람이 있다면 정말 좋겠다고, 왜 이런 고민을 막내인 나까지 하게 만드는지 밉기도 했다. 아무튼 '모신다'는 허울 아래 누군가의 집에 '가두는 것'에 대해 오래 생각해왔으므로 섭섭하든 안 섭섭하든 다른 방법을 찾아야 했다.

눈치 보기를 끝내고 처음 입을 열어 요양원을 언급한 사람은 아무래도 큰오빠 내외였다. 먼저 태어난 것이 죄라면 죄라는 듯이. 저마다 알던 요양원에 대해 말을 보탰다. 고향에서 가까운 괴산에 있는 요양원이 1순위로 떠올랐다. 문을 연 지 세 달이 채 안 된 곳인데 입소한 분들이 아직 두 분뿐이고 할머니들만 모시는 곳이고 원장이 오랫동안 병원 쪽에서 일해서 노인 요양에 대해서 잘 안다고 했다. 우리는 모두 그러자고 서둘러 일머리를 매듭지었다.

그러는 사이에 엄마의 자식이 다 모인 단톡방에서는 수시로 울음이 터져 나왔다. 수십 가지의 감정이 뒤범벅된, 행간의 마음이 보였다가 감춰지는 말들이 무성히 떠오르고 사라졌다. 모시지 못하는, 내가 하겠다는 발심을 못낸 자로서의 죄의식이 나왔다가 아래로 밀리고 가엾은 우리 엄마 운운하는 한탄이 버무려졌다. 원장은 언변이 유창하고 건장한 남자 어른이었다. 언제 누가 차로 모셔갈까 논의하는 자리에서 원장이 나섰다. "저희 차로 저희가 모셔갈 테니 자주 오세요." 그렇게 엄마는 요양원 차를 타고 엄마의 집이 될, 이곳 가나다 요양원에 입소했다.

현대판 고려장이라고 불리는 곳, 한때 양로원이라는 이름으로 부모를 버리는 거나 진배없다고 여겨졌던 곳, 어떤 어르신들은 '죽어도' 안 가겠다며 무서워하는 곳, 신문이나 텔레비전에서 입 모아 말하길 '죽어야' 나올 수 있다는 무서운 곳, 요양원. 묶어놓고 때리고 안 먹이고 학대하는 직원들이 대부분이라 모두가 입을 모아 지옥과 다름없다고 성토하고 혐오하는 그 요양원으로.

나는 언제나
집으로 돌아가니

　가나다 요양원에는 살구나무, 밤나무가 하늘 높이 솟은 마당이 있다. 벽 하나가 통유리 창인 거실에는 커다란 텔레비전에 고화질 화면이 백색소음처럼 흘러갔고 넓고 긴 테이블에 폭신한 의자가 있어 언제든 나와 앉아 있을 수 있다. 문턱이나 요철이 없어 휠체어 바퀴도 쉽게 오갈 수 있다. 돌아가면서 쓸 수 있는 물리 치료기와, 수납장 안에는 유치원처럼 각종 놀이기구와 학용품이 차곡차곡 쌓여 있다. 앞치마를 두른 요양사와 간호사가 교대로 상주하며, 계절을 느낄 수 있는 햇살과 바람이 있다. 어느 자식이라도 저 아래 눅여두었던, '자기 집에 모시지 않았다'는, '부모를 요양원에 보내고 저희들만 잘 먹고 잘 산다'는 죄의식과 불효의 감정을 조금은 거둘 수 있는 풍경이었다.

"아이고 나는 언제쯤 집으로 가니. 너는 그렇게 집으로 가는데."

이제 간다고 일어서는 딸 앞에서 엄마가 말했다. 엄마가 말하는 그 집은 어디일까? 엄마는 그 옛날 고향 집에 살면서도 하염없이 그 집을 떠나고 싶어 했다. 많지도 않은 통장 잔고를 보여주면서 이 돈이면 내가 어디 다른 집에 가서 살 수도 있다며 집 좀 구해달라고 했다. 언젠가는 단 하루를 살더라도 여기서 살고 싶지 않다며 슬픈 눈으로 말하는 엄마에게 넘어가 내 돈을 합해, 아니 모든 자식이 돈을 합해 작은 집을 알아본 적이 있었다. 엄마는 내심 동네 끝에 사람이 살지 않는 한 집을 눈여겨보고 있었다. 문제는 엄마가 사는 고향의 그 집이 너무 넓고 좋은 데다 큰아들 내외가 같이 살고 있다는 점이었다. 말 많고 흉도 많은 작은 시골 마을에서 그렇게 훌륭한 집을 떠나 동네 끝 누옥에 가 따로 살고 싶다는 소원 자체가 언어도단이었다. 누구도 나서서 그 소망을 들어줄 수가 없었다. 멀리, 아주 멀리, 안 보이는 곳에 가서 사는 것도 아니고 동네 이장인 큰아들이 버젓이 살고 있는데 동네 사람 부끄러워 어떻게 분가를 시킬 수 있었으랴. 아들 며느리 우세시키고 싶으셨을까.

엄마는 그 집에서 살아야만 했다.

그 세월의 끝에서 어느 날, 엄마는 이렇게 말하기도 했다. "막내야, 나는 너희 집에 가서 살고 싶다. 바쁜 너 대신 너희 집 청소해주고 애들도 봐주고 그러면 너도 안 좋으니?"라고. 엄마는 어릴 때의 나를 종다리 같다고 했다. 나는 엄마에게 책을 읽어주고 같이 노래도 하고 중학교 때까지 꼭 붙어 잤다. 엄마는 내게 사근사근하기가 배 맛 같다고 했다. 그러나 세월이 흘렀다. 떨어져 산 지 몇십 년이 넘었다. 이제 성정이 바뀌어 나는 누군가와 한 공간에서 사는 게 쉽지 않다. 심지어 엄마와는 오래 떨어져 살아서 이제 종다리처럼 노래하며 같이 살 수 있는 아이가 아니다. 나야말로 진정 그 옛날의 당신처럼 누옥일망정 혼자 살고 싶어 하는, 내 공간에 연연하는 사람이다.

엄마는 지금 이 넓고 깨끗한 요양원을 두고 어느 집으로 돌아가고 싶다는 것인가. 그 옛날 하루도 살고 싶지 않다며 떠나고 싶어 했던 고향 집으로? 한때 달콤한 배처럼 사근사근하니 다정했던 막내딸 집으로? 나는 가만히 생각했다. '어느 집에서도 같이 살 수 없어요. 차라리 내가 요양사 자격증을 따서 이 요양원으로 와서 일하면서 돌보는 게 낫겠어요, 엄마.'

엄마를 두고 떠나는 우리를 배웅하느라 문가에 서 있는

요양원 원장이, 나는 오빠보다 고맙다. 앞치마 주머니에 손을 넣고 인사하는 요양사 아주머니가 언니들보다 낫다. 아주 아프지는 않지만 늙고 정신이 흐려진 사람을 돌봐주는 분들에게 절을 올리고 싶을 만큼 감사하다. 터무니없이 명랑하고 다변한 원장이 고맙고 종종 투덜거리는 간병인 아주머니가 정답다. 요양원이 노인들의 먹을거리를 줄여 돈을 착복하고 횡령한다는 뉴스나 노인들을 편하게 모신다는 이름 뒤에서 정서적, 물리적으로 노인들을 학대한다는 뉴스, 요양사나 간호사가 천하에 나쁜 사람이라는 이야기를 들을 때마다 놀랍고 슬프지만 도리질할 만큼 싫기도 하다.

가만히 보면 저분들은 내 언니들, 오빠들과 나이도 비슷하다. 박봉에 험한 일을 하다 보니 말 못하고 움직이지 못하는 노인들을 때로 구박하고 함부로 다루는 이가 있어 화를 내고 슬퍼할 수는 있겠지만, 그들은 나이고, 언니이고, 딸이고, 아들이고, 엄마나 다름없다. 저분들의 동그랗고 살진 몸을 내 몸처럼 본다. 노인들의 등을 밀고 허리에 손을 넣어 부축하는 그 몸짓이 얼마나 고된지 나는 내 몸처럼 알고 있다. 어르신들을 한 번만 일으켜 세워보면 안다. 다리와 허리가 자유롭지 않은 사람이 한 걸음 뗄 때마다 옆에서 얼마나 힘을 주어야 하는지, 욕창으로 괴로운 분의 등허리를 들어 올려 일으킬 때 등줄기에서 얼마나 땀이 나는지. 제 손으로 밥을 먹지 못하는 분들에게 한 숟갈 한 숟갈 떠먹이는 것이 얼마나 오랜 시간이 걸리고 속이 터지는지. 그분들은 오줌통을 비우고 기저귀 가는 일을 매일 하는 사람들이다. 내 엄마여도 변은 변이고 병은 병이다. 자식들이 각자 한 달씩, 아니 일주일씩이라도 해보면 안다. 내 부모를 돌보면서 나라도 짜증을 낼 거라는 걸, 화를 내고 집어치우고 싶을 수도 있다는 것을. 나는 요양원에서 일하는 분들에게 90도로 허리를 숙여 인사하고 돌아선다. '내 엄마를 부탁합니다. 당신의 수고로움을 잘 알고 있답니다.'

내가 잘 때
누가 나를 때리나 봐

어느 저녁, 화장실을 나오다가 문 앞에서 쓰러진 엄마를 큰오빠가 업고 응급차에 옮겼다. 2층 방에서 응급차까지 가는 데는 가파른 시멘트 계단이 있었다. 큰오빠가 정신을 잃은 엄마를 업고 뛰었다. 일흔 살을 코앞에 둔 장작개비처럼 마른 사람이었다. 응급처치를 받으며 종합병원에 도착한 엄마는 심근경색이라고 진단받고 스텐트 시술을 받았다. 엄마가 시술받은 그 옆 종합병원에 늙은 오빠도 입원했다. 엄마를 병원으로 업고 뛴 지 일주일 만이었다.

큰오빠의 병명은 뇌졸중. 쓰러진 엄마를 보고 놀란 데다, 건강도 안 좋고 나이도 많으니 몸과 마음 모두 충격을 받았을 터였다. 엄마와 아들이 졸지에 중환자가 되었다. 큰오빠는 퇴원해서 집으로 돌아갔지만 주의를 기울여 보살펴야 할 환자가 되었다. 남편과 시어머니를 병원에 나란히 입원시킨 새언니도 늙기는 매한가지. 무릎과 허리가 성치 않았다. 한 집에 살던 세 사람이 명실상부 환자가 되었으니 누가 누구를 간호할 상황이 되지 않았다. 엄마의 상태가 나아졌을 때 엄마는 집으로 가지 못하고 요양병원으로 옮겨졌다.

엄마는 요양병원에서 한 달 정도 지냈다. 요양병원은 의사와 간호사도 있고, 의료 행위도 가능한 곳이다. 병상은 촘촘했고 모든 환자가 거의 다 엄마 또래거나 더 나이 든 분들이었다. 엄마의 침대 양옆으로 할머니들이 의식 없이 잠들어 있었다. 집으로는 못 돌아가더라도 어딘가 좀 나은 곳이 필요했다. 큰오빠와 새언니가 괜찮은 요양원을 찾다가 알음알음 '가나다 요양원'을 추천받았다. 생긴 지 얼마 안 되었고 할머니들만 모시는 곳이었는데, 그곳은 엄마 생애, 거의 가 본 적 없는 괴산에 있었다.

요양원 마당 살구나무에 분홍 꽃들이 첩첩이 매달려 보들보들 흔들렸다. "이쁘쟈?" 창밖을 내다보는 나에게 혼잣말이니 대답은 상관없다는 듯 엄마가 말을 걸었다. 웬일로 이 말만은 옛 말투다. '이쁘지'나 '예쁘지'로 말하지 않아서 왠지 고맙고 다행한 마음이 들었다. 오늘은 딸이 온다고 분을 조금 바르셨나, 엄마의 얼굴빛이 목덜미보다 한층 더 밝다. 하늘하늘 살구꽃 색깔이 묻어 있다.

아프고 늙는 데에도 강약의 리듬이 있다. 나름 질서 있게 오르내리던 엄마의 병과 늙음의 리듬은 이제 변화가 거의 없다. '약약' 밖에 치지 못한다. 그래도 늙는 속도가 빨라져 키도 발도 쪼그라진다. 윤기 있는 붉은 살이 가파르게 뼈를 떠나가고 피부가 비닐처럼 얇아지고 찢어진다. 사람의 살이 햇살에 마른 비닐처럼 찰기 없이 메말라진다.

가을걷이를 앞두고 낡은 비닐처럼 변해버린 피부에는 반창고 하나 붙였다 뗄 때도 조심해야 한다. 피부껍질이 습자지처럼 얇게 겨우 붙어 있어 연고 묻은 일회용 밴드의 미미한 끈기마저 거부하지 못하고 딸려 나온다. 어디서 부딪혔는지 모를 멍들이 엄마의 피부를 다 덮었다. 한 번 생긴 반점은 점점 넓어지고 새로 생긴 반점들이 빈 사이를 메꾼다. 분바른 얼굴 빼고 온몸에 검푸른 반점들이 그라데이션된 것처럼 흘러 다닌다. 가만히 엄마 몸에 핀 저승꽃을 만져보려니 엄마가 어리광 피우듯 말했다. 심지어 남의 일처럼 웃어 보이면서. "누가 나 몰래 자꾸 때리나 봐. 자고 일어나면 이렇게 퍼렇게 멍이 들어 있지 뭐니?"

엄마는 오래오래 젊은 사람처럼 말하고 싶었던 열망을

'이때다' 하고 바꾸었다. 어쩌면 자꾸 어두워지려는 마음을 밝히고 싶었을지도 모르겠다. 집 아닌 요양원에서 살면서 슬퍼지지 않으려고 짐짓 그렇게 해보는 것일지도. 그러나 오늘은 말투에서 심상찮은 기미가 느껴진다. 당신 자신의 몸과 마음을 떠나 분리된 사람이 다른 사람을 연기하는 것 같은 허허로운 기운에 잠긴 것 같다. 누가 몰래 때리겠어요? 가늘게 말라가며 늘어지는 그 종아리와 허벅지를. 늙은 사람의 팔뚝과 손등을.

이미 나는 소식을 듣고 왔다. 엉덩이에 생긴 넓고 푸른 멍은 변기에서 일어나려다 넘어져서 생겼다는 것을. 손등의 멍은 변기와 변기 뚜껑 사이에 손을 낀 채 앉는 바람에 눌렸다는 것을. 목덜미와 배와 등에 생긴 흑점은 이미 오래전부터 고혈압 약을 상용해서 생긴 뭉침이라는 것을. 다 아무렇지 않다 해도 사람의 피부는 나이가 들면 피가 잘 통하지 않아 하나둘씩 저승꽃이 핀다는 것을. 엄마의 몸은 1년 전과 다르고 한 달 전과도 다르다. 나빠지는 리듬이 약약을 향해 가파르게 떨어져간다.

요양원으로 들고나는 골목에는 아직도 플래카드가 걸려 있다. 이 요양원은 생긴 지 3개월쯤 되었다. 지금 계시는 분들이 첫 입주자들이고 엄마는 서너 번째로 들어갔다. '주민복지 파괴하는 요양원 설립 결사반대' '반성하라, 요양원을 폐쇄하라' 논둑길, 다리 위에도 벌건 글씨 현수막이 걸려 있다. 작은 시골 동네에 요양원을 열기까지 주민들의 반대가 심했던 모양이다. 낮은 산이 앞에 있고 밭들이 옆에 있고 몇 걸음 가면 하천이 흘러가는 곳이다. 사람들이 사는 집은 요양원 옆에 하나, 뒤쪽에 몇 채 더 있는 한적한 농촌 마을이다. 여기도 요양원이 생기면 집값이나 땅값이 떨어질까 봐 걱정되는 것일까. 혹여나 할머니들에게 병균이 있어 병을 옮길까 봐 싫은 것일까. 요양원이란 너나 나나, 늙고 아프면 오게 될 마지막 장소다. 어릴 때 배운 시조 하나가 외운 것처럼 스르르 떠오른다. "한 손에 가시를 들고 또 한 손에 막대를 들고 늙는 길 가시로 막고 오는 백발 막대로 치려 했더니 백발이 제 먼저 알고 지름길로 오더라."

다른 데로 갈 수 없는 할머니들이 종합병원과 요양병원을 거쳐 환영의 말 한마디 없는 이곳에 아무려나, 둥지를 틀었다. 엄마는 요양원에 들어온 첫날 밤, 아주 오래 서럽게도 울었다고 했다. 정해준 침대에 누워서 마치 버려진 아이처럼 울어서 달래기가 정말 힘들었다고 둥실둥실한 얼굴의 요양사가 말해주었다.

한없이 밝은
양성모음으로만

　엄마 말투가 확연히 달라졌다. 뭉툭하고 우묵한 음성모음 대신 얇고 갸름한 양성모음을 써서 말한다. 입술이 조금 더 앞으로 나오고 혀가 조금 더 안으로 말리는 충청도와 경기도를 가르는 도계마을 고향 사투리를 거의 쓰지 않게 되었다.

　'아니여'는 '아니야' '그려'는 '그래' '그런 겨'는 '그런 거야'가 되었다. 끝말을 길게 끌어 은근하고 의뭉스러웠던 억양마저 완전히 사라졌다. 기진한 것처럼 나이 든 할머니 목소리가 아니라면 엄마의 말투는 그래서 자못 도시 아가씨 같다.

　언제부터였을까. '꼭 이렇게 발음하고 말거야' 마음먹고 오래 연습한 것처럼 정확하고 단호한 모양을 갖춘 소리가 엄마 입에서 나올 때마다 귀가 설고 간지러운 느낌이 들었다. 텔레비전 드라마를 보면서 배우신 건지도 모르겠다. 그런데 딸한테까지 그렇게 곱고 밝게 말할 필요가 있나. 나는 주름진 입술 속 아랫니 하나밖에 없는 엄마가, 발음이 혹시 새거나 휠까 봐 조심하며 똑떨어지게 말하는 걸 들느라 어리벙벙해진다. 내 마음이 그러거나 말거나 엄마는 짐짓 명랑한 얼굴로 자꾸 말을 만들어낸다.

"애. 여기 원장님이 아주 좋은 사람이야. 날 보면 아주 항상 웃는다! 매일매일 나를 얼마나 칭찬하는지 몰라. 아주 그 이 입이 닳는다니까. 여기 할머니들 중에서 내가 제일 똑똑하대. 그림도 제일 잘 그린다지 뭐니. 새벽 6시에 제일 먼저 일어나서 거실에 나오는 사람도 영락없이 나야 나. 체조 시간에 혼자서 착착 손발도 올리지, 노래도 내가 제일 잘 불러. 글씨가 보이냐고? 뭔 말이니? 나는 노래를 다 외워 부를 수 있잖아. 글씨 안 보여도 아무 상관없어. 원장님은 어떻게 그 많은 가사를 하나도 잊어버리지 않았느냐고 아주 혀를 내둘러. 지금 하나 불러볼까?"

앞치마 주머니에 손을 넣고 비스듬히 서 있던 요양사 아주머니가 응원해줄 요량인지 자세를 고치며 똑바로 섰다. 노래를 시작하기도 전에 칭찬이 쏟아졌다.

"아유, 봉예 어머니 진짜 노래 하나는 잘하신다니까."

"낙양성 십리 허에…." 말릴 새도, 청할 새도 없이 엄마가 노래를 시작했다. "높고 낮은 저 무덤에 영웅호걸이 몇몇이냐. 절세가인이 그 누구냐…." 나도 잘 아는 노래다. 열 살인가, 열한 살인가. 어릴 때부터 이 노래를 자주 들었다. "에라, 만수. 에라, 대신이여."

'따라 불러주지는 않을 거야!' 공연히 속으로 다짐하면서 엄마 입술을 본다. 아니, 아니 노지는 못하리라. "노세, 노세 젊어서 놀아. 늙어지면 못 노나니." 검고 커다란 소파에 파묻힌 듯 앉아서 당신 노래는 골백번도 더 들었다는 표정을 부러 지어 보이며 다른 할머니들이 박수 치는 시늉을 했다. 휠체어에 앉아 안전띠를 맨 한 할머니는 웃지도 않고 가만히 고개를 숙이고 있더니 그새 잠들어 있다. 저기쯤에서 볼 때마다 엄마를 칭찬한다는 원장이 걸어왔다. 다부진 몸집으로 기둥처럼 서 있던 원장이 또다시 칭찬을 하려는 걸까, 엄마 얼굴에 화들짝 반색하는 기미가 떠오른다.

"사랑은 아무나 하나. 사랑은 아무나 하나. 눈이라도 마주쳐야지. 만남의 기쁨도 이별의 아픔도 두 사람이 만드는 걸. 어느 세월에 너와 내가 만나 점 하나를 찍을까."

노래 한 곡이 끝나기 무섭게 바로 다음 노래로 이어져 그만하시라고 말씀드릴 틈이 없다. 원장이 큰 몸집을 구부려 앉으며 마치 영화배우처럼 양 손으로 엄마 손을 잡았다. 다정한 웃음기가 가득 퍼진 얼굴이라 모르는 이가 보면 효심 깊은 아들이라 해도 믿을 것만 같다.

"그렇지. 사랑은 아무나 하나? 봉예 어머님이나 할 수 있지." 원장이 추임새를 넣는다. "나는 책 같은 거 안 봐도 노래를 다 알아. 나 같은 사람이 흔하진 않지. 얘. 근데 글쎄, 저번에는 이 양반이 날 보고 시집을 가야겠다고 하는 거야."

합죽한 얼굴이 내 얼굴로 다가온다. 나는 자꾸 엄마 끝말의 알량하고 새침한 '거야'와 '알아' 같은 말투 끝이 거슬려서 마음이 꾸물꾸물 어두워진다. '이러면 안 되는데, 그런데 왜 이렇게까지 예쁘게 말하는 거지? 명색이 딸인데, 낳고 길러준 엄만데 다정한 표정을 지어야 해.' 마음을 고쳐먹지만 이젠 엄마가 하는 말뜻이 턱 걸린다.

"얘. 이 양반이 나보고 조금 더 예뻐지면 시집 보내드려야겠다고 그러는 거야. 아이고, 숭하게." 예기치 않게 뱃속에서 치올라오는 민망한 기운을 누르느라 공연히 가슴께가 뻐근해진다. '시집이라니. 시집이라니요.'

엄마 얼굴은 여보라는 듯이 부끄럽고도 간지러운 붉은 기운이 가득 퍼져 있다. 설핏 기묘하게 보일 만큼 깊은 눈 주름살 안에 눈웃음까지 떠올랐다. 왜 이러시나. 당신 손녀, 내

딸이 시집을 간대도 놀라지 않아야 마땅한 나이의 막내딸 앞에서. "아이, 숭하게 시집이 웬 말이라니. 내가 낼이면 아흔 살인데."

다시는 미소가 솟아날 것 같지 않을 것처럼 검푸르게 멍이 든 얼굴, 검은 털이라고는 단 한 가닥도 없는 하얀 머리에, 어쩌다 그 이빨만 남았을까, 아랫니 하나밖에 없는 엄마가 진짜 주름을 하나하나 접어 '킥킥, 숭하게, 아이고 부끄럽게 시집은⋯.' 하면서 입을 가리며 웃었다. 잘 삭힌 오이지처럼 쪼글쪼글 주름진 입술 안으로 동그랗게 말린 엄마의 혀가 보였다. '으헉' 치받쳐 올라오려는 눈물 같은 신물을 누르고 한마디 맞장구 쳐주었다. 시집간다는 말이 참으로 싫어서 극구 결혼이란 말로 고쳐 말해주고 싶은데도 불구하고.

"시집가는 게 정말 좋은가 보네. 엄마. 시집이란 말만 들어도 그렇게 좋아? 다행이야."

요양원 천장에는 기다란 형광등이 대낮인데도 여러 개 켜져 있었다. 쌍꺼풀 진 눈만은 온전히 남아 늙었으나 청순해 보이는 엄마의 눈 속에 새하얀 형광등 선들이 비쳐 보였다. 눈빛엔 가느다랗게 정염의 기운마저 감돌았다. 예뻐진다는 말과 잘한다는 말, 시집을 보내준다는 말에 행복해하는 이 할머니가, 내 엄마인 것이다. 사실 엄마의 철없는 으쓱거

림은 그럴 만했다. 예닐곱 명의 할머니들 중 총기로 반짝이는 눈을 가진 이는 거의 없는 데다 주술관계 명확하게 또랑또랑한 목소리로 말 잘하는 할머니는 엄마밖에 없었으니까. 걷지도 못하고 휠체어에 매인 분이나 누워서 미음을 받아먹어야 하는 분들 속에서 그래도 아직은 가장 건강하니까. 엄마는 일흔 살 조금 넘어 양쪽 눈 모두 백내장 수술을 했음에도 검은 동자도 또렷했고 바늘귀에 실 끼우는 것까지 능수능란해 눈 나쁜 나보다 밝아졌다.

엄마는 지금 아흔 살이 코앞인 '왕 할머니'가 아니라 열다섯 살 소녀처럼 말하고 소리 내고 행동하고 있다. 혹시 노망이 나신 것일까, 가슴이 덜컹거리지만 이 요양원에 오지 않았다면 저렇게 말하지도 노래하지도 않았을 것이다. 손 잡아주는 이도 없었을 것이고 예쁘다고 말해주는 이도 없었을 것이다. 엄마는 원장에게 잡힌 손을 꼭 잡고 오래 놓지 않았다. 아들들은 저렇게 눈을 마주치고 다정하게 오랫동안 엄마의 손등을 쓸어주지 않는다. 속절없이 냉정해진 딸들도 이야기를 들어줄 귀를 내어주지 않는다. 두툼하고 따뜻한 손을 가진 남들에게 관심받고 사랑받고 싶어서 말투까지 바꾼 엄마의 속마음이 안쓰럽게 느껴져서 민망한 와중에도 엄마가 이 요양원에 잘 적응한 것 같아서 '다행이야, 참 다행이야'라고 여러 번 생각했다.

울기만 해봐요,
다신 안 보러 올 거야

아마 열여섯 살 때부터였을 것이다. 얼굴만 보면 우는 것으로 인사를 시작하고 인사로 마무리하던 젊은 우리 엄마의 얼굴을 싫어하게 된 것은. 타지에 있는 고등학교를 다니려고 집을 떠나던 날, 엄마는 일단 울었다. 먼 곳으로 막내딸이 공부하러 떠나는 게 슬프기도 했겠지만 실은 그때부터 엄마의 눈물이 의아했다. 지금은 나를 두고 울고 있지만 저 힘없는 엄마의 눈물바람을 나는 어릴 때부터 숱하게 봐왔다. 나이순대로 차례차례 자식들이 도시로 떠났으니까. 큰언니가 학교 다니다가 집에 오면 대문 앞에 선 딸을 보자마자 일단 울었다. "얼마나 고생이 많았니?"가 시작이었다. 언니를 보낼 때도 울었다. 작은딸이 왔다 갈 때, 작은아들이 왔다 갈

52

때, 또 막내언니가 왔다 갈 때. 생각해보면 초등학교 다니던 시절, 큰오빠가 군대 갈 때, 휴가를 왔다 갈 때도 울며 인사하고 울며 배웅하던 엄마의 눈물바람을 봤다. 이제는 내 차례였다. 방학이 되어 집으로 들어설 때 제격 눈물을 쏟은 엄마는 며칠 후 내가 시외버스를 타러 가방을 메는 순간 다시 홍수 터진 둑처럼 울었다.

버스가 붕붕 시동을 걸 때까지 밖에 서서 바람찬 흥남부두 가족 이별이 저럴까 싶을 만큼 애절했다. 버스가 움직이면 그게 무슨 소용이 있다고 유리창을 두드리며 잘 가라고 목 놓아 소리쳤다. 구지레한 마음이 들어도 마른 검불 같은 엄마의 모습이 사라질 때까지 마주보고 있노라면 저절로 서러운 마음이 들어 덩달아 눈물이 나왔는데, 속으로는 그랬다. 안 울면 안 돼? 다른 엄마처럼 강인하고 단단한 엄마면 안 돼? 멋있는 엄마가 되어줄 순 없어? 우는 엄마는 최고로 젬병이라고.

"저 어린 것들, 밥을 못 지어주고." 엄마의 한이었다. 수십 년을 그렇게나 울던 엄마의 눈물이 딱 그친 것은 내가 낳은 아이를 안고 업고 찾아가던 때부터였을까. 이제 더는 막내딸이 혼자 살지 않고 결혼을 했으니 마음이 턱 놓였을 것이다. 어쩌면 이제 보살펴주지 않아도 된다는 해방감과 잘 살

퍼주지 못한다는 부담감을 벗어난 후였으리라. 눈물이 그친 엄마를 보는 것만으로도 언제나 흡족했다. 그러나 엄마에게 새로운 눈물 바람이 생겼다. '엄마 혼자 살고 싶다'는 거였는데, 이른바 고부갈등이 이유였다. "나를 아무것도 못 하게 해. 하나하나 맘에 안 들어 해. 온 동네 사람이 날보고 사람 좋다는데도 이상하게 나를 싫어해." 싸줄 것을 챙기면서도 엄마는 새언니 눈치를 보며 눈물을 훔쳤다. 그래봤자 상추, 깻잎, 배추, 감자, 고추, 참깨, 고구마 같은 것들인데. 엄마는 맘대로 싸주고 싶은데 며느리가 싫어하는 것 같아서 속상하다고 했다.

새언니도 그랬다. 어머니가 자신을 얼마나 힘들게 하는지 신발도 벗기 전에 하소연을 풀었다. 부엌에 가면 새언니 이야기가, 밭에 가면 엄마 이야기가 이해됐다. 엄마가 가여웠던 것은 딸인 내가 한 번도 심정적으로 엄마 편에 서주지 않았기 때문이다. 나도 며느리이기 때문에 시어머니라는 존재가 얼마나 불편한지, 시어머니가 하는 말 한마디에 얼마나 마음을 다치는지 이미 겪어 알고 있었다. 나 또한 병이 깊어질 정도로 시가의 어른들이 힘들 때였다. 엄마보다 엄마의 며느리가 애잔했다. 시부모와 한 공간에 살면서 1년에 열 번씩 제사를 지내고 살아야 한다면, 줄줄이 시동생, 시누이 다섯 명을 보살피고 살아야 했다면, 자기 자식이 오면 버선발로 뛰쳐나가서 뭘 싸주지 못해 전전긍긍하는 시어머니 모습을 수백 번 봐야 한다면, 몸이 부서져라 일하고 사시사철 살림하는 사람을 며느리라는 이유로 귀히 여기지 않는다면…. 나라면 큰며느리 역할에 백기를 들고 일찌감치 나가떨어졌을 거였다. 나는 엄마보다 새언니 쪽으로 마음이 기울었다.

그때부터 엄마의 뒷말을 막았다. 그리고 쐐기를 박았다. "엄마 딸은 시어머니랑 같이 살라면 한 달도 못 살아낼지도 몰라. 엄마하고도 못 살 걸. 며느리에게 고마워하셔야 돼요." 하소연도, 읍소도 다 막으면서 매몰차지기 시작한 나는 마치 내가 엄마가 된 것처럼 엄마를 가르쳐댔다. 눈물이 차오를 기미만 보이면 딱 잘라 그 자리에서 돌아섰다. "이제 눈물로 해결할 것은 없어요." 등 돌리는 딸 앞에서 엄마의 눈물길은 갈 곳을 잃고 안으로 스며들었다. 그리고 몇 년이 흘렀다.

그런데 또 눈물길이 터졌다. 2년간의 스리랑카 생활을 마치고 귀국을 준비하던 1월쯤 엄마가 쓰러졌다. 나는 3월이 되어 귀국해 스텐트 시술을 받고 회복 중이던 엄마를 보러 갔다. 아니나 다를까. 1년 전 휴가 나왔을 때 만났던 모습에서 더 야위고 더 아파진 엄마는 내 얼굴을 보자마자 울기 시작했다. 다짜고짜 눈자위를 문지르며 눈물을 쏟아냈다. 제 엄마가 아플 때도 못 찾아뵀었다는 미안함과 죄책감이 삽시간에 잦아들었다. '왜 또? 무엇이 그토록 서러울까. 보통의 엄마들처럼 담담하고 의연하면 안 될까.' 소리치고 싶어 목이 꾹꾹 잠겼다.

젊은 시절 엄마가 흘린 눈물은 애초엔 미안함이었을 것이다. 엄마는 다른 엄마들처럼 잘해주지 못하는 못난 엄마라고 생각했으니까. 이후엔 습관이 되었을 것이다. 일단 울고 보자. '난 이렇게 정 많은 사람이다' '너를 늘 걱정하는 사람이다' '얼마나 그리워했는지 너는 모른다, 그래서 우는 것이니 이 눈물을 보렴' '난 슬픔에 잠긴 사람이다'라는 자기연민이 습관이 되었을 것이다. 자동으로 돌아가는 그 습관은 하소연, 어리광, 청승으로 발전해갔을 것이다. 때로는 자랑처럼 울기도 했다. '사람들아, 보려무나. 내 자식이 왔다, 내 눈물을 받아주는 자식이 있다' 그런 쓸쓸한 허세.

우는 모습이 아주 싫어도 쓰러지고 아팠던 동안 못 본 상황이 안쓰러워 오랜만에 엄마를 붙잡고 같이 울었다. 다행히 엄마의 눈물도 내 것도 오래가지 않았다. 아래층 휴게실에서 요양병원 어르신들을 위해 노래 공연을 마련했다고 내려오라고 했다. 물 담은 풍선처럼 흐물흐물한 엄마의 팔을 붙들고 휴게실로 가봤다. 반짝이 옷을 입은 가수들이 부르는 노래를 따라 부르며 하얀 머리카락의 할머니, 할아버지

들이 박수를 쳤다. 회색 옷을 입은 노인 환자들은 무대 아래에, 찬란한 옷을 입은 가수들은 무대 위에, 짙은 콘트라스트가 바다처럼 나뉘었다.

철제 침대에 다시 눕혀 드리고 "나, 가요, 또 올게" 하는 순간. 눈자위가 빨개지려는 엄마에게 낮게 으르렁댔다. "울지 마, 울지 마요. 지금 그 눈에서 눈물을 떨어뜨리면 나는 이제 엄마 보러 오지 않을 거야. 도대체 울 일이 뭐가 있다고 울어요. 자식을 앞세웠나, 자식이 아픈가, 죽기를 했나, 자식이 힘들다고 괴롭히기를 하나, 여섯 자식 낳아 그 자식이 자식을 낳고 그 자식이 또 자식을 낳아 당신으로부터 나온 사람이 거의 30명이나 되잖아. 다 살아 있잖아. 88년 잘 살았잖아. 다복에 다복한 분이 도대체 뭐가 그렇게 서러워. 지금 딱 눈물을 그치지 않으면 나는 죽을 때까지 엄마 얼굴 보러 안 올 거니까." 울 준비가 되어 있던 엄마는 서슬 퍼런 딸의 얼굴을 멍하니 쳐다봤다. 꿀꺽 눈물을 삼킨 엄마를 두고 어두컴컴한 병실을 뚝뚝 단걸음에 빠져나왔다. 난 절대 엄마처럼 내 딸을 앞에 두고 버릇처럼 울어대진 않을 거라고요.

사람 머리가
까매야 예쁘지

얼굴 꾸밈이 여느 시골 엄마치고 유난한 데가 있었다. 눈 뜨면 마주치는 게 산에 나무나 개울에 가재들뿐인데도 나름 분주하게 외모를 가꾸었다. 얼굴에, 몸매에, 입성에 별 관심을 쓰지 않는 젊은 나보다 더 거울을 들여다봤다. 내가 어릴 때 엄마는 흑단 같은 머리칼을 허리까지 길렀다. 늘어진 머리칼을 참빗으로 빗어 내려 기름을 바르고 똘똘 틀어 올려 쪽을 짓고 은비녀를 꽂았다. 새마을운동 유행을 따라 긴 머리를 싹둑 잘라 **빠글빠글** 파마를 한 후에는 참빗으로 머리를 빗는 대신 칫솔에 검은 약을 묻혀 염색을 하기 시작했다. 엄마 손이 닿지 않는 뒷머리를 쫑쫑 땋는 대신 염색약을 발랐다. 희끗희끗해진 엄마 머리칼을 새까맣게 물들이는 건 막내인 내 몫이었다. 언니들은 모두 집을 떠나 나만 남았다. 칫솔에 묻힌 염색약을 부지런히 바른 탓에 엄마는 아무리 나이가 들어도 머리색만큼은 누구보다 새까맸다. 쓰러져서 병원에 실려 갈 때도 엄마 머리칼은 빽빽한 검은색이었다.

오일장이 서는 날 엄마는 분을 더 두텁게 발랐다. 시골 농사짓는 여자 중에 엄마가 유독 '구리무'에 연연하고 '화운데이션'에 집착하는 까닭을 나는 모르지 않았다. 수십 년 전, 큰아들이 주워온 정체불명의 탄피가 아궁이에서 터졌다. 저녁을 짓느라 불을 때던 엄마 얼굴 앞에서 펑펑 불꽃이 흩어졌다. 불씨를 들어 올리던 부지깽이를 쥔 손에도 불덩이가 튀었다. 산골 오지에 포탄이 터진 사건은 경찰까지 출동할 만큼 큰 사건이었다고 했다.

그때 엄마의 배 속에 내가 들어 있었다고 했다. 아궁이 앞에서 안성 병원으로 옮겨진 엄마는 화상을 입은 뺨 한쪽이 조금 함몰되고 수축된 채 퇴원했다. 너무 놀라 무사할까 싶었던 배 속의 나도 죽지 않고 태어났다. 흉터는 조금씩 옅어졌지만 엄마 마음속에선 조금도 흐려지지 않았는지 그날 이후 누구를 만나기 전에 반드시 왼쪽 얼굴에 더 힘을 주어 분을 발랐다. 곡물을 주고 바꾼 가루분이 얼굴 함몰 부위를 메웠다. 언니들이 사다준 액체 파운데이션이나 그 시절 분가루는 몹시 밝아서 다른 피부 톤과 조화를 이루지 못했다.

화상으로 오그라든 왼손은 평생 동안 손수건을 놓지 않았다. 물기 하나 못 빨아들이고 빙글 팅겨내는 석유 냄새 스치는 나일론이든, 침 흘리는 아가들 입술 닦는 가제 수건이든 한 번도 손수건을 놓지 않았다. 딸들이 주고 간 발렌시아가, 아놀드파마 같은 이국의 디자이너 서명이 필기체로 박음질된 꽃무늬 손수건이든 엄마 왼손에 절박하게 꼭 잡은 손수건은 땀이나 눈물을 닦을 용도는 아니었다. 혼자 있을 때는 손에 쥐고 있다가 사람들 앞에 서면 부랴부랴 왼손을 싸맸다.

"이 손수건 예쁘지? 꽃이 그려 있잖아. 이 꽃들 좀 봐라."

병원 침대 위에 환자복을 입고도 엄마는 왼손엔 손수건을 감고 있었다. 의사가 설렁설렁 돌아볼 때도 요양사가 변을 치울 때도, 아랫도리를 다 내놓고 성긴 단추 다 풀어져 푹 퍼진 가슴팍이 드러날 때조차도 손을 감췄다. 집이 아닌 곳에서는 늘 그랬다. 평생을 그렇게 손수건으로 손을 가리는 엄마의 몸짓은 애잔하고 절박했다.

"흉한 것은 가려야지. 남부끄러워서."

일찍 센 흰머리, 뺨에 패인 데인 상처, 주먹처럼 붙어버린 왼쪽 손은 필사적으로 가리고 감추고 꾸며야 할, 흉하고 미워서 떼어내고 싶도록 싫은 몸의 기억을 갖고 살게 했다.

오늘도 엄마는 왼손에 붕대나 물티슈, 각 휴지를 끼우고 있다. 집이 아니기 때문이다. 남들이 보고 있기 때문이다. 시

간이 흘러 내 머리가 듬성듬성 흰머리가 되었을 때, 엄마를
닮아 일찍 세어 염색을 안 하면 거의 반백이 다 되었을 때
피로해 보이는 게 싫어 부지런히 흰머리를 감추려고 염색을
했다. 그러다 어느 날 다 번거롭고 귀찮아졌다. 흰 머리칼은
힘이 셌다. 뻗친 흰 머리칼로 엄마를 만나러 가면 엄마의 머
리칼은 밤처럼 까맣고 딸인 내 머리칼은 할머니처럼 하얘서
서로의 그런 모습을 탐탁지 않게 바라봤다. 하얗게 늙은 할
머니의 새까만 머리칼이 보기에 민망했다. 이제 그만 염색
하라고, 나이답게 하얀 것이 더 예쁜 거라고 내가 말했을 때
엄마가 불현듯 화를 냈다. "나는 싫어. 사람 머리가 까매야
예쁘지. 구름 모양으로 하얘져서 풀썩풀썩 날리는 게 무에
가 예뻐? 나는 흰머리 싫다. 너는 젊은데 그게 뭐니? 허연 머
리에, 화장도 안 하고. 다른 집 딸들은 멋도 잘 내던데."

　이제는, 그러나 그것도 옛말이다. 엄마 머리칼은 지금 여
름날 뭉게구름처럼 새하얗다. 요양원에 미용사가 봉사하러
와서 단체로 머리카락은 잘라주지만 염색해주는 사람은 없
다. 엄마는 이제야 구순 할머니라는 나이에 맞게 희고 성긴
쇼트커트 스타일이 되었다. 30년 동안 나는 시종여일 짧은
쇼트커트 머리라 모양은 엄마랑 똑같지만 내 머리색은 희지
않다. 대물림하듯 내 딸이 제 손으로 엄마의 흰머리를 염색

해주었으니까. 지금 시간을 역행하지 않고 변화하는 자연스러운 흐름에 맞춘 것은 엄마의 머리카락 색깔 하나, 그것뿐이다. 참빗으로 머리 빗고 은비녀를 꽂던 50년 전의 엄마를, 엄마 자신도 기억하지 못한다.

요양원에 있는 모든 할머니의 머리 모양은 하나같이 똑같다. 짧기만 한 커트머리, 듬성듬성한 머리숱, 비어 있는 정수리, 누워만 있어서 납작해진 뒷머리. 모든 할머니의 뒤통수엔 잠 아닌 잠의 모양새가 새겨져 있다. 한꺼번에 맞춘 티셔츠까지 입으면 하도 똑같아서 내 엄마, 네 엄마 구별이 따로 없다. 그래도 아직까지 엄마 머리맡엔 며느리와 딸들이 사준 각종 영양크림과 거울 달린 파운데이션이 나란히 놓여 있고 엄마는 그것들을 애지중지 살펴본다. 새벽에 눈 뜨면 엄마는 분을 바르고 손거울로 얼굴을 비춰보고 매무새를 다듬고 손수건을 왼손에 끼우고 워커 손잡이를 잡고 거실로 나간다.

싸리꽃 한 잎 같은
이빨 하나

밥풀처럼 하얗게 빛나는 봄꽃 사이에 나를 앉혀놓고 내 딸이 사진을 찍었다. 2년 떨어져 있는 사이에 딸들은 어른이 되었고 나는 좀 말랐고 기운이 쇠했다. 엄마 얼굴을 자꾸 보고 싶다면서 딸은 디지털 사진을 인화해주는 곳을 찾아 사진을 뽑아 집 여기저기에 붙여놓았다. 노란 봄날, 내 엄마를 보러 같이 간 딸이 제 엄마인 나를 내 엄마 옆에 앉히고 또 사진을 찍었다. 엄마는 내가 2년 동안 어느 나라에 있었는지 뭘 하다 왔는지 알지 못했다. 시간과 공간의 다름과 차이를 가늠하지 못했다. 찾아온 딸이 그저 자식이라 반가운 엄마는 순간 얼굴과 입술을 가리지 못하고 웃었고 그때 사진이 찍혔다.

"엄마도 엄마를 자꾸 보고 싶을 테니까." 딸이 나와 내 엄마가 찍힌 사진을 내 사진 옆에 붙여주었다. 온 입안에 이라곤 단 하나밖에 없는 엄마가 사진 속에서 웃고 있다. 하얀 싸리꽃 한 잎처럼, 밥풀 한 알처럼 입술 끝에 단 하나의 이빨이 살짝 튀어나온 엄마의 웃는 얼굴은 자꾸 보고 싶은 건 아니었지만 들고 날 때마다 눈길이 찾아갔다. 사진을 보면 애잔하게 그립기도 했다. 제 엄마가 엄마를 바라보는 모습이 짠했는지 가끔 등 뒤에서 딸들이 날 안아줬다.

요양원 원장에게서 전화가 왔다. 어쩌다 보니 하나밖에 없는 엄마의 보호자는 나로 지정되어 있었다. 막내라서 아직 제일 젊은 데다 건강한 편이니, 머리도 아직 빠릿빠릿할 거고 프리랜서라니 시간이 자유로울 거 아니냐는 게 식구들의 생각이었다. 간혹 언니들은 "엄마가 사실은 너를 제일 좋아했어"라는 진실 같지 않고 아무 소용도 없는 감언이설로 책임을 넘겼다. 엄마의 수술 보호자로 혼자 와서 병원에 앉아 있던 날, 의사도 그랬다. 늙고 아픈 부모 모시고 돌보는 건 다 딸들이라고. 그것도 거의 막내딸이더라고. 요양원 원장도 그랬다. 다른 가족들이 다 아프고 연세가 많으시니 막내 따님이 제일 믿음직스럽다고, 가장 살가운 것 같다고.

"이 전화를 또 막내 따님께 할 수밖에 없네요. 큰아드님도 큰며느리도 아프시니 상의할 수도 없고. 이 문제는 제가 알아서 할 수 없는 일이라서요."

기억이 잘 나지 않지만 언젠가부터 엄마는 틀니를 하셨다. 다행히도 사촌 형부가 치과의사여서 부분틀니를 맞춰주었다. 형부는 엄마가 오갈 때마다 틀니를 봐주었고 때 되면 바꿔주었다. 엄마는 손님이 집에 올 때, 시장에 갈 때만 부랴부랴 틀니를 끼웠다. 그나마 몇 년 그랬을까. 틀니는 사발 속에 담겨 있기 일쑤였다. "아주 불편해. 밥 먹을 때도 씹는 맛이 안 나고 남의 이빨 같고 입안이 너무 불편해." 당연히 남의 이빨이니 참아보라는 지청구와 잔소리를 연이어 한다 해도 억지로 입을 벌려 끼워둘 수는 없는 일. 마침내 틀니가 제구실도 하지 못하고 치아도 하나둘씩 빠져 엄마는 합죽이 할머니가 되었고 입술이 잇몸 속으로 말려 들어갔다.

"이빨을 빼달라고 하시네요. 그냥 저보고 빼달래요. 펜치로 그냥 확 빼면 되지 않느냐고 하시는데 그걸 제가 어떻게 뺍니까? 치과에 모셔 가려고 해도 싫다고 하십니다. 그런데 요양원에서 고혈압 약이나 진통제는 의사에게 처방받고 사 드릴 수 있지만 치과는 안 돼요. 무슨 일이 생길 줄 압니까? 막무가내 빼달라고 하시는데 제가 힘드네요. 좀 오셔야 할 것 같습니다."

원장은 난감해하며 말했다. 말을 듣는 중에 등허리쯤이 뜨끈해지면서 옆 머리끝이 짜르르 울렸는데 화인지 슬픔인지 모를 감정이 들었다. 산 밑에 요양원에서 나름 집처럼 편안해진 지 이제 몇 개월이다. 자주 간다 해도 한 달에 한두 번 정도지만 갈 때마다 엄마는 점점 안정되어 보였다. 우리도 이제 조금씩 마음이 덜컹거리지 않게 되었는데, 거기에 엄마가 살고 있다는 사실이 이제야 괴롭지 않아졌는데, 원장에게 왜 황당한 어리광을 부리시는 걸까. 그래. 엄마의 이는 이제 단 하나만 남았다. 저작하는데 그것 하나는 아무 도움이 안 될 것이다. 집에서 가져다준 오래전에 만든 틀니는 엄마의 얼굴 살이 빠지고 얼굴 윤곽도 바뀌어 쓸 수가 없다. 어떻게 해야 하지.

'노인의 생니를 뽑으면?' 검색어를 쳐서 넣고 정보들을 읽었다. 노인 임플란트에는 보험이 적용된다는 글을 메모하고 갈무리했다. 임플란트를 해드릴까. 엄마 나이 89세, 가능할까. 엄마가 이를 뽑고 싶었던 이유는 어이없게도 웃으면 안 예쁘다는 거였다. 이가 하나밖에 없어서 말할 때도, 웃을 때도 흉해 보여 싫으니 차라리 없는 게 낫다고 생각한 거였다. 그것마저 빼버리면 마음껏 활짝 예쁘게 웃을 수 있다니, 말로만 듣던 노망이 드신 걸까. 치아 하나로 살아야 하는 엄마의 마음이나 불편함이 보이기 전에 엄마의 마음 회로가 이해가 안 돼서 내 몸이 아파지는 것만 같다. 몇 날을 속이 부대껴 내 이빨마저 아플 무렵 임플란트를 하든 이빨을 뽑든 보호자로서 일을 해결하러 애들 아빠와 함께 요양원에 갔다. 애들 아빠가 엄마를 겨우 들쳐 업고 차에 태웠다. 엄마는 몸이 여위고 기운이 다 빠졌지만 아직 상체가 든든해 업는 것도 수월하진 않았다. 셋이 다 땀으로 뒤발을 해 2층에 있는 치과로 겨우겨우 올라갔다. 한걸음마다 '으끙' 소리가 났다. 접수하기까지도 부지하세월이었다. 고향 집에 전화해 엄마의 주민등록증을 찾아내어 간신히 번호를 받아 적어 접수한 뒤 의사 앞에 앉혔다. 엄마는 자기가 환자인데도 남 일처럼 넋 없이 앉아 있었다.

"임플란트를 해드리고 싶어요. 비용에 상관없이요." 엑스레이를 찍은 뒤 마치 해골 같은 사진을 걸어놓고 상담을 시작했다. "그냥, 이거 빼줘요. 의사 선생." 엄마가 별안간 의사 앞에서도 생떼를 쓰기 시작했다. 의사는 하나 남은 이빨을 뽑아줄 수도, 임플란트를 해 넣을 수도 없다고 난감해하며 고개를 가로저었다.

"연세가 너무 많으세요. 거의 구순이신데 잇몸도 성치 않으시고. 임플란트를 하려면 잇몸 사이에 인공 잇몸도 만들어야 하고 나사도 박아 넣어야 하고 뼈 이식도 해야 하고 거쳐야 할 과정이 한두 개가 아닌데요. 신경치료를 할 수도 있는데 견디실 수 없을 걸요. 그 힘든 걸 다 하신다 해도 건강도 안 좋으신 것 같은데. 매번 업고 여기 오실 거예요?" 의사는 엄마를 내보낸 후 나를 놓고 거듭 난색을 표했다. "그렇다고 저 이빨을 뽑아서 뭐합니까? 아무리 스스로 보기 싫으시다 해도, 없는 게 차라리 낫겠다고 해도 생니를 뽑을 필요는 없는데요. 그리고 하나 있는 게 어딥니까? 그 하나도 남을 이유가 있으니 안 빠진 거예요. 잘 말씀드려보세요."

결국 엄마는 의사에게 아무 처치도 받지 못했다. 땀을 절절 흘리며 업고 지고 들어서 엄마를 다시 요양원으로 데리고 왔다. 엄마는 뒤늦게 너한테 돈 쓰게 하고 싶지 않았다고 눙치듯이 말했다. 생각해보니 짚이는 게 있었다. 아무래도 옆에 계신 젊은 할머니 중 한 분이 틀니를 새로 하신 모양이었다. 엄마는 그 할머니가 입술 모양이 단정해지고 환하게 웃는 것이 부러웠을 것이다. 주변 사람들에게 자랑도 하고 싶으셨을 것이다. "딸내미가 와서 치과를 갔는데, 아이 내가 그냥 하지 말라고 했어. 살면 얼마나 더 산다고."

틀니를 하지 않아 우묵한 입을 벌린 채 잠들어 있는 엄마의 모습은 예전에도 참담했다. 무너지고 함몰되어 어두운 동굴같아진 입. 잇몸으로 빠져 들어가는 입술. 틀니를 부지

런히 끼우고 남 앞에서라도 온전하게 보이고 싶어서 애면글
면할 때가 차라리 나았다. 엄마는 그동안 부지런히 늙고 병
들어가고 있었다. 혼미한 정신 쪽으로 한 걸음 더, 까불어드
는 마음 쪽으로 한 발짝 더. 이유 없이 떼쓰는 아이가 되었
다가 넋 잃은 할머니가 되어버리는 엄마를 데리고 병원으
로, 식당으로 업고 들고 뛰다가 돌아와 단내가 나는 입을 벌
려 오래오래 이빨을 닦았다. 거품에 피가 배어 붉어질 만큼.

영혼의 음료,
뜨거운 믹스커피

목 놓아 기다리는 시간은 짧을수록 좋다. 그리워하는 시간이 길어지면 할머니들은 질마재 신화 새색시처럼 앉은 채 재처럼 바스라진다. 원장에게 방문 문자를 미리 보냈으니 엄마는 내가 온다는 걸 도착하기 30분 전쯤 알았을 것이다. 원장은 보호자들이 방문할 때 반드시 일정을 확정한 후에, 어림잡아서라도 도착 시간을 미리 알려달라고 했다. 할머니들에게 자식들이 온다고 미리 말하면 할머니들은 자기자식들이 올 때까지 거의 온종일을 나와 앉아 하염없이 기다리면서 문 쪽만 바라보고 있다고 했다. 행여 자식들이 못오게 되면 너무 크게 상심해서 어떻게 할 수가 없다고 했다. 그 애달픈 조바심이 안쓰러워 자식들이 거의 도착했을 무렵

에야 조용히 방문 소식을 알려주는데, 그것도 비밀처럼 귓속말로 알려준다고 했다. 왜냐하면 어느 할머니의 자식이 온다는 소식을 조금이라도 듣게 되면 다른 할머니들은 아무 희망도 없어져 곧장 싸매고 누우시기 때문이었다.

살구나무 아래 차를 세우고 나오자마자 큰 창가에 얼비치는 엄마 모습이 보였다. '내 자식이 오는구나! 지금, 내 자식이 온다고!' 그늘진 몸짓에도 표정과 말이 오르르 묻어 있었다. 방명록에 이름을 쓰고 위 칸을 살펴봤다. 이름 위에, 또 그 위에, 엄마의 다른 자식, 큰언니 이름이 쓰여 있었다. 검은콩 두유 한 박스, 믹스커피 한 박스, 요구르트 한 박스, 과일 한 박스, 그리고 엄마가 좋아하는 환타 큰 병을 테이블에 주섬주섬 올려놓자마자 말릴 새도 없이 요양사 아주머니가 부엌으로 바로 들고 가버렸다.

아주머니는 엄마에게 아무 때나 간식을 드릴 수는 없다고 했다. 간신히 보드라운 빵 하나랑 두유 한 병을 꺼내 엄마 옆에 놓아두었다. 엄마가 그리도 좋아하는 믹스커피는 그 자리에서 바로 압수당했다. 부엌에 가도 찾을 수 없게 깊숙이 숨겨두는 모양이다. 세상에, 할머니들에게 커피 한 잔을 못 마시게 하는 게 방침이었다. 장차 건강에 안 좋다는 이유로, 이미 건강을 거의 잃은 분들인데도.

믹스커피는 엄마가 사랑해 마지않는 영혼의 음료다. 몇

십 년 전부터 노란 믹스커피를 하나 넣어 뜨거운 물을 붓고 마시는 걸 그렇게도 좋아하셨다. "왜 이렇게 맛있니? 이 커피." 그냥 마시는 것도 좋아하셨지만 거기에 설탕 한 숟가락을 더 넣어주면 얼굴 가득 아이처럼 행복한 미소가 피어올랐다. 후르륵 소리를 내며 마실 때 누군가가 숭늉처럼 마신다고 비웃을 때도 엄마의 커피타임 행복은 계속됐다. 엄마는 흡족한 웃음을 지으며 아래위 입술에 묻은 커피 한 방울까지 빨아먹었다.

요양원에 오기 전까지 엄마의 집에서 아침을 먹고 난 후 타 먹는 그 커피 시간은 천상의 행복을 가져다주었던 것인데. 엄마의 눈길이 요양사 아주머니를 애타게 따라다녔다. 아주머니는 아무려나 단호했다. "자꾸 달라고 하시면 제가 곤란해요. 영양사님이 드려도 된다 할 때 타 드릴게요." 그러고도 엄마가 하도 간절히 믹스커피를 원하니 엄마에게 몰래 주려고 나에게나 한 잔 타 주십사 청했다.

고향 집에 있을 때도 엄마는 믹스커피를 마시기 쉽지 않았다. 일단 새언니나 큰오빠가 커피를 좋아하지 않았다. 그래도 엄마 스스로 커피를 타 마시는 걸 탐탁해하진 않았지만 막지는 않았다. 가스 불에 올려놓은 둥근 스테인리스 주전자 물이 다 날아가고 주전자 옆구리가 새까맣게 그을리기를 몇 차례 반복할 때까지도 못 마시게 할 만큼 야박하지는 않았다. 그러나 점점 총기가 떨어지고 근력이 약해져 바람에 흩날리던 레이스 커튼에 불이 붙어 커튼이 다 타고 부엌 벽지까지 까맣게 그을린 그날, 엄마는 가스레인지 가까이 가는 것이 금지되었다. 세 노인이 모두 기함을 한 후였다. "집을 홀랑 태울 뻔했다니까. 몸에 안 좋다고 텔레비전에 수없이 나오는데, 왜 그렇게 좋아하시는지 몰라. 불나서 사람이라도 상했어 봐." 그 말을 되풀이했다.

그토록 좋아하는 커피 한 잔 못 마시고 몇 달을 더 사느니 맛있게 먹고 좀 더 일찍 죽어도 괜찮다고 생각하는 쾌락지상주의자인 나는 등 뒤로 다가와 커피 한 잔 타 달라는 엄마를 보며 당당하게 내가 마실 거라고 물을 펄펄 끓이곤 했다. 엄마는 그때처럼 말했다. "우리 딸이 사온 그 커피 좀 마시게 줘요. 아니 왜, 내 자식들이 사온 커피도 안 타 줘?" 서운함이 넘쳐 떨리는 목소리로 원장에게 항변했다. 난 엄마 편이었다. 커피 한 잔 못 마시고 목숨의 길이를 늘려 몇 년을 더 사신다고 그걸 안 주나. 행복할 리 없잖은가.

그래도 영영 커피를 안 주는 것은 아니었다. 엄마가 더 속상해하는 이유는 어쩌다 커피를 타서 줄 때도 아주 미지근하게 타 주기 때문이었다. 뜨겁게 드리면 혀를 델 수도 있고 설탕은 몸에 안 좋으니 빼고 준다고 했다. "밍밍하니 아무

맛도 없어. 어째 커피가 그러니." 엄마가 거의 울 것처럼 말했다.

달콤하고 뜨거운 믹스커피 한 봉. 엄마는 벌써 오래전부터 그 맛을 그리워만 할 뿐, 마실 수 없게 되었는데, 내 그럴 줄 알았지. 몰래 더 사온 커피 봉지 중 몇 개를 빼 엄마 서랍에 숨겨주었다. 원장 몰래 요양사 몰래, 간병인에게 부탁해 조금은 더 뜨겁고 달게 엄마에게 커피를 타 드렸다. 보드랍고 다디단 도넛도 입에 맞는지 커피와 함께 몇 쪽을 떼어 드셨다. 행복해져서 미간 주름이 펴진 엄마가 따뜻하고 은근한 눈빛으로 옷장을 가리켰다. "빨간 잠바 옷 주머니 열어봐. 내가 니들 오면 주려고 맛있는 걸 넣어놨어." 살구나무 옆 밤나무 밑에서 주워온 밤이 있다고 했다. "원장 몰래 안먹고 간직해놨지, 너희들 오면 주려고."

엄마 표정이 자못 의기양양해 보였다. 평생을 남에게 줄게 있어야 행복해하는 사람, 뭔가를 남의 손에 쥐어줄 때에만 신이 나는 사람이 고대했던 시간이었다. 커피 한 봉으로한껏 효도를 한 내가 선물을 받을 차례였다.

빨간 주머니는
노란 밤벌레의 집

옷장에 걸린 여러 개 겉옷 중에서 빨간 잠바를 들고 와 엄마 옆 침대에 걸터앉았다. 큰언니와 새언니가 사다준 옷들이 빽빽했다. 왼쪽 주머니에서 볶지 않은 연보라색 땅콩 몇 알이 잡혔다. 다른 주머니에 손을 넣었다. 햇밤이라고 했다. 또 엄마가 속삭였다. "내가 너희들 오면 주려고 안 먹고 넣어 논 거야." "알았어요, 알았어." 손바닥에 밤 몇 알을 올려놓다가 뭔가 오톨도톨한 알갱이들을 발견했다. 순간, 다갈색으로 반짝이는 밤들을 천장에 솟구칠 만큼 던져버리고 말았다. 노랗게 몸을 오므린 밤벌레가 안온한 주머니 안에서 튀어나와 바닥에 톡톡 떨어져 내렸다. 삶은 밤 속 죽어 있는 허연 밤벌레가 아니었다. 쌀알만큼 통통하고 노란 밤벌레가 발바닥 옆으로 좌르르 흩어졌다. 벌레들이 꿈틀거렸다. 다 살아 있었다. 내가 놀라서 비명을 지르자 요양원 마당 밤나무까지 흔들며 울려 퍼졌다. 나는 쥐나 뱀보다 작은 벌레가 더 무섭고 소름이 돋는다.

방바닥에 떨어진 밤벌레를 겨우겨우 휴지로 말아 마당에 버리고 와 빨간 잠바 주머니를 뒤집어 열었다. 한주먹에 딸려 나오지 못한 밤 몇 알과 떨어져버린 밤벌레가 좁쌀처럼 오글오글 주머니에 가득했다. 팔뚝에 소름이 닭살처럼 돋았다. 잠바를 가지고 밖으로 나가 탈탈탈 밤벌레들을 털어냈다. 깊은 한숨을 한 번 쉬고 덜덜 떨며 말했다. "왜 그랬어? 왜? 햇밤 따위 5천 원이면 한 바가지나 사 먹을 수 있다고. 그 다리를 하고서 도대체 왜 그걸 주워 넣어놓은 거예요? 이 따뜻한 주머니에."

불난다고 가스 불도 못 켜게 했던 새언니보다도, 믹스커피 못 마시게 막아야 하는 요양 간호사보다도 더욱 크게 소리를 질렀을 것이다. 놀라서 눈물까지 났다. '제발, 좀. 더 좋은 것 좀 주면 안 돼? 주머니마다 벌레나 키우지 말고, 땅콩 몇 알 기름져 쭈그러진 거 말고, 녹아내린 사탕 말고 좀 더 좋은 거 좀 주세요. 왜, 왜, 왜 맨날 저런 것만 모아놓고 자식 주겠다고 아끼고 있냐고요? 아직까지. 언제까지 그러려고?'

세련되지 못하고 부자도 아닌 엄마는 옛날부터 그랬다.

오래 넣어두어서 은박지까지 말라붙어 얇아진 껌 몇 개, 비닐이 붙어버린 녹은 사탕 서너 개, 엉켜 물러진 빨간 앵두, 오가다 딴 산딸기, 까맣게 익은 보랏빛 오디 그런 것들을 애지중지 모았다가 보물인 양 건네주었다. '몸뻬' 바지에 만들어 달아놓은 깊은 주머니에는 콩, 참깨, 동부, 팥, 녹두 몇 알이 오글오글 모여 있었다. 엄마는 아무것도 버리지 못했고 무엇이든 갈무리해 넣어 두었는데 늘 적절한 시기를 놓쳤다. 좋을 때 주지 않고 아끼다가 버려야 될 정도로 제 모양을 잃었을 때에야 꺼내놓았다.

장광 쌀통에 들어 있던 쭈글쭈글한 사과 같은 것, 물러버린 대추 같은 것들을 가져다주는 엄마의 손이 어리석어 보여 가슴을 쳤다.

돌돌 몸을 만 노란 밤벌레를 털고, 엄마의 빨간 점퍼를 세탁기에 집어넣고 온 날, 내 마음은 어렸던 그 시절처럼 울먹이는 억울한 소녀가 되었다. 누군가에게 하소연하고 싶어졌다. 사랑을 주려면 제대로 된 완전한 사랑을 달라는 마음. 뭘 하나를 주더라도 제발 온전하고 좋은 것, 그런 것을 달라는 마음. 험한 것을 주면서 귀한 것인 양 눙치지 말라고, 당신이 준 것들이 보잘것없어서 남들에게도 좋은 것을 요구하지 못하고 자라야 했다는 그 마음으로 가슴을 툭툭 치며 일기를 썼다. 아주 좋은 것들은 받아본 적이 없다는 서운한 깨달음을 어린아이가 된 마음으로, 어릴 적부터 가졌던 이상한 소원 같은 그 '온' 마음으로 기도하는 마음이 되었다. 제목은 '온 거로 주세요'. '온'은 어린 내가 자라나 이렇게 나이 들기까지 관계를 맺는 모든 이에게 바라는 단 한 가지 말이기도 했다. 관형사로 '전부의' 또는 '모두의'라는 뜻이고 영어로는 'all' 'whole' 'entire'의 뜻인 온이라는 말을 간절하게 좋아했다. 온전한 채로 있는 것, '전부' '통째로'라는 뜻의 경상북도 사투리. 어린 내가 보내는 마지막 어리광이었다. 다시 어린애가 되어버린 것 같은, 읽지도 듣지도 못할 엄마에게.

반으로 말고, 잘라서 말고 깨진 거 말고 온 거로 주세요. 주려다가 손을 거둬 감질나게 말고요. 주춤주춤 내밀다가 한숨 쉬지 말고 오로지 한 것으로, 온전히 둥근 거로. 온몸으로 온 마음으로 만들어진 바로 그것, 그대로 주세요. 여러 번 찔끔 슬쩍 나누지도 말아요. 그거 온 거로 하나, 온 거로 받을래요. 사과도 온으로, 무화과도 온으로, 꽃나무도 온 거로, 사랑도 온 거로. 찌그러진 세모 눈 말고 찌푸려 모난 얼굴 말고 귀퉁이 썩어가는 반쪽 얼굴 말고 온 얼굴로 주세요. 줄 줄 아는 당신이 모를 리 없잖아요? 생떼가 아니에요. 부드러운 부탁입니다. 갈라지지 않은 고운 열 개의 손가락 같

은 약속으로 주세요. 온으로 주고 온으로 받아서 온 거로 살
다 죽어요. 당신도 나도 온 숨으로 숨을 쉬듯이. 온 세월을
온 거로.

터무니없이
착하기만 해

"어디를 가더라도 누구를 만나러 가더라도 빈손으로 가지
마라." "밥 때가 되었을 때 우리 집에 온 사람을 빈 배로 보
내지 마라." 엄마, 아버지에게서 배운 것은 저 두 가지였다.
앉혀놓고 가르친 건 아니었다. 특히 엄마는 단 한 번도 우리
집에 온 사람을 먹이지 않고 마실 것을 주지 않고 보낸 적이
없다. 그런 모습을 집 떠나기 전까지 16년 동안 봐왔다.

궁벽한 산골 동네에 있는 내 어릴 적 집 대문은 큰길을 앞
에 두고 열려 있었다. 큰길 옆 우리 집 마루에선 산 밑에 사
는 아줌마, 소 키우는 아저씨, 탁발 나온 스님, 때로 어떻게
왔나 싶은 걸인에, 물건을 떼어다 파는 화장품 아줌마, 고물
장수 아저씨까지 지나가는 게 다 보였다. 손님 아닌 사람도

손님이 될 수 있게 큰 대문이 항상 열려 있었다. 슬쩍 기웃거리거나 불쑥 들어오는 사람까지 엄마는 언제나 반색하며 불러들였다. 사람의 기미만 보이면 커다란 목소리로 "어이 들어오셔, 사양 말고 들어오셔" 잡아끌어 앉혔다.

집으로 들어온 사람에겐 언제라도 먹을 것을 내놓았다. 국수, 고구마, 감자, 옥수수, 전, 고추장 장떡 같은, 눈에 보이는 것들을 선뜻선뜻 내놓았다. 초면이든 구면이든 사람들은 먹을거리 앞에 둘러앉았다. 누군가 사양하면 엄마는 '숟가락 하나 더 놓으면 된다'는 말로 그들의 부담을 가볍게 덜어내었다. 미숫가루를 타거나 가루주스를 만들어 턱 앞까지 들이밀었다. 위아래 구분을 하지 않았다. 우리 집에서 쉬었다 가는 사람들은 집을 나서며 덕담을 했다. 우리를 보고는 엄마가 보살이니 자식들이 복 받을 거라는 말도 해줬다. 남에게 다정하고 베풀어 먹이기를 좋아하는 엄마는 남의 집에 갈 때도 절대 빈손으로 가지 않았다. 토마토나 산딸기라도, 과자 한 봉이라도 뒤져서 찾아들고 들어갔다.

엄마가 어딘가 갈 때마다 뭔가를 봉지, 봉지 처매어 챙겨 넣듯이, 유전자의 신묘한 조화처럼 나는 요즘도 직접 만든 잼, 강정, 반찬, 김치, 과일 말린 거, 효소들을 병에 담아 리본을 묶고 손수건으로 싸매 이고 지고 나간다. 상대에게 무언가를 주지 않으면 마주한 얼굴 앞에서 손이 허전하다. 내 집에 일하러 온 사람이나 잠깐 들른 사람에게도 밥 때가 되면 국수나 차라도 대접하지 않으면 마음이 불편했다. 언젠가 친구에게 보험 가입을 권하려고 찾아온 사람에게도 밥을 해 먹였다고 이야기한 뒤 그건 좀 오버라는 말을 듣고는 '내가 사람을 대하는 데 있어 비굴하거나 주눅 든 게 아닌가' 생각했다. 아무튼 뼈에 새길 만큼 저 두 가지 습관이 내게 들어버린 건 엄마 탓이다. 뭔가를 주워오거나 모아놓고 버리지 못하는 호더 증후군도 엄마로부터 물려받은 것 같다.

엄마는 여태까지 그 버릇을, 저 생각을 금과옥조처럼 지키고 있다. 줄 것도 딱히 없는 남의 집 요양원에서 그렇게나 간절히 누군가에게 뭔가를 쥐어주고 싶어 몸살을 앓는다. 엄마의 가장 큰 슬픔은 여기서 돈을 못 쓰게 하는 것, 농사를 못 지으니 줄 게 없는 것이다. 이것저것 돈으로 사서라도 주고 싶은데 가게가 없다. 돈을 갖고 있을 수도 없다. 오늘도 그랬다. 요양원에 들어서기가 무섭게 엄마는 내 손에 들린 먹거리들을 받아 안았다. 조금은 탐욕스러워 보일 만큼 짯짯이 사온 것들을 살펴보면서 매의 눈으로 훑어보는데, 이유는 한 가지, 어서 그것들을 사람들에게 나눠주고 싶어서였다.

"애야. 저 기사님한테 얼른 저 봉지에 있는 요구르트 한 줄 좀 갖다드려, 이 땡볕에 나 태워다주느라고 얼마나 고생

했는지 몰라. 얼른 저 할머니한테 주스 한 잔 따라드려. 요새 딸자식이 아프다고 안 온 지 오래돼서 먹을 게 별로 없거든. 저기 저 방에 할머니한테는 빵 좀 갖다드려. 저번에 나 먹으라고 과자 갖다준 사람이야." 엄마는 줄 게 생겨서 그야말로 생기가 돈다.

오늘은 요양원에서 시내에 있는 병원에 갔다 오는 길이었다. 앰뷸런스 기사는 다른 할머니들에 비해 유독 상체가 무겁고 하체가 부실한 엄마를 으ㅉ 겨우 꺼안아 들어 올려서 휠체어에 내려놓고 서둘러 운전석으로 돌아갔다. 7월 말의 햇볕이 요양원 마당에 자글자글 끓었다. 아무튼 남에게 뭐를 주는 게 급한 일이 아니었다. 당신 자신 엉덩이뼈가 부러져 큰 수술을 받은 상태고 세 시간 수술 끝에 뼈를 이어 붙여 놨어도 다시 걸을 수 있을까 말까 한 절망적인 상태였다. 퇴원 수속한 병원에선 그동안 냉장고에 쟁여놨던 요구르트 병 주스, 두유, 강장제를 한가득 담아주었다. 먹고 싶다고 특별히 청했던 포도알도 통에 담겨 있었고 한여름 귤도 두 세 봉지 그대로였다.

구급차를 운전하는 기사는 휠체어에서 앰뷸런스 의자에 앉힐 때 한 번, 요양원 휠체어로 내릴 때 한 번 안아줬을 뿐 엄마와는 일면식도 없는 사람이었다. 자신이 할 일을 할 뿐이었다. 나는 바로 옆에서 병원 짐을 바리바리 싸 들고 엄마

가 앉은 자리 옆에 겨우 걸치고 앉아 수술한 엄마 다리를 주
무르고 행여나 흔들릴까 떠받치며 왔다. 팔다리가 저렸다.
때가 때인지라 그런 거겠지. 딸내미 힘든 것보다 자기가 아
픈 것보다 남에게 폐 끼치는 것만 신경 쓰는 엄마에게 좀 짜
증이 났다. 이젠 넓디넓은 오지랖에 화마저 났는데, 엄마의
지금 처지가 남 생각 할 때는 아니잖은가.

"저 기사님은 엄마를 위해 특별히 애써준 게 아니니까 그
렇게 뭘 주지 못해 안달 안 해도 돼요. 그리고 저 할머니, 딸
내미가 한 주 안 왔다고 주스 한 컵 못 먹어서 불쌍할 게 뭐
예요. 남 좀 그만 챙겨요. 주스 못 먹고 요구르트 못 마셔서
목말라 죽는 사람 없다고요." 정작 내 목이 타들어 가는데.
엄마는 오불관언. 요구르트 한 묶음을 챙겨 서둘러 기사님
께 안기고 들어온 뒤 휠체어에 앉은 할머니에게 주스를 따
라드렸다. 간병인 아주머니에게는 두유를 드리고 고관절 수
술하느라 2주간 비어 있던 침대에 엄마를 눕혔다.

이제 누구 한 사람의 자비로운 손길이 아니면 엄마는 저
침대에서 한 걸음도 걸을 수 없게 되었다. 움직이지 못하는
몸으로는 누구를 손짓해 불러도 사탕 한 알 줄 게 없다. 그
몸을 하고서 기름 값 하라며 주머니를 뒤지고 침대 밑을 열
어보라는 저 착한 여인에게 이젠 뭐라 할 말이 없었다. 자기

침대에 아물지 않은 다리를 하고 뉘어진 괴산 요양원의 착한 사람, 김봉예는 처음으로 차가 보이는 곳까지 배웅을 나오지 못하고 잠이 들었다.

평생을 자기가 진실로 무엇을 원하는지 한 번도 들여다보지 못한 사람, 그래서 욕망의 가장 깊은 곳을 정확하게 말하지 못하고 늘 뭉뚱그려서 말했던 사람, 주지 않으면 받을 일이 없을 거라고 믿고 자랐던 사람, 어쩌면 지나가는 추레한 걸인까지 걷어 먹이며 애면글면 산 것은 어렸을 때 버려진 고아로 자라난 자신을 보살피는 연민이었을 것이다.

그래도 그렇지. 어떻게 수술을 할 때조차, 마취제를 맞는 순간에도 의사가 힘들까 봐 걱정하면서 "고마워요, 의사 선생" 하고 말할 수 있는지.

권 안과 선생과
박카스

가볍고 경쾌하게 양성모음을 내는 엄마의 말투를 이제는 그러려니 하게 되었다. 고친다고 바로 안 되는 것이 말투와 억양일진대 단시간에 습득한 엄마의 총기가 놀랍고 신기했다. 미묘하게 달라진 게 또 있었는데 엄마는 여자와 남자를 대할 때 표정의 온도가 달랐다. 남자를 볼 때 조금 더 따스했고 말투도 은근하고 다소곳했다. 원장이 어딘가로 출타해 없을 때면 가만히 원장이 돌아오기를 기다리는 얼굴이 되었다. 요양원에 없는 것이 못내 서운해 보였고 마침내 그가 돌아와 자식들 앞에서 엄마 손을 잡아주면 부끄러운 듯 행복해했다. 요양사나 간병인 아주머니들에게는 보여주지 않는 표정이라, 남자라서 무조건 좋아하시나 했다. 엄마는 자기한테 더 잘해주는 사람이라 좋아하는 거라고 당연한 듯 으쓱했지만 옛날부터 딸보다는 아들들을 더 아끼고 더 좋아했다. 두 살 위 작은오빠를 살뜰히 챙길 때는 "오빠는 몸이 더 약하잖니" 하고 변명을 했다. 약하니까 더 잘해주고 잘해주니까 더 좋아하는 거라는 말을 곧이곧대로 믿는다 해도 권 안과 선생님을 향한 흠모는 좀 과한 데가 있었다.

미세먼지와 황사가 두텁게 몰아치던 어느 봄날이었다. 미세먼지 지수가 서울은 말할 수도 없이 심한데 산골 공기라고 별반 다르지 않았다. 엄마는 나를 만나자마자 눈자위를 자꾸 비볐다. 요양원에서는 할머니들이 완전히 잠들기까지 침실 불을 꺼주지 않고 대낮에도 항상 형광등을 켜놓아서 눈이 부시고 눈알이 뻑뻑하고 아프다고 했다. 안구건조증인 탓에 내가 늘 갖고 다니는 인공눈물을 엄마에게 통째로 드리고 간병인에게 안약 처방을 부탁했다. 그런데 요양원에 발을 들여놓자마자 늦기 전에 어서 가라고 손사래를 치던 엄마가, 간다고 일어서면 빨리 가라고 등을 떠밀던 엄마가 돌연 색다른 얘기를 했다.

"시간 좀 있지? 나 좀 권 안과에 데려다주고 가. 눈이 아주 아파. 음성에 있는 안과 선생님이 내 눈을 아주 잘 알아. 몇 년을 못 찾아갔어. 그 선생이 아주 나한테 잘했는데."

음성에 있다는 권 안과 선생님을 나는 전혀 몰랐다. 엄마는 새로 약을 처방받고 싶다고 용건을 찾아낸 뒤, 폭주하는 소녀 팬처럼 다짜고짜 그 선생님이 너무 보고 싶다고 했다. 그런 엄마를 차에 태우고 옆에 앉았다. "그렇게 보고 싶으셔?" 처음에는 엄마를 놀렸다. 빙글빙글 웃으며 손도 잡았다. 괴산에서 음성은 아주 멀지 않으니 갔다가 치료하고 다시 요양원에 모셔다드리면 되었다. 그 정도를 못할까 싶었다. 엄마가 말하는 권 안과는 내비게이션으로 곧 찾을 수 있었지만 엄마가 다니던 때의 그곳이 아니었다. 엄마가 혼자 찾아가 앉아 있던 '차부 옆에 있는 작은 권 안과'는 사라지고 없었다. 그 사이 돈을 많이 벌었나, 권 안과는 새로 지은 건물의 높은 층에 있었다. 수십 개의 간판이 달린 건물을 앞에 두고 엄마는 당황했다. "아이고, 하나도 모르겠네. 권 안과는 어디로 갔니?"

1층에 있던 권 안과를, 고구마나 감이나 옥수수를 가져다주면 아주 좋아했다는 간호사와 의사를 한사코 찾는 엄마를 데려가 간판 글자를 하나씩 짚어 보여주었다. "이사를 했구나." 겨우 납득한 엄마가 새 안과 건물을 올려다보며 은근하게 내 손을 잡아끌었다. 들어가기 전에 박카스 한 박스를 사달라는 거였다. "얼마 안 해. 어떻게 빈손으로 가니? 선생님이 아주 나한테 잘해줬어. 박카스 한 통 사다주고 싶어. 약국에서 파는 거 그거. 열 갠가 들어 있잖니. 간호사도 줘야 하니까 한 박스 사야 돼." 한숨이 나왔다. 땅을 칠 만큼 어이없는 이 오지랖 엄마. 궁상맞고 청승스러운 엄마 말고 똑똑하고 강인한 엄마를 그렇게 바라고 살았건만.

"엄마가 뭘 그리 예쁘고 특별한 환자라고 더 잘해줬겠어. 십 몇 년 전 백내장 수술한 시골 할머니를 기억도 못할 거야. 그 선생은 박카스 같은 건 매일 마실 걸. 아니 싫어할 거야. 내가 지금 돈이 없어서가 아니라 그걸 사서 엄마 손에 쥐어드리고 싶은 마음이 안 생겨. 엄마가 그 몸으로 그걸 들고 가 선생한테 주는 모습을 보고 싶지 않아. 제발 그만 하셔. 병원은 아파서 치료하려고 가는 곳이지 빈손으로 가면 안 되는 곳이 아니야. 싫어, 안 살 거야. 절대로."

모질게, 끝까지 못되게, 박카스를 사주지 않았다. 바로 앞에 약국이 있는데도 이를 꽉 깨물었다. 권 안과에 들어가는 것까지 사위한테 업혀 들어가야 할 판에 왜 이러시나. 정말이지 끝까지 박카스를 들고 가려는 엄마의 마음이 미워지려고 했다. 간호사들 네다섯 명이 분주하게 움직이는 안과로 올라가 접수를 마치고 기다렸다. 엄마는 박카스를 사들고 오지 못해 기죽은 듯, 안 사준 내가 고까운 듯 대기석에 앉아 휘황찬란한 병원을 두리번거렸다. 새 기계가 반짝거리고 카페처럼 꾸며놓은 병원에서 간호사들은 하나 같이 젊었다.

당연히 아무도 엄마를 알아보지 못했다. 지루하게 한 시간이나 기다렸을까. 스르르 기운이 없어진 엄마는 처음엔 여기저기 의사 선생을 찾는 눈치더니 아예 지쳐 길게 누워 있어야 했다. 옛날에는 자주 오는 엄마를 간호사가 한눈에 알아봤겠지. 주섬주섬 먹을 걸 꺼내고 박카스를 쥐어주는 다정하고 촌스러운 엄마를, 세상 할머니들에게 모두 그렇듯이 조금은 안쓰러운 엄마를 친절하게 대해주었겠지. 그러나 지금은 진료실도 멀어서 의사 얼굴도 미리 보기 어려웠다.

드디어 엄마의 이름이 불렸다. 반짝 정신이 든 엄마를 부축해 의사 앞에 인도하려던 순간, 기적이 일어났다. 엄마가 굽었던 허리를 쫙 폈다. 양 옆에서 끼지 않으면 잘 걷지도 못하시더니 별안간 뚜벅뚜벅 진료실의 권 선생을 향해 내 손도 뿌리치고 곧장 혼자 걸어가시는 거였다. 황당해서 입이 다물어지지 않았다. 당연히도, 권 안과 권 선생님은 엄마를 전혀 기억하지 못했고 특별히 대하지도 않았다. 하루에 100여 명 넘는 환자를 보는 의사가 몇십 년 전 평범한 할머니를 기억할 리 없는 일. 엄마가 내 손을 뿌리쳤으므로 나는 진료 의자 옆에 서 있었다. 알아봐주기를 초조하게 기다리는 안쓰러운 엄마 옆에. 홀로 반색을 하며 "나예요, 나, 김봉예. 여기 병원에 자주 왔었잖아요? 선생님이 수술을 해줘서 세상이 다 훤하게 보였는데" 절박하게 각인시키려는 의지에 찬 엄마 옆에.

 3분이나 걸렸을까. 진료를 마치자마자 바로 기운이 빠진
시골 할머니, 권 선생의 기억에 전혀 없는 할머니가 된 엄마
가 허리를 꺾고 내게 기대어왔다. 다음 손님이 우리 사이로
빠르게 지나갔다. 가엾어라. 그러나 한심해라. 박카스를 사
달라던 아래층 약국에서 처방전을 내밀고 인공눈물을 한 박
스 사서 요양원으로 되돌아가는 길, 엄마는 의사 권 선생을
향한 그리움을 해갈하지 못하고 절망에 빠져 얼굴빛이 꺼
멓게 내려앉았다. 그 뒤로 남 줄 생각 말고 엄마나 마시라고
박카스를 사 드렸던가, 아니었던가.

2부

엄마의
죽음은
처음이니까

새벽 1시,
이상한 사설 응급차

가끔은 엄마 옆에서 하룻밤 자고 싶어도 잘 데가 없다. 요양원은 빈 방에 빈 침대가 많지만 그 옆에서 보호자가 자는 건 안 된다고 했다. 넓은 거실에서 하룻밤 있어도 될까 생각했지만 청하지는 못했다. 엄마를 데리고 나와 어디 깨끗한 여관에서 하루 자볼까 해도 여의치 않았다. 어떻게 모시고 나가 눕히고 주무시게 하랴. 혼자 걸을 수도 누울 수도 없는 이를 옮기는 일은 지난하다. 원장에게 한나절만 엄마를 모시고 저 고향 집에 한번 다녀올까 물었지만 그는 난색을 표했다. 피로와 병균에 취약한 상태라 건강이 악화할 것을 우려했기 때문이다. 병원으로 옮겨져도 마찬가지였다. 나는 엄마 옆에서 잘 수 없었다. 일종의 노인 병원인 괴산서부

병원은 딱히 특실도, 1인실도 없었고 응급실도 운영하지 않는, 그저 노인 질환을 다루는 병원이었다. 병원에는 내과와 정형외과와 물리치료실 정도만 있어서 응급환자가 있을 곳은 아니었다. 보호자는 그저 방문객에 불과했다. 이 병원은 요양원과 종합병원의 중간지대 같았다. 주로 노인들이 오는 병동이어서 그런지 간병인을 쓰는 비용이 병원비에 포함되어 있었다. 간병을 핑계로 머물 곳도 딱히 없었다. 노인 환자들은 요양원이나 집에 있다가 증세가 악화되면 병원으로 옮겨지고 입원해서 앓다가 상태가 조금 좋아지면 다시 요양원이나 집으로, 나빠지면 종합병원 응급실로 옮겨졌다. 눈 감은 채 여기저기로 옮겨지고 뉘는 노인 환자의 마지막 인생 행로를 짯짯이 보고 있다.

요양원은 병원이 아니므로 의사나 간호사가 상주하지 않는다. 병원에서 처방한 약을 제때 먹이는 간호조무사가 출퇴근하는 정도이므로 처방약으로 증세가 낫지 않으면 바로 노인 병동으로 옮겨졌다. 엄마는 요양원에 있는 시간과 병원에 머무는 기간이 비슷해졌다. 때로 언니들이 원장은 왜 그렇게 엄마를 자주 입원시키는 거냐고 불만을 표했지만 알고 보니 이해 못 할 일은 아니었다. 요양원은 의료기관이 아니니까. 치료가 필요하면 요양병원에 계셔야 한다. 요양원은 단지 가정집의 대체 장소다. 치료가 아닌 가료와 요양을 하는 곳이므로 아프면 반드시 병원으로 가야 한다. 집에서 가족이 돌보다가 아프게 되면 병원에 가는 것과 같다. 병원으로 보내지 않으면 방치나 학대한 것이 된다. 요양병원에서도 증세가 아주 좋지 않으면 종합병원으로 보내거나 호스피스 병동으로 보낸다. 다행히도 엄마는 고관절 수술을 성공리에 끝냈고 중간중간 아파도 서부병원에 가서 치료받으면 좋아지곤 했다.

병원에 다녀온 지 며칠 지나지 않은 밤, 10시쯤 전화가 왔다. 엄마는 병원에 있는데 전화는 희한하게 요양원 원장에게서 왔다. 엄마가 퇴원을 하나 보다 했는데 원장이 처음 듣는 소리를 했다. 엄마를 지금 당장 큰 병원으로 모셔야 한다고. 폐렴 기운이 가시지 않아 긴급 후송을 해야 한다고. 병원에 입원했다가 요양원으로 가셨다가 똑같은 경로를 서너 번 반복하던 엄마는 스텐트 시술 이후 큰 병원으로 간 적이 없었다. 잘 이해를 하지 못했다. 영양제 많이 맞고 호전된다고 했는데 이 밤에 왜? 내일쯤 병원으로 가겠다고 했는데 연이어 전화가 왔다. 지금, 빨리, 당장 큰 병원으로 가야 한다고 했다. 이후엔 더 알아듣지 못하는 말이 나왔다. 후송하려면 구급차를 불러야 하는데 보호자가 빨리 돈을 내거나 어서 빨리 병원으로 직접 데리고 가야 한다고 했다. 왜 이 밤중에 위급하지 않은 노인을 종합병원 응급실로 옮겨야 하는지 도무지 알 수 없었다.

시간은 흘러 밤 11시. 차를 타고 아무리 빨리 간다고 해도 최소 두 시간은 걸렸다. 병원으로 간호사에게 전화를 걸었다. 아무래도 숨이 안 좋아 당장 옮겨야 한다면서 그러나 어느 병원으로 옮겨야 할지 몰라서 알아보는 중이라 했다. 상태가 어떠신데 이 한밤중에 꼭 옮겨야 하느냐, 우리 차로 옮겨도 되느냐, 119를 부르느냐, 병원 앰뷸런스를 사용하느냐, 큰 병원이든 현 병원이든 병원 앰뷸런스를 쓸 수 있느냐, 하다못해 요양원 승합차라도 쓸 수 있느냐, 여러 이야기가 오갔다. 결론은, 어느 곳에 있는 차도 사용할 수 없다는 거였다. 큰 병원으로 가려면 지금 응급실로 가야 입원실을 얻을 수 있으니 더 늦기 전에 가야하고 큰 병원이든 작은 병원이든 앰뷸런스를 아무 때나 부를 수는 없다고 했다. 병원과 병원 간의 환자 수송에는 119를 부를 수 없으니 당연히 당장 사설 응급차를 써야 한다고 했다.

나는 사설 응급차에 대해서 처음 들었다. 그랬으니 그토록 병원이송체계를 이해하지 못할 수밖에. 사설 응급차를 부르려면 막연히 알던 119가 아니라 129로 걸어야 한다고 했다. 얼른 비용을 지불하고 사설 응급차를 불러야만 병원으로 후송될 수 있다는 말을 듣고도 한참 이해하지 못했다. 그야말로 목숨이 경각에 달린 것도 아니고 지금 계신 곳도 병원이고 가야할 곳도 병원인데 왜 사설 응급차를 불러서 이 밤중에 가야 하는 건지 납득할 수 없었다. 병원 간호사와 요양원 원장이 자꾸 긴급 상태라니 뭔지도 모르는 상태로 차를 몰고 가야만 했다. 한밤중 도로에서 그 사이에 엄마가 가고 있는 큰 병원이 청주종합병원인 걸 알게 되었는데 병원에서 섭외한 사설 응급차 기사에게 전화가 오기 시작했다. 나는 응급차 기사에게 새벽 1시면 병원에 도착할 수 있다고 알렸으나 그때까지 기다릴 수 없다며 지금, 바로, 당장, 후송 비용을 내야 한다는 소리만 반복했다. 응급차 기사의 전화 목소리는 친절하지 않았다. 속이 탔고 불안했다. 얼마냐고 물었더니 계좌번호와 함께 20만 원이 넘는 액수를 찍어 보냈다.

사설 응급차에 관해 검색해보니, 응급차에는 의료진과 응급 시설이 구비되어 있고 기사 외에 의사나 간호사, 생명구조사가 동승한다고 쓰여 있었다. 지금 엄마가 타고 있는 차에는 누가 있는 걸까? 긴급한 상태라면 옆에 의료진이 있는 건가? 서울에서 움직이는 내 차와 같은 시간에 엄마는 어떤 상태인 줄도 모르고 보호자도 없이 사설 응급차에 실려 병원으로 후송을 '당하고' 있었다. 129 기사에게 계속 전화가 왔다. 용건은 오로지 입금했느냐는 것. 휴게소에서 ATM기

를 찾으면 바로 입금하겠다고 했는데 빨리빨리 입금하라고
만 할 뿐, 그 차에 의료진이 있는지 현재 엄마가 응급조치를
받고 있는지 확인해주지 않았다.

괴산에서 청주까지 이송하는 비용이 참으로 비싸구나. 기
사님은 왜 이렇게 짜증을 내나. 제 부모 병원 후송 비용을
안 내는 이가 있겠나. 왜 꼭 이 새벽에 후송을 해야 하나. 여
러 생각이 오갔다. 황망한 중에 병원에 도착했더니 엄마는
응급실 저 구석에 부려져 혼자 누워 있었고 응급차 기사는
코빼기도 보이지 않았다.

괴산병원 환자복을 입은 채 부들부들 떨고 있는 엄마를
확인하고 제일 먼저 돈을 보냈다. 감사하다고 문자를 보냈
지만 답장은 오지 않았다. 우리가 도착하고도 한참 동안 엄
마를 들여다보는 의료진은 아무도 없었다. 방치되어 있을
뿐. 이럴 거면 왜 이 새벽에, 한밤중에, 사설 응급차에 엄마
를 싣고 왔나 따지고 싶어도 따질 데가 없었다. 전화한 원장
도 없고 입원시켰던 병원 관계자도 없고 청주병원 담당자도
누구인지 알 수 없었다. 황당하고 속상했다. 엄마는 그냥 실
려 온 환자일 뿐, 응급환자도 아니었던 거였다. 이 밤중에 응
급실에라도 들여놓아야 입원할 수 있으니 사설 응급차를 태
워 보낸 것일 뿐.

새벽 1시 반. 저 홑껍데기 환자복을 입은 몸으로 수술한

자리가 아물지도 않았는데 한밤중에 깨워져 이리저리 들어 옮겨졌을 엄마를 보니 눈물이 쏟아졌다. 건강한 사람이라도 온전할 정신일 수 없는 상태인데, 엄마는 거의 넋이 나가 있었다. 손발은 차갑고 자신이 누군지도 모르고 무작정 내게 춥다고만 했다. 딸인 나조차도 알아보는 것 같지 않았다. 내옆에 서 있으니 아는 사람인가 싶을 뿐인지, 울고 있으니 자식인가 싶은지 흐린 엄마 눈에도 눈물이 흘러내렸다. 슬픔의 감정이 든 눈물이 아니라 공포가 드리워진 눈물이었다. 아들이 얼굴을 들이밀어도 딸이 이불을 덮어줘도 정신이 돌아오는 기미가 없었다. 자기 몸에, 자기 병에, 자기 죽음과 삶에 관해 단 한 가지도 결정할 수 없는 무력한 존재가 저기 저렇게 부려져 누워 있었다.

응급실에 퍼지는
한 서린 욕

엄마는 정신이 나간 사람처럼 도돌이표 가득한 말을 여섯 번이나 말했다. "추운데, 지금 추워 죽겠는데, 저기 이불이 저렇게 많은데, 나한테 그걸 안 준다 개가. 아주 나쁜 XX야." 엄마는 춥다고 떨면서 계속 이불을 달라고 했다. 간호사가 여기저기 빈 침대에서 담요를 걷어다줬다. 보푸라기 가득한 하늘색 병원 담요를 세 개나 덮어드리고 수면 양말을 신겨 드렸다. 환자의 맨발은 보기만 해도 시리고 슬프다. 이불 사이에 파묻힌 엄마가 또 소리를 질렀다. "배고파 죽겠는데 저기 먹을 게 쌓였는데 그걸 안 준다. 세상에, 어떻게 그러니? 모르는 사람에게도 안 그럴 걸. 나쁜, 아주 나쁜 XX야."

7월의 마지막 날이었다. 생의 저 어느 날 추웠던 기억을,

배고팠던 기억을 이참에 다 기억해내서 기어이 다 발설하고 픈 마음이 들었던 모양이다. 초점 없이 허공을 향해 욕이 흘러나왔다. "아주 사람들이 많아, 나도 거기 갈 수 있었는데, 그 X이 못 가게 하는 거야. 몇 푼이나 된다고 그걸 막니? 그래. 니 아부지가 왔어. 안 보여? 저기 있잖아. 저 양반이 왜 이제 왔다니?"

평생을 착하게만 산 것 같은 엄마가 불분명한 의식 끝에 남을 욕하면서 그야말로 눈에 이글이글 불이 타오르기 시작했다. 텅 빈 눈과 분노에 찬 말들이 응급실 구석구석을 저렁저렁 울렸다. 아픈 애기를 안은 여자가, 붕대를 감은 남자가, 황망 중에 찾아온 보호자들이 놀라지도 않고 무심하게 우리 쪽을 돌아봤다. 참혹했다. 이토록 평생을 갉아먹은 남 말의 하찮은 표현 하나와 그것이 들어가 박힌 엄마 마음자리의 깊은 아픔이라니. 엄마는 물기가 없어 자꾸만 목 뒤로 말려들어가는 혀로 여섯 번을 반복해 박혀 있는 칼 같은 말을 빼내고 있었다. '섬망'이었다.

가까이 있는 사람이 제일 아프게 한다. 같이 사는 사람이 제일 괴롭게 한다. 떨어져 있으면 아스라하고 그리워할 수도 있는 사람이 사시사철 주야장천 옆에서 붙어산다면 세상에 다시없는 원수가 될 수도 있다. 한 공간에서 거의 매일 부대끼다 보면 부처님 가운데 토막이라도 돌아앉게 만들 수 있다. 엄마가 지금 버럭버럭 분노하는, 섬망에 빠져 욕을 하는 대상은 누구인 걸까. 알면서도 모르고 싶었다.

내 엄마여도 타인은 타인이다. 엄마같이 무르고 헐렁한 성정을 가진 사람이 사실은 곁에 있는 사람을 더 괴롭힌다는 것도 아는 나이가 되었다. 남에게 무한정 착한 사람이 옆에 오래 같이 살면 천하에 나쁜 사람이 될 수도 있다. 어쩌면 그 무구한 착함으로 사람을 돌아버리게 만들 수도 있다는 것을 이제는 안다. 상처는 그냥 받기만 하는 게 아니라 '주고받는' 것이다. 나에겐 친엄마지만 며느리에겐 시어머니인 엄마가 말로, 표정으로, 행동으로 어떻게 상처를 주었을지 나는 마치 본 것만 같다. 다른 이에겐 천사거나 배포 큰 여장부 같았을 내 시어머니에게 내가 며느리로서 받은 상처가 전혀 아물지 않았으니 말이다.

말은 힘이 센데 나쁜 말은 정말 너무 기운이 세서 사람을 벼랑까지 내몰 수 있다. 말도 욕도 앞에 있는 사람이 받아줄 수 있다. 안 받으면 말도 욕도 아직 내 것일 뿐. 엄마는 지금 들어주는 귀가 있다고 믿으며 저 깊이 가슴속에 묻어둔 것들을, 서리서리 뭉쳐진 것들을 풀어내고 있는 것이다. 아흔 살이 다 되어 하나 남은 이빨로 혀가 말려 들어갈 만큼 서럽게 욕을 하는 엄마를 앞에 두고 나는 에어컨이 쏟아지는 응급실 침대 끝에서 진땀을 흘리며 각오했다. 염천 더위에 지난 말을 끌어안고 욕하면서 죽지는 않으리라. 섬망 상태에서 평소보다 더 또렷한 말로 욕하며 죽지는 않으리라.

사람의 삶의 끝이 꼭 이럴 수밖에 없나, 나는 지금 가장 나쁜 엔딩의 영화를 보고 있는 거라고, 그러나 제 스스로 저런 배우가 되어 저런 장면을 찍지 않도록 애써야겠다고 다짐했다. 그때, 간호사가 엄마 이름을 불렀다. 이송된 환자의 전력을 보던 의사는 가라앉은 얼굴로 동의서를 내밀었다. 심근경색으로 쓰러졌을 때, 고관절 수술을 할 때 이미 여러 번 사인한 똑같은 그 동의서. '심폐소생술 금지' '기도 삽관 금지' '산소호흡기 부착 금지' 그런 것들에 또 체크했다. "너무 고령이셔서…." 의사가 말끝을 흐렸다. 큰 병원에 입원할 절차를 밟기 위해 고관절 수술 자리를 찍고 폐 사진을 다시 찍어야 했다. 이 침대에서 저 침대로, 엑스레이, MRI 찍는 곳으로 옮겨질 때마다 엄마의 부러진 엉덩이 다리 쪽이 덜렁거렸고 어깨와 목이, 허리와 다리가 관절 인형처럼 두둑두둑 소리를 냈다.

들어줄 이가 자식밖에 없는 엄마의 원망과 욕설은 응급실에 울려 퍼지다가 중환자실로 옮겨지면서 잠시 그쳤다. 새벽 3시, 그 사이 목이 마르다고 물 좀 달라고 소리치는 엄마에게 물 한 잔을 주지 못했다. 물을 마시면 안 된다기에, 거

즈에 물을 묻혀 입술을 적셔주었지만 공포와 통증으로 바싹 마른 위아래 입술이 거친 숨에 마르고 말라 자꾸 붙어버렸다. 풀썩풀썩 이도 없는 입술이 숨 쉴 때마다 붙었다 떨어지는 그 참혹한 순간, 엄마가 또다시 섬망 상태로 접어들었다. 이번에는 그동안 봐왔던 귀엽고 착한 증세가 아니었다. 좀 더 과격하고, 강하게 소리치는 이상한 증세였다. 사람 하나 나이 들고 아프다가 소멸해가는 과정이 하나하나 다 처음이었지만, 자꾸만 처음 보는 증상이 엄마에게 찾아왔다.

정신이 잠깐 돌아온 것일까. 침대 끝을 잡고 따라가는 내게 엄마는 처음으로 '가지 말어'라고 소리쳤다. 만나기만 하면, 얼굴을 보기만 하면 어서 가라고, 가서 쉬라고, 왜 또 왔냐고 맘에도 없는 말을 버릇처럼 쏟아붓던 분이 처음으로 "어디 가? 어디 가니? 가지 말어. 국수 끓여 놨잖아. 국수 먹고 가야지…"라고 말했다. 말처럼 나온 대사는 그게 마지막이었다. 엄마 입에선 계속 소리가 나왔지만 문장이 되는 말은 나오지 않았다. 국수라니. 과거와 현재가 혼란스러운 의식의 엉킴이 어떻게 흐르다가 그 하얗고 길고 뜨거운 국수를 끓이는 것까지 다가갔을까.

중환자실은 하루 24시간 동안 단 10분씩 두 번만 면회할 수 있었다. 중환자실 엄마 양옆 침대에는 의식 없이 깡마른, 뺨이 움푹 패어버려 짙은 음영을 가진 얼굴의 노인들밖에 없었다. 엄마가 그나마 제일 나아보일 정도로 환자들 중 아무도 스스로 숨을 쉬지 못했다. 살아 있는 이들이 있는 방인지 죽은 자들의 방인지 생기도 온기도 느껴지지 않았다. 나와 오빠가 중환자실 맞은편 대기실에 이불도, 요도 없이 누운 것은 새벽 4시가 넘어서였다. 교대 철야 근무를 하고 왔어도 잠 못 드는 오빠가 여러 번 한숨을 쉬었다. 걷다가도 쓰러질 것 같은 피곤한 마음이 덮쳤는데도 도무지 눈이 감기지 않았다.

　엄마에게 죽음은 무엇일까. 삶에서 죽음으로 가는 단 한 순간도 장악해보지 못한 사람에게 죽음으로 가는 이 모든 과정은 어떻게 진행되는 걸까. 잘 죽는다는 건 뭘까. 엄마보다 더 똑똑하고 현명한 사람들은 미리 준비하고 있는 걸까. 지혜롭고 멋있게 산 사람들에게 다가온 삶의 끝은 좀 다른 모양이겠지. 잠을 잘 수 없으니 대기실 콘센트에 휴대폰 충전기를 꽂고 팔을 베고 엎드려 버릇처럼 또 검색어를 쳤다. '집중 치료실' '섬망' '좋은 죽음' '웰다잉' '웰다잉 교육' '유언장 쓰기' '관 체험' '연명치료' '호스피스' '안락사' '존엄사' '조력자살'…. 아침이 다 되도록, 해가 뜰 때까지, 멀리 사는 언니들이 병원에 올 때까지, 바로 옆에서 뒤척이던 오빠가 혼절하듯 잠들었다가 깰 때까지 '잘 죽는다'는 것에 관해 읽고 또 읽었다.

엄마를 사랑하지
않을 수도 있잖아

똑똑한 엄마를 가진 사람은 인생이 얼마나 가볍고 좋을까. 내 엄마라는 사람이 현명하고 지혜로운 이라면 얼마나 살기 수월할까. 강인한 품성을 지닌 엄마를 둔 사람들은 또 얼마나 든든하고 행복할까. 내가 사는 땅을 바꿀 수는 있어도 태어난 자리나 엄마, 아빠를 바꿀 수는 없으니, 세상 가장 부러운 게 그런 거였다. 좋은 엄마, 아빠를 가진 애들의 집안 풍경과 그 애가 존재하는 그 자리. 거의 모든 아이가 그렇게 듣고 자랐듯이 우리 집에서도 종종 가장 어린 나를 놀려댔다. "넌 다리 밑에서 주워왔어. 저기 모란 가는 길에 용대리 가는 큰 다리 있지? 거기서 어린 네가 빽빽 울고 있더라고. 가만 두면 죽을까 봐 가엾어서 주워왔지."

처음에는 빙글빙글 웃는 언니나 오빠, 엄마, 아버지가 얄미워서 울었다. 어린 애가 우는 양이 재미있어서 그랬겠지만 심심하면 주워왔다는 말을 듣다 보니 어느 날인가는 이해가 안 됐다. '우리 집이 부자도 아니고 자식이 귀한 것도 아닌데 왜? 왜 버려진 애를 데려왔지?' 화도 났다. '왜 주워 왔어? 진짜 엄마가 금방 찾으러 왔을지도 모르잖아. 아니, 더 좋은 사람이 주워갈 수 있게 내버려두지 왜 여기로 데리고 왔어? 아무도 나를 부탁하지 않았잖아? 잠깐 두고 갔을지도 모르잖아.'

어린 것이 어쩌면 진심이었을지 모를 마음을 드러내며 화냈을 때, 빼도 박도 못하고 바꿀 수 없는 진실의 말이 나왔다. "미쳤니? 너를 주워 오게? 아들이 둘이나 있지, 딸이 셋이나 있지! 뭐가 아쉬워서 애를 또 주워 와? 애는 충분했어. 너는 생긴 줄도 몰랐는데 들어서서 그냥 낳았으니까, 그만 뚝. 그때는 애 지우는 것도 쉽지 않았다니까." 몰래 꾸던 꿈은 완전히 깨졌다. 아무리 남몰래 그리워해도 지금 저 엄마, 시골에서 밭 매는, 무학의 여자 대신 똑똑하고 아름다운 엄마를 가진 예쁘고 귀한 딸이 될 일은, 없을 것이다.

사실은 그런 와중에 엄마를 배반하는 두 개의 마음을 가진 적이 있다. 하나는 불경하게도 차라리 '고아'였으면 하는

거였다. '고아'라는 단어를 먼저 배웠는지 'orphan'이 먼저
였는지 모르지만, 아무튼 엄마도 아빠도 없는 아이라는 이
미지에 홑겹 같고 까만 천 같은 단출함을 그 말에서 느꼈다.
차라리 고아였다면 청승스러운 얼굴을 가진 나를 누군가 답
삭 집어가 넘치는 사랑을 줄 것만 같았다. 또 하나는 우리
시골 마을에서 유일하게 가게를 하는 아줌마 때문이었다.
담배와 아주 단순한 인스턴트식품, 라면이나 국수 같은 것
을 떼어다 파는 아줌마는 엄마의 수양엄마 옆집에 사는 이
였다. 엄마가 일하는 밭으로 가려면 담뱃가게 아줌마네 집
을 지나가야 했는데 그분에게는 시골에선 보기 드물게 자식
이라곤 아들 하나밖에 없었다. 아들 한 명만 낳은 그런 집은
그 당시 동네 어디에도 없었다.

　그 집 아들은 고등학생이 되어 청주 시내로 가고 커다란
집에서 부부만 살고 있었는데 아줌마는 내가 오갈 때마다
정말 탐스러운 과일이나 꽃을 보듯 욕심껏 쳐다봤다. 가끔
불러 미숫가루나 오렌지가루 주스를 타 주기도 했다. 그 집
은 넓었고 정갈하고 깨끗하고 조용했다. 먼지 한 톨 없는 시
골 마당에 찬란하고 단정한 꽃밭이라니. 게다가 선반엔 먹
을 게 가득했다.

　"너, 내 딸 해라. 내가 딸 하나 갖는 게 소원인데, 그거 하
나 못 이뤘네."

솔직히 어린 마음이 설레었다. 떨렸다. 공부를 그렇게나 잘한다는 그 집의 유일한 아들, 용재 오빠를 떠올리면 더욱 더. 몇 번 보지 못했지만 오빠는 잘생겼고, 훤칠했고, 똑똑해 보이는 안경을 썼던 것 같다. 아줌마는 엄마 또래였지만 좀 더 젊어 보였고 더 후덕해 보이고 똑똑해 보였다. 아줌마는 드물게도 밭일을 하지 않는 사람이었고 잘 웃었다.

나를 수양딸 삼아 잘 키우겠다며 딸로 달라는 말을 엄마에게 직접 하는 걸 들은 적이 있다. 어쩌면 이 집으로 나를 보내주려나 기대하는 마음도 분명 있었던 것 같다. 엄마는 그냥 웃고 말며 그 말을 듣는 시늉도 하지 않았다. 꿈도 꾸지 말라는 식의, 뭔가 의기양양한 엄마의 웃음이 나는 실망스러웠다. 꿈은 사라졌다. 나는 고아도 아니고 엄마 아버지를 바꿀 수도 없다. 나중에, 나중에 그 용재 오빠가 대학을 졸업하고 대학원을 졸업하고 그리고 마침내 청주 한 대학의 교수가 되었다는 소식을 전해 들었을 때, '오, 과연' 탄성이 나왔다. 엄마는 담뱃가게 집이 외양은 그대로인데 내부는 아들이 완전히 새로 고쳐줘서 아파트처럼 되었다고 말했다. 그 집 아들이 그 집을 별장처럼, 휴가나 방학이면 아이를 데리고 와서 쉬는 일종의 전원주택으로 쓴다고 했다. '엄마가 그때 나를 저 집에 줬으면, 수양딸로 줬더라면 내 인생은 어떻게 변했을까.' 엄마 아버지를 보러 시골집에 갈 때마다 생각해봤다. 교수 오빠에 별장 같은 집을 가진 외동딸로 금이야, 옥이야 귀하게 잘살지 않았을까.

　쪼그만 아이가 쪼그마할 때부터 참 일찍, 그리고 오래도록 제 엄마를 배신했다. 엄마는 이 배반의 스토리를 모를 것이다. 똑똑하지 않으니까. 막내딸이 쉰 살이 넘어도 아직 고아로 만들어주지도 않고 큰아들이 칠순이 넘어도 상주로 만들어주지 않고 망연히 삶과 죽음의 가느다란 선 위에 걸쳐 흔들리는 사람이니. 길고 가는 마지막 생의 여정에 걸쳐 누워 건너가지도 돌아오지도 못하는 저 엄마는, 병실 끝에 앉아 자기 손을 잡고 있는 이 딸이 오래오래 차라리 고아를 꿈꿨다는 것도, 다른 엄마를 갖고 싶어 했다는 것까지, 섬망의 꿈에서도 모를 것이다. 어쩌면 죽을 때까지 전혀 짐작도 못할 것이다.

엄마 빤스에는
주머니가 많아서

한 달 만에 공수해온 농작물이 떨어져 엄마 집, 공식적으로는 큰오빠의 집으로 달려갔다. '하지 감자를 캤을 거야, 마늘도 매달아놓았겠지. 깻잎, 고추, 토마토, 오이, 등속 옥수수까지 바리바리 싸 와야지, 때를 놓쳐 수확의 기쁨은 못 누리더라도 갈취의 행복이라도! 소고기를 사 드리고 용돈을 드리면 좋아하실 테니.'

그러나 엄마 집 농작물은 완전히 초토화되어 있었다. 6월 초순에 쏟아진 엄지손가락만 한 우박덩어리가 모든 곡식과 열매를 때리고 훑어내려 온 동네 밭 자락이 먹을 게 지천이 되는 여름 밭이 아니라 겨울 밭처럼 황량했다.

간신히 무사하게 모양이 남아 있는 곡물과 구근작물을 챙겨 담고 집을 떠나려는데 엄마가 다시 살아생전 천 년이라도 계속 될 그 레퍼토리 "어미 노릇 제대로 못 해 미안하다"를 시전하시며 방으로 손을 끌었다. 천재지변으로 줄 게 모자라 더 아쉬운 마음이 들었나 보다. 자개장 서랍을 열어 선물을 꺼냈다. 빤스 세 장, 큰 꽃이 그려진 냉장고 여름 몸뻬바지, 레이스 러닝셔츠 두 장…. 엄마가 자식에게 줄 선물 목록은 정해져 있다. 속옷 등속을 벗어난 적이 없다. 거기에 더해지면 양말 몇 켤레.

다 맘에 들었다. 특히 지퍼, 아니 '자꾸' 달린 커다란 빤스 세 장! 이 세상 아무리 큰 엉덩이라도 넉넉히 덮을 엉덩이 천에 단단하게 박음질된 허리, 그리고 앞자락에 천이 덧대진 주머니에 지퍼까지 달려 있었다. 여행갈 때 쓰는 복대보다 더 안전한 빤스 지갑이다. 물건을 좀 넣어봤더니 여권이 들어가고도 넉넉히 지퍼가 잠겼다. 거의 반바지를 입은 것 같았다. 아, 이제 엄마의 빤스도 일취월장하는구나.

엄마가 준 지퍼까지 달린 널따란 빤스를 가져와 즐겨 입었다. 크기도 넉넉하고 돈을 넣진 않았지만 신비하게도 앞쪽에 덧달린 주머니 천이 앞자락을 따스하게 감싸주었다. 어디 가서 속옷을 벗을 일도 거의 없고 누구에게 보여줄 일도 없어지면서 엄마가 준 빤스는 엄마와 나를 연결하는 작은 끈이 되었다. 엄마의 선물을 받았다는 가느다란 끈. 딸이 좋아하는 걸 주었다는 엄마의 작디작은 자랑 끝.

20세기에 엄마가 입던 빤스를 입으며 21세기를 건너가는 딸이 여기 있다. 이제 엄마는 다 늙어 말버릇이 바뀌어서 절대 '빤스'라는 말을 쓰지 않는다. 절대적으로 '팬티'라고 완벽하게 발음하신다. 이제는 거꾸로 나와 내 딸이 빤스라고 말하고 그 옷을 입고 다닌다. 아무튼 나는 엄마가 '어미 노릇' 할 수 있게 돕는 마음으로 받아온 그 빤스를 입고 지금 엄마 곁에 앉아 있는데, 엄마는 이제 수십 장 쌓아둔 지퍼 달린 '팬티'를 못 입은 지 오래다. 환자복 속에는 빤스를 입을 일이 없으니까. 엄마는 속옷 대신 커다란 기저귀를 차고 있다. 소변은 도뇨관으로 저절로 흘러나오고 대변은 기저귀에 누어야 한다. 다른 모든 변화를 떠나 나는 엄마가 주머니 달린 빤스를 더 이상 못 입는다는 것이 그렇게나 한스러웠다. 돈을 넣을 주머니가 없는 사람, 돈을 가질 수도 없는 사람, 금치산자가 되어버린 사람.

엄마가 그렇게 좋아하던 돈은 이제 넣어둘 곳이 없다. 요양원에서는 할머니들에게 용돈을 드리고 싶어도 절대 현금으로 드리지 말라고 자식들에게 당부했다. 할머니들이 몇 푼의 돈을 가지고 얼마나 전전긍긍 하시는지 알려주었다. 돈 없는 누군가는 돈 가진 자를 부러워하고 돈이 있던 누군가는 어디다 두었는지를 잊어버리고 누군가가 훔쳐갔다고 의심한다고 했다. 이따금 훔쳐가기도 하고 무심히 줍기도 하고 흘리기도 하면서 돈 때문에 요양원에 별일이 다 벌어진다고 했다.

엄마는 그래도 친척 누군가가 준 돈을 갖고 있었다. 빤스를 입을 수 있을 때도 그 돈은 주머니에 넣지 않았다. 요양사가 예고 없이 아무 때나 막 벗겨가서 빤스를 빨아버리니 마음을 놓을 수 없었을 터였다. 엄마는 파랗고 노란 지폐 몇 장을 베개에 숨겨두었다. 베개 겉싸개도 수시로 벗겨가니까 더욱 더 깊이 베개 속싸개 메밀 속에. 혹시나 해서 소곤소곤 내게 알려주었다. 거기에 돈이 있다고. 내가 언제 죽을지 모르지만, 너는 잊지 말라고.

엄마가 저 넓은 빤스를 입고 거기 주머니를 샅샅이 뒤적거리며 용돈을 꺼내준 것은 아주 오래전 일이다. 내가 다른 나라에 간다고, 오래 못 온다고 인사할 때였는데, 그때 엄마는 빤스 속에서 신사임당이 그려진 노란 지폐를 꺼냈다. 엄마 아랫배가 닿은 채 오래 품속에 있었던 5만 원 짜리 돈 두 장, 그 따스하고 쿰쿰한 엄마 살 냄새가 나던 노란 신사임당의 얼굴, 그 위대한 엄마의 원조, 신사임당의 틀어 올린 머리는 무슨 '좋은 엄마의 상징' 같기도 해서 잊히지 않는다.

기로 풍습,
죽음을 나르는 지게

십 몇 년 전까지만 해도 '양로원'이라는 말이 있었다. 양로원은 문자 그대로 노인들을 보살피는 좋은 곳이었지만 지금은 거의 사어가 되었다. '돌보는 자식이 없는 가난한 노인을 버리는 곳'이라는 의미로 굳어져 일종의 패륜과 불효의 공간이 되어버렸다. 양로원은 죽어도 안 간다는 노인이 여럿 있었고 부모를 양로원에 보낸 사람들은 이를 절대 밝히지 않게 되었다. 양로원에 보내진 노인들은 세상 가장 불쌍한 사람이 되었다. 그저 나이든 사람이라는 의미의 '노인'도 언젠가부터 잘 사용하지 않게 되었다. 노인이라는 단어에 비하와 혐오의 느낌이 담겨 있다는 이유로 '어르신' '시니어'로 대체되었다. 버리는 게 아니라 모시는 곳, 버려진 게 아니라 선택한 곳이라는 의미까지 담으려면 실버 센터나 힐링 센터 정도는 되어야 했다. 부자 노인은 좋은 데로 가고 똑똑한 노인은 실버 공동체로 갈 수 있다. 요양원이나 요양병원은 아직 노인도 자식도 꺼리는, 어쩔 수 없이 가거나 피치 못해 보내는 장소의 이름이다.

1999년 극장에서 영화 〈나라야마 부시코〉를 봤다. 20년 전이다. 그때쯤 알던 아주 '착한' 후배가 아버지의 치매 증세가 깊어져 '양로원'에 모셨다고 이야기했다. 나는 아직 젊었으므로 그런 일들이 내게 닥칠 수 있다는 것을 생각하지 못할 때였다.

"할머니는 운이 좋아, 눈이 오는 날 나라야마에 갔다네."

〈나라야마 부시코〉 주제곡에 나오는 가사다. "일흔이 되면 나라야마로 갈 거라네. 내 발로 기꺼이. 반드시 웃으면서." 주인공 오린은 69세부터 강하고 단단하게 자신의 죽음을 준비한다. 일흔이 되기 전까지의 삶, 자식을 낳고 끊임없이 먹을 것을 준비하고 쉴 틈 없이 일하고 '생존' 그 자체를 위해 아득바득 살아야 했던 시간이 이미 삶으로 충분했다고 생각한다. "이젠 이렇게 사는 것에 지쳤어." 오린은 더 오래 살아야겠다는 끈질긴 본능도, 욕심도, 집착도 없다. 아직 건강하고 얼굴빛이 맑은 채 70세를 맞이하지만 자발적으로 아들의 지게에 업혀 해골이 즐비한 나라야마로 올라간다.

엄마를 등짐 진 장남 타츠헤이의 숨소리는 거칠고 깊다. 허연 해골과 뼈다귀, 새까만 까마귀들이 우는 깊은 산속, 저쪽에 앉아 죽어서 반쯤 풍화된 해골의 머리가 툭 꺾어져 떨어진다. 아들은 주저주저하며 죽을 때까지 앉아 있을 짚방석 하나를 꺼내어 준다. 엄마는 아들이 주는 곡식 봉투마저 받지 않고 아들 지게에 걸어준다. 이제 작별이다. 돌아서면 엄마는 먹지 못해 죽고 풍화되어 해골이 된 채 툭 땅으로 떨어질 것이다.

아들은 엄마 가슴에 얼굴을 묻고 미안함에 절어 운다. 생의 마지막 인사다. 생전의 장례식이다. 망자와 상주가 서로 껴안는다. 여기가 저승이다. 까마귀가 어서 죽음으로 오라고 인사한다. 떨어질 줄 모르는 아들을 떼어낸 엄마가 넋을 놓고 슬퍼하는 아들의 뺨을 친다. 정신을 차린 아들이 텅 빈 지게에 주먹밥 봉투를 걸고 먼 길을, 엄마의 장례를 치르고 떠난다. 아들도 70세가 되기 전까지는 산에서 내려가 살아야 한다. 엄마가 피안의 땅에 남아 돌아보는 아들에게 합장으로 인사한다. 나라야마의 저 자리가 오린의 마지막 기착지이고 굶어죽을 땅이고 그곳이 무덤 자리가 될 것이다.

요즘으로 생각하면 나라야마를 요양원, 양로원, 요양병원, 어르신 돌봄 센터, 중환자실, 호스피스 병동이라 말할 수 있을까. 죽음이 가까워지고 연세가 많은 분들이, 내 엄마 아빠가 가는 곳이라 할 때, 버리는 곳이 아니라 내 발로 걸어가도 되는 장소로 봐도 되지 않을까. '저런 곳이 죽으러 가는 데지 살러 가는 데냐' '죽어야만 나오는 감옥 같은 곳 아니냐' '부모를 저런 곳에 맡기는 것은 최고의 불효다'라는 말은 이제 그만해도 되지 않을까.

엄마를 요양원에 보내기 전, 우리 집으로 모시고 오는 것도 곰곰이 생각해본 적이 있다. 어디 누구에게도 말할 데가 없었다. 우리 집에는 노인 환자를 위한 어떤 시설도 없다. 휠체어, 보행기, 워커, 목발, 기울기를 조절할 수 있는 침대, 이동변기, 안전 바도 없다. 화장실까지 혼자 갈 수조차 없다. 우격다짐으로 모셔 온다면 창살 없는 집에 갇힌 것과 같을 것이다. 아파트는 네 식구가 살기에도 좁다. 누가 샤워를 시켜줄 것인가. 누가 놀아줄 것인가. 누가 밥을 먹여줄 것인가. 누가 말을 나눌 것인가. 엄마는 젊을 때부터 이웃 사람들과 어울리는 것을 좋아하던 사람이다. 관광버스를 타고 단풍놀이를 가고 차 안에서 노래하고 춤추는 것을 세상 좋아했던 사람이다. 두런두런 이야기하는 걸 좋아하는 사람이다. 옆에 사람이 없으면 쓸쓸해하고 슬퍼하는 사람이다. 겨드랑이에 손을 넣어 부축해줄 사람, 시간 맞춰 밥을 줄 사람, 한 움큼씩 먹어야 하는 약들을 시간마다 챙겨주는 사람, 웃기지 않더라도 농담을 들어주고 "아이고, 그러셨어요?" 맞장구쳐줄 사람이 필요한 사람이다. 오린이 아닌 김봉예라는 내 엄마는 강인하지 못하다.

거슬러 흐를 수 있는 물이 어디 있을까. 잠시 잠깐 거꾸로 흐른다 해도 오래 그럴 수는 없다. 겨우겨우 긁어 올린 효심으로 하루이틀 엄마, 엄마 울며불며 옆에 앉아 있다가 훌쩍 가는 자식 말고 정확한 사람이 필요했다. 제대로 돈을 받고 엄마를 챙겨줄 프로 간병인, 프로 요양사, 프로 영양사가 필요했다. 서로 마주보고 앉아서 동문서답으로 몇 시간을 보낸다 해도 옆에서 떠들어줄 동년배 할머니 친구들이 있는 곳이어야 했다. 아프면 업고 가다 쓰러지는 늙은 자식 말고 들것에라도 신속하게 싣고 가줄 튼튼한 사람이 있는 곳, 그런 곳으로 가야 했다.

한 명 걸러 한 명이 엄마를, 아버지를, 시어머니를, 시아버지를 요양원에 보내고 있었다. 그들도 지게에 엄마를 지고 간 타츠헤이처럼 미안해하며 울었다. 내가 지금 엄마를, 아버지를 버리려고 합리화하려는 건가 죄의식에 빠지기도 했다. 죽어도 요양원은 못 가겠다는 부모를 둔 사람들은 안팎으로 괴로워했다. 집으로 찾아오는 요양보호사, 나라에서 보조하는 요양비, 몇 시간씩 맡아주는 실버 센터를 알아보고, 병원에서 병원으로 문병을 다니면서 심신이 지쳐갔다. 기사를 살펴보고 페이스북을 뒤졌다. 어디가 좋은가, 어디가 얼마인가, 얼마나 먼 거리에 있나 메모하느라 머리가 휑해졌다.

아무 준비도 못한 당신, 내 엄마는 어디에 가야 할까. 너무 먼 산골 오지에 있는 집 말고, 너무 비싸서 돈 모으느라 자식들끼리 눈치 보며 싸울 곳 말고, 엄마가 그래도 내 집 같다고 여길 수 있는 곳. 그렇게 조금은 다정하고 너무 병원 같지 않고 슬슬 걸어 다닐 수 있는 마지막 집 같은 장소, 그런 곳을 우리는 힘을 모아 찾아냈다. 다행히 엄마는 그런 양로원(의지할 데 없는 노인, 가난하여 살아갈 수 없는 늙은이들을 수용하여 돌보는 사회 보호 시설)으로 가지 않고 요양병원(의료법에 규정된 요양병원은 의사 또는 한의사가 의료를 행하는 곳이다. 요양병원은 의료 서비스보다는 노인 수발 제공을 목적으로 한다)에 가지 않아도 되었다. 엄마는 살아생전 한 번도 살아본 곳은 아니지만 고향 집과 가까운 요양원(환자들을 수용하여 요양할 수 있도록 시설을 갖춘 보건 기관)으로 들어갔다.

우리는 모두 언젠가 늙을 것이고 우리 부모들을 요양원에 보낼 것이고 우리도 가게 될 것이다. 누구도 생의 마지막과 보살핌을 자식에게만 맡길 수 없을 것이다. 자식이 없는 사람이 점점 많아지고 남편이나 아내가 없는 사람도 더 많아질 것이다. 결혼을 하고 아이를 낳아 키우고 있다고 한들 어차피 우리는 모두 단독자로 살아가다 죽을 것이다. 지금 우리의 자식들도 천천히 늙을 것이고 우리 세대의 사람들을 요양원에 보내야 하는 것으로 마음을 아프게 앓을 것이다. 부모를 지고 간 지게에 내가 오를 것이고 그 지게를 내 자식이 지게 될 것이고 그 아이 또한 지게를 지게 될 것이다.

아기 같은
엄마의 아랫도리

하필 간병인들이 환자들의 기저귀를 갈아주는 시간에 딱 맞춰 병원에 도착했다. 병실 하나에 간병인 두 사람이 두 시간마다 노인 여덟 명의 용변 상태를 체크하고 돌본다고 했는데 딱 그 시간이었다. 노인들만 있는 2층 병실은 복도에서부터 늙고 아픈 노인 냄새가 둥둥 떠돌았다. 가방도 벗어놓기 전에 침대 옆에 서자마자 간병인들이 엄마를 돌볼 차례가 되었다. 한 사람이 등을 돌려 받치고 다른 한 사람이 헐렁한 환자복 아랫도리를 벗겼다. 아무리 돈을 받고 일하는 사람일지라도 지금 내 눈에 보이는 이상 자식인 나도 도와야 할 것 같아 손을 내밀었다. 그러자 간병인이 팔꿈치로 내 손을 밀어냈다.

"지금은 큰 도움 안 돼요. 그냥 저쪽에 계세요."

엄마는 분명히 깨어 실눈으로 날 본 것 같은데도 짐짓 모르는 척 눈을 감고 있었다.

흘러나오는 변을 막을 수 있는 사람은 없다. 다리를 쓰지 못하면 그냥 누운 채 쌀 수밖에 없다. 간병인이 들춘 특대 사이즈 기저귀 속엔 변뿐만 아니라 변 묻은 휴지가 여러 덩이 뭉쳐 있었다. 남 보기 부끄럽고 남의 손에 맡기기 미안해서 참고 참다가 결국 막을 수 없는 생리 현상 앞에 엄마는 절박하게 휴지를 뜯어 기저귀 속으로 넣고 또 넣었을 터였다. 변을 본 지 시간이 좀 지난 것 같았다. 휴지가 여기저기 살에 달라붙어 있었다.

누구라도 그러하듯, 내 발로 걸어가 내 손으로 용변을 처리하다 세상 떠나는 것이 엄마의 마지막 소망이었다. 수치심과 미안한 감정이 쟁쟁하게 살아 있는 정신으로 움직일 수 없는 아랫도리를 드러낸 채 천장에 시선을 두고 내 몸이 아닌 양 거리를 둔 엄마의 모습은 무참하고 슬펐다.

내가 딸을 키울 때처럼 엄마의 두 다리는 하늘로 들려지고 사이사이에 낀 변을 닦느라 아랫도리가 드러나고야 말았는데, 생전 처음이었다. 언제 엄마의 아랫도리를 그렇게 훤하게 볼 수 있었으랴. 엄마의 거기는 갓 태어난 여아처럼 무구하고 무방비했다.

간병인 두 분은 하루에도 수 번씩 하던 일이라 착착 손발이 맞았고 능수능란하게 엄마의 용변 처리를 마쳤다. 입었다기보다 그냥 얹어놓았을 뿐인 환자복을 엄마에게 덮어주고 나를 돌아봤다. "자식이라도 변 수발은 혼자서 못해요. 우리야 수백 번을 같이 해본 사람이니까." 물티슈를 한 보따리 쓰고서야 엄마의 몸은 갓 낳은 아기처럼·또다시 헐겁게 무방비 상태로 여며졌다.

요양원에서 나름 잘 적응해가던 엄마가 고관절 수술을 하게 된 이유도 사실 용변 때문이었다. 당번 간병인이 24시간 상주하는 요양원에서 엄마는 새벽 요의를 느낀 후 간이 용변기로 혼자 걸어가기로 마음먹고 도움을 청하지 않았다. 몇 걸음이면 되는데, 다들 곤히 자는데, 당신 혼자 변기에 가서 일 볼 수 있을 거라고 믿어 의심치 않았다. 자다 깬 흐릿함, 어두워진 눈, 바람 들어 삭은 뼈, 여든아홉의 낡은 몸은 두 걸음 만에 와지끈 뚝딱 부러졌다. 보행기를 쓰지만 화장실 출입은 혼자 할 수 있다는 엄마의 자존심도 부질없이 무너졌다.

고관절이 부러지기 전에도 엄마의 뼈는 금이 가고 갈라졌다. 팔꿈치가 한 번, 갈비뼈도 한 번. 허벅지 하나도 움직이지 못하고 병원에 실려 오기 전까지는 부러진 곳들이 아팠

을망정 정신이 흐릿하지는 않았다. 또 뼈가 부러졌다는 소식을 듣고 엄마가 입원한 병원으로 달려간 날, 이번에도 간병인들 몰래 용변을 보려다 쓰러져 고관절이 부러진 거라는 말을 듣고 하도 어이가 없어서 꼼짝도 못하는 사람 얼굴에 대고 화부터 냈다.

온 평생을 이어온 저 인정 있는 사람, 염치 있는 사람이라는 허울을 벗지 못해 사람을 부르기가 미안해서 못 불렀다는 사실이, 그래서 넘어진 후에야 당직 간병인을 불렀다는 것이 얼마나 미련하고 어리석어 보이던지. 나이가 많이 들면 내 정신을 믿지 말고 내 뼈다귀를 믿지 않아야 하건만 어쩌자고 배포를 그리 크게 가졌단 말인가. 아이를 혼내듯이 한참을 혼내다가 의사를 만나러 내려갔다. 한참 필름을 들여다보던 의사는 익히 들어 다 알고 있는 말을 천천히 이어갔다. '노인의 고관절은 잘 부러질 수 있다' '노인의 고관절 수술은 위험하다, 합병증이 올 수 있다' '상황 봐서 전신마취하면 못 깨어날 수도 있다' '수술이 잘 되고 물리치료를 하더라도 자가 보행을 장담할 수 없다'는 말들. 고관절이 부러져 수술한 어르신들은 수술을 해도 안 해도 오래 못 살더라는 소리까지 들었지만 수술에 동의할 수밖에 없었다. 수술을 하지 않으면 부러진 그 상태로 하반신 한쪽도 발 한 짝도 들어 올릴 수 없다는데, 재활은 희망적이지 않아도 그대

126

로 둘 수야 없는 일이었다.

항용 쓰는 '이의를 제기하지 않겠다'는 수술 동의서는 그러려니 했지만 의사는 동의서를 또 한 장 내밀었다. "읽어보십시오. 고령의 환자에게는 이 동의서를 꼭 받아야 합니다." 'DNR 동의서'라는 제목 아래 "보호자는 환자의 현 상태 및 심폐소생술에 대해 충분한 설명을 들었으며 심정지 및 호흡부전으로 인한 응급발생 시 모든 보호자 동의하에 심폐소생술을 시행하지 않으며 이에 대해 추후 이의를 제기하지 않겠습니다"라고 쓰여 있었다. 'DNR'을 검색해보았다. 'Do Not Resuscitate' '심폐소생술을 하지 않겠습니다'라는 뜻이었다. 이 동의서는 며느리나 사위는 작성할 수 없고, 직계가족만 작성할 수 있었다. 동의서에 심폐소생술과 기도 삽관도 하지 않겠다는 조항을 추가했다. 심근경색 시술 후부터 일곱 달, 요양원에 들어가셔서 그나마 편안해진 지 겨우 다섯 달 만이었다.

엄마는 고관절이 부러진 그날, 입원해 누운 병원의 침대를 영영 벗어나지 못했다. 혼자 용변을 보겠다고 걸어간 그날 이후로 단 한 번도 변기에 앉아 볼일을 해결하지 못했다.

마지막의, 치명적인, 부러짐이 죽음으로 이어진 고관절 골절이었던 것이다. 그날 병원에 입고 온 팬티가 엄마 생애 마지막 팬티가 되었다. 이후 기저귀를 차야 했으므로 엄마는 다시는 속옷을 입을 일이 없어졌다. 마지막 팬티는 부러진 뼈 때문에 가위로 오려져 버려졌다.

남의 손에 내 변을 보이지 않는 것, 작은 존엄의 최후 보루를 잃은 후 총명하던 엄마의 머리도 급속도로 흐려지기 시작했다. 엇갈리기 시작한 기억의 질서는 완전히 흐트러져 흘러갔다. 쪼그라든 뇌로는 부끄러움을 잊어갔고 밥을 먹기 싫어했다.

"입맛이 이렇게, 이렇게 없을 수가 없다. 한 번도 이렇게 맛없던 때가 없었는데."

그나마 정신이 온전할 때 사실 엄마는 이렇게 말했다.

"밥을 먹고 물을 마시면 자꾸 변이 나오잖니, 아우 저이들 치우기가 얼마나 힘든데."

수술을 하고 오래 누워 있는 동안 엄마는 먹고 싶어 하지도, 살고 싶어 하지도 않았다. 숨이 끊어지지 않아 그저 죽지 않은 몸으로 소멸을 향해 천천히 너무 천천히 누워 있었다.

나는 단톡방 다섯 언니 오빠에게 상태를 알렸다. 동의서를 사진 찍어 보내고 사실과 상황을 알렸다. 아직 돌아가신 것도 아니건만 심폐소생술을 안 하는 것에 동의한다는 사실만으로도 엄마가 이미 죽은 것 같아 글자들에 흥건히 눈물을 흘렸다. 그래도 어디가 아픈 건 아니니 다행이라고 서로를 위로했다.

다음 날, 수술 시간. 엄마가 침대에 실려 수술실로 들어갔다. 다행히 전신마취를 하는 건 아니어서 의식은 있었다. 수술한 지 한 시간쯤 지났을까. 망연히 앉아 있는 나를 간호사가 불렀다. 녹색의 멸균포 사이로 엄마의 허벅지부터 고관절까지 드러나 있었다. 약간의 피와 함께 드러난 뼈들이. "여기서 여기로 핀을 꽂고 고정할 겁니다." 의사는 여섯 자식 중 막내인 내가 혼자 와서 지키는 게 조금은 안쓰러웠는지 수술실까지 불러 친절하게 상황을 설명해주었다. 엄마는 수술 중에도 눈을 뜨고 있었다. 엄마와 내가 눈이 마주쳤다. 나는 엄마에게 다 나을 거라고 아프진 않을 거라고 다독여주고 수술실을 나왔다.

수술은 성공적이었지만, (사실 부러진 뼈를 맞추고 핀을 꽂는 것이므로 성공 안 할 것도 없었다.) 그건 그저 수술이었다. 진짜 성공하려면 뼈가 잘 붙고 일어나 움직이고 다시 걸을 수 있어야 했다. 거기까지는 알 수 없는 일이었다. 좋아질 거라는 건 그저 하는 말이었다.

그로부터 좋아질 일이라곤 절대 없을 엄마의 몸을 수술실과 응급실, 집중 치료실, 중환자실로 싣고 다녔다. 철저하게 자신의 죽음과 무관계해진 채 엄마는 한밤중에 사설 응급차에 실려 옮겨졌다. 섬망 증세가 무시로 찾아와 염치와 존엄을 잃은 채 흐릿하게 하루하루 목숨이 이어졌다. 간혹 정신이 맑아지면 "왜 이렇게 안 죽어지니, 좀 죽어졌으면 좋겠어" 소원처럼 말했다. 옆 병상의 환자들이 자주 바뀌었다. 비닐처럼 마른 다리가 퉁퉁 붓고 저승꽃이 덮여가는 손과 등을 만지며 힘들게 찾은 주사 자리에 영양제를 꽂으며, 삐빅 소리 나는 심전도 측정기 모니터 속 숫자를 들여다보며 나는 임종에 대해 검색하고 공부했다. 이 병원을 나가면 사전연명의료의향서를 쓰리라 다짐했다. 나에게 보험이 뭐가 있나 알아보고 재산이 몇 푼이나 있나, 조회해봤다. 죽음에 대한 수십 편의 영화를 찾아보고 존엄사를 돕는 디그니타스 병원을 알아봤다.

'존엄을 가지고 살기 위해, 존엄을 가지고 죽기 위해for live with dignity, for death with dignity'라는 조항에 깊게 동의했다. '엄마처럼 죽고 싶지 않다'는 생각이 스무 살 즈음 '엄마처럼 살고 싶지 않다'고 했던 생각보다 더 깊고 간절해지는 날들이었다.

굿'바이,
Good & Bye

단 한 번도 사람의 숨이 넘어가는 그 순간을 본 적은 없다. 이미 '죽은' 사람을 본 것도 아버지 단 한 사람. 입관하기 전 가족들을 부르기에 영안실에 들어가 처음 봤다. 만져보지는 않았으므로 차가운지 딱딱한지 전혀 모른다. 눈을 감고 칠성판 위에 누운 몸만 봤다. 이미 홑겹의 수의를 입고 있는 아버지의 손과 발과 얼굴을 싸고 묶는 염습 과정의 마지막을 보는데 정신없이 눈물이 쏟아졌다. 저렇게 돌처럼 굳는구나. 영혼이고 영생이고 명복이고 평온 같은 감정은 떠오르지도 못한 채.

아직도 사람이 어떻게 숨을 거두는지, 이승을 어떻게 떠나는지 전혀 모른다. 죽는 게 어떤 걸까. 모니터에 보이는 줄이 높낮이 없이 한 줄로 죽 가면 죽는 거라는데, 꼴깍 숨이 넘어간다는데, 고개가 툭 떨어진다는데, 죽음의 순간은 다 영화나 글에서 보았을 뿐, 떠나는 그 순간을 나는 모른다. 아버지는 어떻게 돌아가셨을까, 엄마는 어떻게 돌아가실까, 나는 어떻게 마지막 숨을 내쉬고 멈춘 후 이 삶을 떠나게 될까. 왜 그리 궁금한지도 모르고 거의 매일 죽음을 떠올렸다. 교통사고로 죽을까, 병에 걸려 앓다가 죽을까, 자다가 죽을까, 먹다가 죽을까, 평화로울까, 참혹할까. 사람이 죽는다는 게 도대체 어떤 것인지 알고 싶어서 엄마의 임종만큼은 꼭 지키고 싶었다. 그 순간을 눈 똑바로 뜨고 직접 봐야만 '사람이 죽는다'는 진실을 납득할 것만 같았다. 조금씩 엄마의 임종이 느껴질 때마다 지금인가, 눈을 부릅떴다.

숨이 거칠게 가쁘고 아무 말도 하지 못하고 눈을 뜨지도 못하지만 아직 살아 있는 엄마 옆에서, 자식을 알아보지도 못한 지 오래된 엄마 옆에서 이어폰을 끼고 노트북을 열고 한 번 봤던 영화를 다시 틀었다. 이즈음 죽는 이야기가 아니면 아무 관심이 없어졌다. 로맨스도 에로도 스릴러도 죽음에 비하면 현실감이 하나도 느껴지지 않았다. 오늘 본 영화는 〈굿'바이 : Good & Bye〉. 10년 전 언젠가, 처음 이 영화를 봤을 때는 '굿'바이'라는 제목이 아니었다. 그때는 그저

'떠남, 출발'이라는 뜻의 'Departures'라는 제목의 영화였다. 원 제목은 '사람을 보낸다'는 뜻의 오쿠리비토ぉくりびと였다.

이 영화의 주인공인 오케스트라 첼로 연주자 다이고는 오케스트라가 해체되고 무일푼 백수가 되어 돌아가신 엄마가 살았던 옛집으로 돌아온다. 무슨 일을 하며 살아야 할지 오리무중인 채로. 다이고는 'NK에이전트'라는 곳에서 낸 신문 구인 공고를 보고 그곳에 면접을 보러간다. "고소득, 무경험자 환영, 일하는 시간 짧음." 회사가 여행사일 거라고 지레짐작한 다이고는 그 자리에서 합격하고 돈다발을 받는다. 여행사인 건 맞다. 죽은 이를 염습하고 관에 넣어 이승을 떠나보내는 것도 일종의 여행이니까.

프로 납관사 사장님은 공고에 쓰인 '여행 도우미 구함'이라는 말 앞에 '영원한'이란 단어 하나가 실수로 빠졌을 뿐이라고 눙친다. 다이고는 졸지에 '영원한 여행의 도우미'가 된다. 우리말로 '염습사' '염장이'. 죽은 이를 인도하는 어려운 일이 기실 생초보라도 할 수 있다는 건 아이러니다. 사람들은 죽고 또 죽어서 다이고에게 몸을 맡긴다. 시체를 처음 보고 울고 토하며 피를 벅벅 씻는 다이고에게 사장은 밥을 사먹인다. 세상에서 가장 경건한 자세로 무참하게 죽은 시체를 염해준 후다. "이것도 시체야, 죽은 것들은 참 맛있단 말이지, 미안스럽게도." 입맛을 잃은 다이고에게 복어알을, 소고기를, 닭고기를, 만두를 먹인다. "생물은 생물을 먹고 살 수밖에 없어. 죽기 싫으면 먹을 수밖에 없지. 어차피 먹는다면 맛있는 편이 좋지."

청년 다이고는 저마다 사연 깊은 주검을 씻기고 매만지고 곱게 화장해서 가장 평온한 상태로 만든다. 점점 더 영원한 여행의 도우미 일 자체를 행복하게 받아들인다. 그는 영원한 여행의 길로 출발시켜주고 받은 돈으로 맛있는 스키야키 고기를 사서 집으로 간다. "정말 죽은 것들은 이리도 맛있다니까."

엄마가 잠결에도 투레질을 한다. 푸르르 푸르르. 입술이 떨리면서 거품이 일어 입가가 하얗게 된다. 엄마는 이제 아무것도 먹지 못한다. 빨대 달린 컵으로 물 한 모금도 빨아들이지 못한다. 엄마는 영원한 여행을 떠나는 길 앞에, 그 벼랑 같은 문 앞에 아주 가까이 다가가 있는 것 같다. 버캐가 인 입술 끝을 닦아주고 화면으로 돌아온다. 끊임없이 솟아나는 거품을 하도 닦아 입술이 찢어져 휴지에 피가 묻어난다. 어서 가셔야 할 텐데. 어차피 가야 할 길이라면.

죽음은 어쩔 수 없이 남겨진 자들에게 용서를 하게 만들고 어떤 삶이었든 이해하게 만드는 것 같다. "죽음은 문이야. 문을 열고 나가면 다음 세상으로 가는 거지. 그래서 죽음은 문이라고 생각해. 나는 죽음 문지기야." 다이고가 훌륭한 염습사가 될수록, 죽은 사람과 가까워질수록 살아 있는 사람과는 멀어진다. 사랑하는 아내는 불결하다고 만지지도 말라고 도망친다. 이제 아빠가 될 테니 부디 태어날 아기에게 부끄럽지 않도록 '일반적인 일'을 하기를 부탁하며, 제대로 살자고, 어중간하게 사는 일은 이제 그만두자고 말한다.

"모두가 죽어, 당신도 나도, 그런 죽음이 일반적인 게 아니면 뭐가 일반적인 건데? 죽음만큼 일반적인 게 어디 있어? 이 일만큼 일반적인 일이 어디 있어? 죽는 거 자체가 평범한 일인데."

"괜찮아, 괜찮아, 괜찮아." 영화 속에서 이 대사가 자꾸 반복된다. "괜찮아. 괜찮아. 살아 있는 것은 다 죽어, 괜찮아. 괜찮아."

폐렴기가 가시지 않는 엄마가 투레질을 하다가 목에 걸린 가래를 뱉어내지 못해 숨이 넘어가는 것 같다. 간호사를 불러와 말라붙은 입술을 열고 가래 흡입기를 목 안으로 들이민다. 흡입기 호스는 두껍고 딱딱해서 조금씩 밀어 넣을 때마다 엄마가 고통으로 진저리를 친다. 얼마나 아프기에 미동도 없던 손까지 들어 호스를 막아대는 걸까. 강을 거슬러 올라갔다가 알을 낳고 죽어서 껍데기로 떠내려 오는 연어를 보면서 '어차피 죽을 거면 편하게 죽지' 탄식하던 다이고처

럼 나도 그 마음이 된다. '아, 어차피 죽을 거면 좀 편하게 죽지…'

저기 저 아래 목 속에, 폐까지 들어찬 가래가 약간의 피와 함께 흡입기로 뽑혀 나오고 단말마의 비명이 겨우 잦아들고 천신만고 끝에 진창 같은 잠으로 들어간 엄마를 도닥이며 다이고의 마지막 여행으로 다시 합류한다. 프로 염습사가 된 다이고는 몇십 년만에 만난 아버지 시체를 꼼꼼히 닦아서 생전 모습과 가장 비슷하게 만든 뒤 '오쓰카레사마데시타お疲れ様でした'라고 고인의 귀에 대고 속삭인다. "수고하셨습니다."

나는 이제 저 말을 하고 싶다. 엄마 귀에 대고 인사하고 싶다. 다이고처럼 온 정성을 다해 눈을 감기고 엄마를 닦고 영원한 여행을 떠나는 마지막 인사를 하고 싶다. 오랜만에 생긴 가장 깊은 기도의 말이다. "엄마, 고생 많았어요. 이제 가셔도 돼요. 이제 그만 아파요. 너무 많이 아팠잖아. 이제 잘 가요. 이생에 와서 착하게 잘 살았잖아요. 아버지에게 가요. 이 세상에 태어나 지금까지 살면서 아버지 엄마처럼 세상에 무해한 사람을 만난 적이 한 번도 없었어. 여한 없이 얼른 가요."

차가워지고 안 들리는 엄마의 귀에 대고 "고생 많으셨습니다, 잘 가요" 그 말을 하려고 나는 기다리고 있는 것일까. 어서 그 말이 하고 싶어서 잠깐 숨을 쉬시지 않는 것 같을 때마다 엄마 코에 손가락을 대보는 것일까. 붙어버린 눈을 열어보는 것일까.

'밴드' 속
엄마의 꽃 같은 날들

    살구나무가 커다랗게 잘 자라는 요양원에 찾아가서 원장을 만났다. 요양원은 마치 국공립유치원처럼 꾸며져 있었다. 색종이, 가위, 풀, 크레파스가 나란히 놓인 선반이 두서너 개, 어르신들이 만들어놓은 종이꽃으로 장식한 각 방의 이름들, 할머니들이 만든 모빌공작품을 걸어놓은 길고 높은 천장, 수십 장의 그림을 붙여놓은 벽들이 그랬다. 할머니 세 분이 한 방에 누워 계셨다. 할머니마다 침대 하나에 서랍이 달린 옷장이 하나. 옷장도 세 개, 침대도 세 개. 세 사람 침대의 거리는 밭지 않아 넉넉했다. 말소리는 들을 수 있고 숨소리는 멀리 할 수 있는 적절한 사이. 나는 요양사 전화번호와 원장 전화번호를 입력했다. 방명록에 내 전화번호도 적었다.

보호자 비상연락망이었다. 몇몇 할머니가 휴대폰을 들고 있었다. 나오는 길에 원장이 "이제 우리 밴드에 들어오셔요, 매일 어머니들 사진 찍어 올리고 있거든요"라고 말했다. 밴드 매니저가 초대해줘야만 들어갈 수 있는 단체 방이었다. 엄마 가족이자 보호자로 새언니가 이미 들어와 있었다. 나는 '가나다 가족방'이라는 이름의 밴드에 묶이게 되었다. 다른 할머니들의 가족과 원장, 요양사와 간호사, 영양사도 있었다. 요양원에서 쓴 첫인사말에도 '가족 여러분'이라고 쓰여 있었다. 엄마가 들어간 집에 새 가족이 생겼다.

매일, 밴드 새 소식 알림종이 울렸다. 한 번에 20여 장의 사진이 올라왔다. 단체 사진과 함께 할머니들의 자식들을 위해 할머니들마다 꼼꼼하게 클로즈업된 사진이 올려져 있었다. 엄마는 노래 자랑 시간에 노래를 하고 있었는데 수십 장의 사진마다 줄곧 마이크를 잡고 있었다. 혼자 노래하느라 다른 할머니들에게 마이크를 넘기지 않는 모양이었다. 워낙 노래하기를 좋아하는 분이니, 웃음이 나왔다. 식탐이 생기더니 마이크 욕심도 여전하시구나.

밴드 사진 속의 엄마는 더없이 성실하고 부지런해 보였다. 손가락 힘을 키우라고 하는 그림 공부 시간에 엄마는 몰두해서 그림을 그리고 있었다. 꽃을 그리고 나무를 그리고 숫자를 쓰고 색종이를 접었다. 한 작품을 끝낼 때마다 사각의 귀퉁이에 크레파스로 김. 봉. 예. 정확하고 바르게 이름을 적어놓았다. 사진에서 엄마는 거의 웃는 얼굴이었다.

색동저고리를 입은 소녀 인형을 만들어 들고 찍은 사진에서는 정말 소녀 같은 표정으로 웃고 있었다. 온 정성을 다해 노래 부르고 온몸을 움직여 체조하고 있었다. 체조를 할 때도 나보란 듯이 높이 두 손을 들고 있었다. 투호를 하고 볼링을 치고 풍선을 받고 있었다. 어느 날은 물리 치료 기계에 들어가 마사지를 받으며 웃어 보였다. 심심하지 않도록 콩을 고르거나 콩을 옮기는 놀이를 하면서 골몰해 있을 때도 있었다. 가끔은 콩나물 머리를 다듬고 있거나 시래기나물 껍질을 벗기고 있었다. 엄마의 하루는 고향 집에서 아들 내외와 살 때보다 더 체계적이고 효율적으로 흘러가고 있었다.

누가 저 늙고 아프신 분들을 매일매일 나오게 해서 그림을 그리게 하고 공작 시간을 주겠는가. 요양원이 아니라면 어느 자식이 노래방 기계를 틀어놓고 노래를 맘껏 부르게 하겠는가. 아무리 효심이 깊고 시간이 많다 해도 어느 자식이 붙어 앉아 글씨를 쓰게 하고 쓰러진 볼링 핀을 하나씩 세워놓고 던져서 맞춰보라 하고 서너 개만 쓰러뜨려도 박수를 쳐주겠는가.

엄마는 수박을 먹고 낮잠을 주무시고 휠체어를 타고 마당에 나가 산책을 했다. 바람 쐬는 시간엔 바람을 쐬러 나가고 해바라기하는 시간에는 햇살을 맞았다. 요양원 밴드 사진을 볼 때마다 정말로 엄마를 잘 보냈다고, 거기 계시게 한 것은 신의 한 수, 아니 자식의 한 수라고 매번 감탄했다. 엄마에게 사진으로 매일 보고 있다고 말했다. 밴드 가족방을 열어 엄마의 하루하루를, 일거수일투족을 보고 있다고 사진을 크게 해서 보여주었다. 엄마는 정확하게 밴드의 메커니즘을 이해했다. 그때부터 원장이 휴대폰을 들어 사진을 찍을 때마다 지금 이 사진이 내게로 보내질 것을, 우리가 보게 될 것임을 알아차렸다. 사진마다 엄마가 나 또는 다른 자식을 향해 웃는 것처럼 또렷하게 눈맞춤을 해보였다. '봤니? 나 봤어? 내가 그린 그림 들고 있는 거 봤어? 아유, 세상이 얼마나 좋으니? 내가 여기서 이러고 있는 걸 네가 바로 볼 수 있으니 너무 좋은 세상이야.'

유치원에 보낸 어린 내 딸들의 하루를 유치원 선생님이 말해주듯이, 앨범을 만들어 보내주듯이, 영상을 찍어 보여주듯이 엄마의 날들이 사진이 되어 그렇게 밴드 속으로 매일매일 날아왔다.

요양원의 엄마 서랍에는 구슬을 꿴 팔찌가, 목걸이가 서너 개 들어 있었다. 엄마는 처음 그곳에 갔을 때 통곡을 했으나 시간이 지날수록 흡족해했다. 어느 날 밴드에는 손톱과 발톱에 빨간 매니큐어를 바른 할머니들의 사진이 주르륵 올라왔다. 엄마가 말했다. "저 요양사 선생님이 발라줬어. 빠알가니, 여간 예쁘지?"

어느 날엔 공연단 가수들이 와서 할머니들 앞에서 노래를 해주었고 미용사들이 와서 할머니들의 머리를 무료로 다듬어주고 있었다. 군수님이 와서 사과 박스를 들여놔주고 목사님이 오셔서 기도해주는 사진도 올라왔다. 봉사활동 온 학생들이 어깨를 주물러주는 사진도 있었다. 자식이 옆에 살아도 이렇게는 못할 만큼, 사진 속에서 나는 엄마가 보내는 시간의 무늬를 볼 수 있었다. 엄마를 맡긴 다른 집 자식들이 자기 엄마가 나온 사진 밑에 하트 이모티콘을 날리고 엄지척 스티커를 달았다. "우리 엄마 최고" "사랑합니다" "감사합니다" 댓글도 여러 개 달렸다. 우리도 똑같이 그렇게 했다. 손가락 하나로 누르는 하트 모양 한두 개지만 진심으로 자꾸자꾸 고맙다고 생각했다. 내 집에서 보살피지 못하는 미안한 마음을 그렇게 밴드 사진을 보면서 잊었다. 엄마는 살면서 가장 많은 사진을 그 요양원에서 찍었다. 자기의 작은 몸짓 하나하나마다 휴대폰을 들어 사진을 찍어주는 사람을 요양원에 가서야 처음 만났다.

"여기 보세요. 김봉예 어머니, 자 웃으세요." 이름을 불러주는 관심을 그 요양원에서, 3월에 들어가서 12월 14일, 마지막 체조하는 순간까지 뜨겁게 받을 수 있었다. 어쩌면 생애 다시없을 꽃 시절이었다.

　요양원 밴드 사진 속에는 12월 14일 이후, 엄마의 얼굴은 단 한 장도 올라오지 않았다. 그날이 마지막이었다. 열 명 남짓한 할머니들 속에서 빨간 티셔츠를 입고 손을 들고 다리를 올리고 박수를 치며 체조하던 그 사진들을 찍고 난 오후, 엄마는 요양원 차를 타고 괴산서부병원으로 후송되었다. 엄마 사진이 밴드에 전혀 올라올 수 없을 때도 나는 종종 밴드에 들어가 다른 할머니들을 봤다. 날짜를 되짚어 예전에 찍힌 엄마 얼굴도 다시 봤다. 그리고 부탁의 문자를 보냈다. "원장님. 엄마가 요양원을 떠나셨지만 당장 밴드에서 저를 탈퇴시키지 말아주세요. 조금만 더 요양원 가족으로 남겨주세요." 사진이 다 거기에 들어 있어서. 덩치가 큰 요양원 원장은 다행히도, 오래오래 가나다 가족방에서 봉예 어머니 가족을 밀어내지 않았다.

섬망의 징후,
헛것과 싸우다

"왜 이렇게 안 죽어진다니? 아무 입맛도 없어. 먹는 게 다
싫어. 어여 가라. 뭐 하러 또 왔어?" 하루걸러 한 번씩 위급
하다는 소식을 듣고 다급하게 병실로 찾아간 그날, 엄마는
아픈 게 거짓말인 것처럼 때아니게 또렷했다. 기운이 하나
도 없다는데 말만큼은 청산유수였다. 감기 걸린 사람처럼
마른기침이 멈추지 않는 엄마의 병세는 급성 폐렴이라고 했
다. 가장 비싼 영양제를 여러 병 맞고 염증 주사를 맞고 약
을 한 움큼씩 먹으면서 증세가 호전되는 줄 알았다. 엄마가
갑자기 환자복 가슴팍을 열어젖혔다. "얘. 이것 좀 봐라, 왜
이렇게 썩니? 사람 살빛이 어떻게 이렇게 되니?" 멍, 검버섯,
뭉친 피, 저승꽃 핀 보랏빛 몸이 드러났다. 여며줘도 자꾸 풀

어헤치며 참혹한 얼굴의 딸을 향해 아랑곳하지 않고 말을 퍼붓기 시작했다. 엄마의 눈이 이상하게 헛돌아 다녔다.

"얘, 저 천장에 벌레들 좀 봐. 보이지? 아유. 너무 많아. 꿈틀꿈틀 저렇게 벌레가 많은데 아무도 안 치워준다. 뱀도 있잖니? 세상에, 저게 불을 끄면 막 나한테 내려와. 불을 켜면 또 막 올라가서 붙어 있고. 근데 아무도 안 치워줘. 징그러워 죽겠네. 얘, 밑에 좀 봐라. 저 애가 왜 저기 들어가 있니? 자꾸 저 아래서 울어. 먹을 걸 줘도 안 나와. 침대 밑에서 뭐하는 거니? 그나저나 김장해야 되는데. 마늘도 까놔야 하고 대파도 다듬어야 하는데. 저기 봐. 저 양반들이 오늘도 어제도 김장하느라고 저렇게 바쁘다. 내가 해야 되는데."

천장을 올려 봐도 벌레는 한 마리도 보이지 않았다. 이리저리 합판 갈라진 무늬와 구멍이 뱀이나 벌레로 보였나 보다. 침대 밑에 있다는 우는 아이 얘기는 공포 영화를 보듯 무서웠다. "왜 그래? 엄마. 우는 애 없어. 아무도 없다고요." 머리카락이 쭈뼛 솟아올랐다. 앉지도 서지도 못하고 황망해하는 내게 간병인이 말을 걸어왔다.

"섬망이에요. 섬망. 따님 오기 전엔 아주 더했어요. 밤새 소리 지르고 나가고 싶다고 하시고. 아프다고 소리치시고. 아무리 말해줘도 소용없어요. 환자들 그럴 때 많아요."

또 섬망이었다. 평소보다 더 또렷하고 정확하게 말하는

저 증상조차 섬망 증상의 발현이었다. 자꾸 허공을 헤매는 엄마 손을 붙들고 검색해봤다.

섬망은 헛소리, 환청에 환시에 기억장애, 피해망상을 보인다고 한다. 치매로 오인하기 쉽지만 치매와는 다르다. 안절부절못하면서 과잉행동을 하고 벽에 걸린 옷을 보고 도둑이라고 인식하는 등 사리에 맞지 않는 이야기를 하는 경우가 많다. 보통 사람보다 공포를 훨씬 많이 느끼거나 슬픈 일에도 감동하지 못한다. 부모가 이런 증세를 보이면 대다수가 치매가 아닌가, 의심하지만 섬망과 치매는 유병 기간과 회복 가능성에서 차이가 있다. 섬망은 증상이 수일 내에 발생하고 발병 원인이 교정되면 증상이 호전되지만 치매는 수개월, 수년에 걸쳐 병이 진행되고 이전 상태로 돌아가기 힘들다. 유발 원인이 다양하므로 치료를 위해서는 원인을 제대로 찾아 약물치료 등으로 대처해야 한다. 환자에게 친숙한 환경을 유지하고 날짜와 머무는 장소 등 현재 상황을 파악할 수 있는 정보를 제공하는 한편 강한 불빛이나 소음 등 과도한 자극을 주지 않는 것도 환자 치료에 도움이 된다.

아픈 부모 옆에서 섬망 증세를 목격한 사람들의 글을 하나하나 다 찾아봤다. 손을 꼭 잡고 먹기 싫다는 과일을 입에 넣어주고 엄마를 진정시켰다. "김장은 엄마가 안 해도 돼. 괜찮아. 벌레는 좀 있다가 치울게. 우는 애도 내가 데려갈게."
정신이 돌아온 것처럼 잠깐 내 얼굴을 바라보던 엄마가 다
시 말문이 터졌다.

"애. 저쪽 병실에 너희 작은아버지가 들어왔어. 근력 좋고
튼튼하시더니 나처럼 아픈가 봐. 어제 원숭이를 한 마리 이
렇게 등에 지고 들어왔어. 아무도 안 찾아오나 봐. 혼자 있는
모양이야. 얼른 이 바나나하고 음료수 드리고 와라. 얼마나
외로우시겠어. 먹을 것도 없고. 그런데 웬 원숭이는 데리고
오셨을까. 원숭이가 작은아버지 등에서 떨어지질 않더라. 아
이고. 가엾기도 하시지. 우리 서방님."

눈물까지 맺히면서 서방님, 우리 서방님을 불렀다. 나의
작은아버지, 아버지의 바로 아래 동생, 엄마의 시동생은, 이
병원에 당연히 없다. 여기로 오실 일이 절대 없는 사람이다.
작은아버지는 삼형제 중 둘째 분으로 안성에 계신다. 자수
성가해서 형제들 중 가장 부자다. 나 어릴 때부터 시골 우리
집에 올 때 벤츠를 타고 왔던 분이고 얼굴이 아주 잘생겼다.
엄마는 작은아버지를 아주 많이 좋아했다. 아버지하고 금
슬이 나쁘지 않았지만, 엄마와 동갑인 시동생을 참으로 좋
아했다. 명절이면 부엌에서 나오지 못할 정도로 눈코 뜰 새
없이 일하다가도 작은 집 식구들이 들어오는 차 소리가 들
리면 버선발로 뛰어나갔다. 아니 비호처럼 날아갔다. 엄마

가 반색하는 얼굴을 그때 볼 수 있었다. 아버지가 돌아가신 후 작은아버지는 제사와 명절엔 고향 집에 들렀지만 천천히 멀어져갔다. 작은아버지를 만날 수 있는 기회는 점점 줄어들었다. 아프기 시작하면서 엄마는 집안의 대소사에 참여할 수 없게 되었는데 그동안 엄마의 그리움은 병으로 깊어진 것 같았다. 얼마나 보고프면 이 시골 옆 병실에 원숭이를 업고 온 모습까지 환시로 볼까. 하도 먹을 것을 갖다 주라고, 나는 일어날 수 없으니 너라도 갖다 주라고 성화를 퍼붓는 엄마가 간절해 보여서 바나나를 들고 할아버지들 병동을 돌아봤다. 할아버지만 있는 병동 풍경도 할머니들 병동과 다를 게 없었다. 원숭이를 어깨에 매달고 걸어 다니는 사람은 아무도 없었다. 뼈만 남은 분들이 빠짐없이 혼곤한 잠 속에 누워 있고 텔레비전만 소리 없이 흘러갈 뿐.

나는 바람이 몰아치는 휴게실 옥상에서 허깨비처럼 작은 아버지를 찾지 못하고 들고 나온 바나나를 가만가만 벗겨 먹었다.

이승에서
못다 한 말

    한여름 뙤약볕에 다 타버린 고추밭 비닐처럼 날깃날깃 찢어져가는 엄마의 몸은 이제 검버섯 만발한 동산이다. 바랭이 쇠뜨기 명아주 방동사니들, 밭농사 지으며 평생 쥐어뜯어낸 잡초들 제멋대로 돋아나버린 밭처럼 그악스럽게 저승꽃에게 파먹혔다. 목덜미가, 팔뚝이 포도 색깔처럼 검붉고 시퍼렇다. "징그럽지 징그러워, 풀하고 맨날 싸웠어." 비오면 확 살아나 번지는 뿌리 깊은 잡초처럼 엄마 피부에는 뽑히지 않는 무늬들이 생겨났다. 시간에 두들겨 맞은 나이든 몸에 사르륵 벗겨질 듯 얇은 피부만 남은 가녀린 몸에서 말들이 튀어나온다. 이제 말들은 두서가 없고 선후가 없다. '나는 귀가 없소' 듣고 싶지 않아도 그 말을 막을 도리가 없다.

"더워서 똑 죽겠다." 성근 단추 서너 개를 다 풀어 앞가슴을 다 내놓고 구순의 엄마가 성질을 낸다. "아유 사람이 어쩌면 그렇게 못됐나 몰러. 기름떡을 부쳐서 나를 안 주고 저만 먹더라. 나는 배고파서 똑 죽겠는데 그거 한 장을 안 줘. 아유 나쁜 것이. 이불을 하늘까지 쌓아놓고 나한텐 홑이불만 주더라고. 추워서, 추워서 얼어 죽겠는데. 독해도, 독해도 사람이 그러는 거 아닌데." 엄마는 자기 발로는 한 발자국도 움직이지 못하고 높은 침대에 누운 채 자기를 때리는 난폭한 기억의 기운만 펄펄 끓어올라 금방 터질 것처럼 분출해버린다. "석유곤로에 끓인 라면이 아주 맛있잖니. 한번 먹고 싶은데 그걸 또 안 주네." 살아생전 평생의 설움이 이참에 다 나오는 듯 노기에 사로잡힌 얼굴이 이상한 욕설을 섞어 참으로 또렷한 발음으로 이어졌다. 눈빛은, 방향을 잠시 잃은 듯 흔들흔들했다.

90년을 살다가, 갈비뼈 부러져, 심장 안 뛰어, 고관절 부서져 쓰러져 누운, 한 여자의 마지막 증상이 욕설이라니, 엇갈린 기억의 뒤섞임이라니, 무참히 참혹하여 내 넋마저 들락날락 기운이 빠졌다. 손아귀에 힘이 들어가지 않았다. 허망한 헛소리에 사로잡혀 말하느라 바짝 졸아 말려 들어간 엄마의 혀가 그대로 목 뒤로 넘어갈까 두렵다. 관객도 없이 오래 상영되는 기이한 영화처럼 저 홀로 촤르륵 돌아가는 저 입술을 막고 싶다. 병든 말이 들끓는 저 입술을 따뜻하게 적시고 저승에서 잡아당기는 난폭한 기운에 사로잡힌 저 마음을 평온의 양탄자로 옮겨줄 수 있다면 얼마나 좋을까.

"모든 사람이 죽기 직전에 욕을 해요." "설마요? 왜 그럴까요? 죽을 때는 체념하고 놓아두고 평화롭게 떠나는 거 아닙니까?" 나는 물었다. 착하던 사람이, 가면을 벗은 것처럼 쉼 없이 욕하는 모습에 아연실색한 후였다. "깨달음에 이르진 못해도 포기라도 할 수 있지 않을까요. 체념도 도의 일종이라는데 그것도 안 되나요?"

"살아 있는 동안 가장 큰 고통을 느낄 때가 죽는 순간이랍니다. 그 고통을 이기기 위해서 모르핀과 엔도르핀을 평소보다 천 배 이상 분비한대요. 물론 남은 마지막 몇 나노 그램까지 다 쏟아내는 거죠. 그때 아늑한 황홀감 속으로 고통이 파고든대요. 이승에서 못다 한 마지막 아쉬움을 욕으로 분출하는 거죠! 그러니 살아생전 고운 말만 쓰던 조신한 사람도, 착하디 착했던 나무 같고 꽃 같은 사람도 저승 문 앞에서 저도 모르는 죽음의 슬픔과 기쁨에 헷갈리면서 서리서리 평생 쟁여놓은 욕설을 쏟아내게 되는 거죠." 어떤 사람이 대답했다. 나는 머리로 이해하지 못하면 가슴으로도 납득이 안 되는 사람이다.

"그럴 리가요? 이슬처럼 잠시 왔다가 스러지듯이, 물이 흘러 모르는 곳으로 흘러가듯이 사람이 죽을 때는 평화롭게 떠나는 줄 알았어요. 그럴 수 있잖아요. 마음을 다스리면서 잘 산 사람들은 가능하잖아요. 면벽하고 죽기도 하고 앉은 채로 가기도 하고."

"그런 사람 없습니다. 100퍼센트 다들 그렇게 욕을 하다가 죽어요. 저 자신도 모르는 채 욕으로 단말마의 비명을 지르는 거겠지요." 아무리 들어도 이해할 수 없었다. 이해하기 싫었다.

무슨 힘이 남아 있어 저렇게 장사가 되었나. 시간에 난폭하게 쥐어뜯긴 90의, 100살의 노인들이 최후까지 남아 있는 힘을 짜내 가장 최악의 본능을 드러내고 죽어가는 게 과학적인 진리라니. 생명을 가진 것들의 마지막이 그럴 수밖에 없도록 짜여 있다는 말을 들으니 더욱 처연해졌다.

당신, 평생을 착하게 산 거 아니었나. 말려 들어가는 혀로 온 얼굴을 분노로 일그러뜨리며 박혀 있는 칼을 빼내는 마지막 얼굴은 자신에게도 부끄럽지 않나. 하나 남은 아랫니 하나로 칼과 피를 반죽해 분노의 떡을 쌓고 떠날 일은 아니지 않나. 당신이 이렇게 죽는다면 내 심장에 꽂힌 못을 빼내려면 나는 석 달 열흘 욕만 하다 죽지 않겠나.

오늘의 당신, 엄마. 하루 또 하루 죽을힘을 다해 화내면서 죽음 쪽으로 달려가는 사람. 나는 진심으로 당신의 죽음이 평화롭기를 원했다. 오늘도 죽음으로 가려다 돌아서는 사람, 널뛰는 섬망 속에서 착하게 살아온 명예를 갈기갈기 찢으며 소멸 쪽으로 못나게 가는 당신. 욕하고 남은 시간에 찾아온 찰나의 명징한 순간에 장판에 묻어 놓은 지폐 300만 원과 냉동실에 넣어둔 아이스크림 콘 세 개의 행방에만 골똘한 당신.

하루를 살아도 평화롭게, 온 세상이 평화롭게 이틀을 살더라도 사흘을 살더라도 평화롭게, 그런 날들이 그날들이 영원토록 평화롭게.

스무 살부터 지금까지 오로지 바란 것은 그것 하나였는데. 평화롭게. 시 구절을 새로 사는 일기장마다 적어놓고 기도하면서 살고 있는데. 평생을 간구해도 당신처럼 마지막엔 섬망에 빠져 죽는 걸로 예정되어 있다면 오늘 나는 무엇으로 더 버틸 수 있을까.

3부

새해에
그렇게 떠날 줄은
아무도 몰랐지

작별까지
마지막 12일

12월 31일, 부산에서 셋째언니가 다녀갔다. 1월 1일은 내 식구들과 집에 있으려 했다. 한 해의 마지막 날과 새해 첫날 새벽에도 전화는 울렸다. 기다리지 않을 때 오는 소식에 낭보는 없다. 한 해 동안 여기저기 돌아다니며 명랑하려고 노력해도 좀체 감정이 바닥에서 떠오르지 않았다. 복이 많아 구순을 맞이했다 한들, 싫으나 좋으나 날 낳은 엄마가 요양원과 병원, 중환자실을 오고가는 날들이라 어깨 아래 추가 매달린 것 같았다. 요양원과 병원을 오가는 틈이 가파르게 좁아지면서 2년 여 흐르다 보니 가족들 마음이 뽀족한 것이 다 보였다. 가족 단톡방 언니 오빠의 말들이 애잔하면서도 울퉁불퉁해졌다. 종잡을 수 없이 마음과 몸이 분주하고 착

156

잡했다. 불경스럽긴 하지만 간혹 지겹다고도 생각했다. 죽음을 맞고 보내는 사람들이 쓴 책들만 속절없이 읽었다. 죽은 사람이 쓴 책들이, 죽은 이를 애도하는 책들이 다행히도 무수했다.

또다시 긴급한 전화가 왔다. 새해 인사 같은 걸 나눌 경황은 없었다. 엄마가 아주 급박하게 안 좋아져서 보호자와 상담이 필요하다며 큰 병원으로 옮겨야 할 것 같다고 했다. 검사해놓은 폐렴 수치가 나오기로 한 날이었다. 다급하게 가족 단톡방에 알렸다. 그때가 1월 1일. 그제야 내가 1월 14일에 방송 촬영을 하러 스리랑카로 3주 넘게 여행을 떠나야 한다는 것을 알렸다. 피디와 촬영 감독이 같이 가는 일이라 마음대로 깨버릴 수도 없었다. 현지 일정까지 모든 섭외를 마친 상황이었다. 작은 집 식구들은 1월 16일에 작은아버지 구순 기념으로 가족 여행을 하기 위해 발리행 비행기 표까지 끊어놓은 상황이었다. 엄마가 2년 정도 아픈 상황이었지만 금방 돌아가실 거라는 생각은 아무도 하지 않았다. 내 여행은 두 달 전에, 작은아버지 댁 가족 여행은 6개월 전에 계획된 것들이었다. 우리는 비행기 출발 시간을 공유했다. 나는 14일 저녁 8시, 작은아버지 댁 식구들은 16일 오후 4시. 엄마의 용태에 따라 못 갈 수도 있을 거라고 설왕설래 이야기했다.

내가 먼저, 가혹하고 냉정하겠지만 이제 영양제 주사를 놓고 연명치료를 계속하는 것이 큰 의미는 없어 보인다고 운을 뗐다. 큰 병원으로 모신다는 것도 치료를 위한 것이 아니라 그저 중환자실에서 검사를 거듭하고 조금 더 생명을 연명하는 것밖에 없을 거라고도 했다. 그러니, 차라리 마지막으로 가족 중 누구네 집에 모셔 와서 연명치료 없이 편안하게 마지막 정리를 할 수 있게 도와드리는 게 어떻겠냐고 물었다.

엄마의 최후 병명은 폐렴이었다. 설왕설래가 또 시작됐다. 누구도 집에서 쉬는 사람이 없었다. 그리고 엄마가 곧 돌아가신다는 보장(?)이 없으니 무턱대고 모셔올 상황도 아니었다. 위독한 상황이 몇 년간 지속될 수도 있었다. 지겹도록 나눈 말들이 새 말처럼 다시 나왔다.

"그러게, 옛날에 모셔 와서 드시고 싶은 거나 맘대로 해드리자고 했잖아." "병원비부터 요양원비라도 내려면 일을 그만둘 수 없다!" 엄마가 얼마 전까지도 생전 안 돌아가실 것처럼 정정해보였던 것도 사실이다. 모두 자기가 당번일 때 봤던 모습만 이야기했다. 숨이 차긴 해도 폐렴이라 해도 말씀도 잘하시고 잘 잡수셨다는 말, 대소변을 받아낸다 해도 아직 돌아가실 것 같은 기미는 전혀 없다는 말, 의식이 없어도 몇 년을 더 사는 사람을 봤다는 말. 당장 무슨 일이 일어날 것은 아니라고 생각했다. 큰 병원으로 이송하는 것은 찬성표가 없었다. 저번에 갔던 종합병원은 어느 자식의 집에서도 가깝지 않았다. 큰 병원은 더 멀고 더 비싸고 보호자 마음대로 문병할 수도 없었다. 간병인도 세트로 붙여주는 것이 병원 방침인지 가족이 보살필 방법도 없었다. 큰 병원으로 어차피 옮겨야 한다면 자식들이 사는 집 가까운 곳으로 모시자는 이야기가 나왔다. 용인, 수지, 서울, 수원, 부산. 서로의 집에서 가까운 큰 병원을 하나하나 떠올렸다. 수많은 병원 이름이 거론됐다. 요양병원은 어떤지 호스피스 병동은 어떤지 각자 알아보고 전화해보고 장소를 찍어 보냈다. 비용이 얼마나 드는지, 간병인은 어떤 상황인지 알아보기를 서너 차례 했지만 결론은, 아무 데도 갈 곳이 없다는 거였다. 요양병원에서는 급작스레 병원에서 악화된 환자를 받을 수는 없다고 했다. 건져놓으면 보따리 내놓으라 한다던가. 뒤늦게 엄마가 계시던 요양원 성토가 와르르 튀어 나왔다.

병원에서는 보호자가 어서 와 의사와 상담하라는 최후통첩을 보내왔다. 다섯 명의 자식들은 울다 소리치다가 난리를 치며 톡톡 글을 써 내려가다가 하나 마나 한 결론을 내렸다. '그 어디에 계시든 이제 긴 시간이 걸리진 않을 것이다' '노인이니 언제 가실지 모르지만 지금은 위급해도 언제나처

럼 호전될 것이다. 그리고 행여 무슨 일이 있다 해도(무슨 일
이라는 게 뭔지는 다 알면서도) 당장은 아닐 것이다' '자, 빨리
교대로 엄마 옆에서 당번을 서자' '돌아가셨다는 소식을 간
호사한테 듣지는 말자' '요양원으로는 행여 몸이 좋아지시더
라도 다시 보내진 말자' '지금 당장 아예 퇴소를 결정하자'….

자식들이 모아내는 간병비와 병원비는 통합 통장을 새로
만들어 다시 정확하게 모으기로 했다. 다들 엄마가 불쌍해
서 울고 못 가봐서 발을 동동 굴러댔지만, 나는 "아, 가족이
다 지겨워. 이쪽저쪽 언니 오빠들에게 연락하고 책임지라
하고 슬퍼하고 원망하고 분노하는 게 다 지겨워" 하고 썼다.
다들 분명히 읽었는데도 "지겹다"는 내 말에는 못 본 척 아
무 대꾸도 하지 않았다. 마지막까지 마음을 모아서 최선을
다하자는 허랑한 말들이 죽 이어졌다. 도덕성 테스트하는
것처럼 좋은 말만 나누자며 대화가 끝났는데도 미진한 한탄
은 끝나지 않았다.

"이상하다, 이상하다. 며칠 전에도 정신이 온전하셨는데.
내가 갔을 때 셋째 딸 왔다고 사위도 왔다고 반색하고 일어
나셨는데…." 막내 언니가 말했다.

"그러게. 내가 갈 때도 항상 얼굴이 좋으셔서 나는 앞으로
3, 4년은 끄덕도 없으실 거라고 생각했어." 둘째 언니가 말
했다.

"내가 갔을 때도 팔짝 뛰시듯이 좋아했어. 큰딸 왔다고 좋아하시면서 엄마 입에 내 손을 끌고 가 입맞춤하셨어…. 너는 뭘 보고 온 거니?" 큰언니가 말했다.

"모두들 수고가 많아요…." 야근하던 작은오빠가 말했다. "아무튼 막내가 수고가 많네. 막내가 최고다." 그 카톡을 끝으로 휴대폰을 내려놓았다. 병원에 갈 준비를 해야 했다.

오늘은,
죽지 말아주세요

병원으로 가는 중에도 전화가 걸려왔다. 어디쯤 오고 있느냐고 간호사가 물었다. 어디쯤 있는 건가, 나는. 차 안에서 뛸 수는 없는 일, 앞으로 몇 분 후, 몇 분 후 줄어드는 시간만 알려주었다. "너무너무 안 좋으세요." 간호사는 나에게 더 빨리 오라고 했다. 가자마자 무슨 일을 당하는 건가, 가슴이 불규칙하게 뛰었다. 무슨 일, 무슨 일. 무슨 일이 무엇일지 다 알면서 말로는 꺼내기 어려운 그 말. 카톡방에서는 별 말이 없던 작은오빠가 다른 방향에서 병원으로 오고 있는 중이라 했다. 또다시 사설 응급차를 이용해야 할 상황이 생길 것만 같아 조바심이 났다. 거의 동시에 오빠와 내가 도착했다. 엄마의 오른쪽 손, 그 조막손만 놀랍도록 차갑다. 몸의 반쪽이

식고 있었다. 너무 오래 못 먹고 너무 오래 누워만 있어서 혈액 순환이 안 돼서라고 간병인이 말했다.

잠깐 눈을 뜬 엄마가 "가. 어여 가. 자. 얼른 자" 겨우 그 말만 하더니 금방 까부라졌다. 거친 숨소리에, 말려 들어간 혀가 보이고, 그 안에 하얀 태가 껴 있었다. 바람 부는 행사장 풍선인형처럼 풀풀 푸르르 입술이 떨렸다. 왼쪽 병상 할머니가 목숨이 경각에 붙어 죽어가는 엄마를 멍 하니 바라보고 있다. "어제, 아주 죽을 것 같았어. 그 사람. 얼마나 소리를 지르던지."

산소호흡기가 입과 코에 끼워져 있었고 이마엔 붉은 불빛이 빛나고 있었다. 꽃모양의 단추가 의료용 밴드로 붙여져 있어서 광부가 갱도에 들어가려고 이마에 불을 켠 것처럼 깜빡깜빡 반짝였다. 심전도 측정기라고 했다. 오른쪽 할머니는 엄마만큼이나 정신이 온전치 않았다. 내 엄마를 보러 온 건데 자기를 보러 온 사람으로 착각했다. 엄마 이마에 빛나는 레이저 불빛을 '홍시감'이라고 말했다. 주홍빛이 그렇게 보이기도 했다. 무의식중에도 엄마는 이마로 손을 저어 그것을 떼 내려고 애썼다.

"저 사람은 이마에 왜 감을 달고 있어? 나 먹으라고 사왔어?" 옆 침대 할머니가 자기 딸인 줄 알고 자꾸만 내게 말을 걸었다. 세 할머니가 모두 사경을 헤매고 있었다. 의사는 피로에 절어 갈라진 목소리로 말했다. "이 병원에서 할 조치는 다 취했습니다. 더 이상 할 게 없어요. 보호자들은 어서 큰 병원으로 옮길지 결정하세요. 여기서 임종을 맞을 수는 있습니다. 그렇지만 자식들은 큰 병원을 좋아할 테니까. 그리고 여기는 장례식장이 없습니다." 다시 DNR 동의서를 쓰라며 동의서에는 모든 자식의 사인이 있어야 한다고 했다. '심폐소생술을 하지 않겠다' '인공호흡기를 달지 않겠다' '기도로 영양 공급을 하지 않겠다' '목숨을 연장하기 위해 적극적 치료를 하지 않겠다'는 동의서를 썼다. 왜 큰 병원으로 옮기라고 하는지 이해하지 못하다가 '장례식장' 이야기가 나왔을 때 완전히 납득했다. 돌아가시면 어차피 영안실로 옮길 거 아니냐는 뜻이었다. 오빠와 나는 상급병원으로 이송하지 않겠다, 여기서 할 수 있는 소극적 치료만 하고 될 수 있는 한, 늦었지만 이제라도 자연스럽고 존엄한 죽음을 맞겠다고 의사와 합의했다. 이마에 홍시 같은 불빛을 반짝이며 혼곤하게 눈 감고 있는 엄마 사진도 찍어 보냈다. 얼굴에 들이대고 사진을 찍고 싶은 마음이 전혀 없었는데도.

그럴 분이 아닌데, 자식이 왔는데 못 알아볼 분이 아닌데, 자식들을 안 보고 주무시기만 한다니 믿을 수 없다고 못 온 자식들의 눈물이 터졌다. 좋아하는 막내딸을, 그 좋아하는 막내아들을 못 알아본다니 말도 안 된다고, 그러면서도 둘이 나가서 따뜻한 밥이라도 사 먹으라고 소용없는 배려의 말이 들이닥쳤다.

마침내 고향 집에 있는 큰오빠, 새언니에게 엄마의 목숨이 경각에 달렸다고 연락했다. 편찮으신 분들이라 누군가 데려오지 않으면 올 수도 없을 테니 장조카에게도 알렸다. 비닐처럼 얇은데도 부풀어 올라 헐거워진 팔도 퉁퉁 부은 발과 다리도 찍어 보냈다. 찍은 사진이 하도 참혹해 밴드를 뒤져 아직 건강한 모습으로 체조하는 사진을 덧붙였다. 빨간 티셔츠를 입고 손을 번쩍 들어 체조하고 있는 아직 의식이 있는 엄마를. 삶과 죽음의 경계가 이리도 가파르게 변해 갈 수 있다니.

두 살 위 오빠와 병원 옆 식당에서 칼국수를 시켜서 소주를 주문했다. 운전해야 할 오빠는 소주잔에 입도 대지 않았다. 혼자서 한 병을 다 마셨다. 엄마는 물 한 방울도 못 마시는데 녹차 칼국수에 소주까지 한 병 마시고 있는 내 붉은 얼굴이 식당 큰 거울에 비쳐 어룽댔다.

엄마는 자꾸 가래로 목이 막혀 숨을 제대로 쉬지 못했다. 너무 가엾어서 간호사를 불렀다. 생 목으로 굵은 줄이 하염없이 들어가 저 가슴속 어딘가에 붙어 있는 가래를 반통이나 뽑아냈다. 눈을 뜨지 못하던 엄마가 끄억끄억 고통스러워하면서 눈을 떴다 감았다. 밤이 길고 추웠다. 내복까지 입은 바지 속까지 추운 느낌이 들었다. 오그라들은 몸이 펴지지 않았다. 간병인이 와서 어깨를 치며 저쪽에 좀 누우라고 말해주었다. 엊그제까지 어느 할머니가 있던 자리다. 그 사이 돌아가셨을까. 빈 침대에 하늘색 담요를 펴고 잠시 눕는데 나야말로 오늘내일 죽음을 앞둔 할머니처럼 느껴졌다. 언니들이 집에서도 잠을 못 이루고 계속 문자를 보냈다. "엄마는 못 먹어도 넌 먹어야 하잖아. 네가 좋아하는 빨간 김치만두를 빚고 있어." 큰오빠에게 엄마의 영정 사진을 준비하라고 문자를 보내놓고 밤이 머물고 있는 천장을 봤다. 할머니 일곱 분이 여기저기서 앓는 소리를 냈고 엄마 앞에만 켜져 있는 모니터가 분주하게 소리를 냈다.

"따님이 있으셔서 그런가. 오늘은 잠이 편안하시네." 간호사가 수액 줄을 조절하며 말했다. 저 거칠고 폭풍우 쏟아지는 바람 같은 숨결이 평화로운 거라면 나 없는 지난 밤 잠은 어땠다는 걸까. 그젯밤 어젯밤 잠자리는 얼마나 사나웠기에. 혼자보기 메모장을 열어 열없이 글자를 썼다.

한때 나는 남들과 절대 다를 거라며, '애절한 사모곡은 부르지 않으리라' 떠들었지. '난 엄마에게 별 정이 없거든' 냉정할 수 있었지. 아냐, 나도 애절 복통 사모곡을 부르고 말

것 같아. 저런 모습을 보게 될 줄 미처 몰랐어. 아 가엾은 엄마, 늙은 여자여. 결국 애절한 사모곡을 부르게 하시네. 엄마 침대 옆에만 모니터가 있어. 초록 불빛이 번갈아 반짝이는 기계. 오늘 배운 두문자 용어만 어언 몇 개인가. DNR consent, BPM, ECG, CPR. 저 얼굴을 찍을 수 있을까. 찍어야 할까. 혼곤한 잠, 희디 흰 머리칼, 비닐처럼 얇아진 이마에 혈압인가, 심박인가, 측정하는 불빛. 태양처럼 떴잖아, 새해 첫 날, 수평선을 반쯤 물고 빨갛게 떠오르는 오메가처럼.

엄마. 오늘은, 죽지 말아주세요. 나 그냥 왔으니까. 휴대폰 배터리도 없고 충전기도 없어. 갈아입을 옷도 없고 칫솔도 안 가져왔어요. 세수도 못 하고, 지금 10시간 째 그냥 앉아만 있잖아. 나 혼자 있을 때, 임종을 지키게 하지 마요. 나 막둥이잖아. 칼국수 사주고 소주 한 병 마시게 하고 막내아들이 갔으니, 내일 새벽에 큰딸이 온다니까, 나 혼자 엄마 거두는 숨, 마지막 숨을 보는 영광을 주지 마요. 그러면 나, 앞으로 50년을 더 떠들어댈 거니까. 그런 꼴 절대 만들지 마요. 잠깐 나와 앉은 휴게실, 너무 추워요.

"엄마한테 졌다, 손힘이 장사 같아"

　1월 4일 금요일, 폭 쪄서 통에 담아온 김치만두를 우걱우
걱 먹었다. 큰언니는 그릇째 내게 던져 놓고 단 한 개도 먹
지 않았다. 한 김이 나가기 전에 담았나, 허옇게 불어버린 만
두는 옛날 맛이 하나도 안 났다. 엄마가 해준 그 매콤한 맛
도 전혀 없다. 그런데 주먹만 한 그걸 일곱 개나 먹었다. 큰
언니에게 엄마를 맡기고 병원을 떠나왔다. 우리는 교대로
당번을 보기로 했으니까. 간병인이 살피러 들어올 때마다
말했다. "아이고. 할머니 가시려고 하네요. 곧 가시겠어요.
우리는 한두 번 본 게 아니라 그냥 보면 다 알아요. 준비하
셔야 할 거 같아요. 가족이 꼭 계셔주어야 해요." 수십 번 들
은 말이라, '그런가 보다' 하게 되었다.

겨울바람이 당연히 차고 스산했다. 목욕탕에 가서 세신 아줌마에게 몸을 맡겼다. 이 몸, 내 몸을 하나하나 아줌마가 문지를 때마다 두고 온 엄마 몸이 떠올랐다. 그렇게 될 몸, 늙고 늘어지고 붓고 썩어갈 몸을 왜 이렇게 박박 씻어내고 싶은 건지 모르겠다.

큰언니는 의식 없는 엄마를 자꾸 꼬집어댔다. "왜 이렇게 잠만 주무셔? 날 왜 못 알아 봐? 눈 좀 떠봐요" 하면서 손등을 팔뚝을 꼬집어본다고 했다. 꼬집으면 자기 손을 잡고 흔들면서 그러지 말라는 듯 손을 내리치신다고, 아직 아픔을 느끼시는 것 같아 다행이라고 했다. 꼬집으면 아프다고 눈도 찡그리고 가끔 눈을 떴다면서 아직은 괜찮다고 했다. 그리고 정말 눈을 뜬 사진을 한 장 보내왔다. 눈을 감은 것보다 조금 더 무섭게 보였다. 눈은 떴으나 보는 것이 없는 텅 빈 눈동자, 말을 만들어내지 못하는 입, 물도 못 마시는 입술. 이제는 잡은 손을 놓지 않고 꼭 잡고 있다고 했다.

그랬다. 어서 가라는 말을 하던 그때, 엄마가 내 손을 잡았는데 얼마나 세게 잡으시던지 깜짝 놀랐다. 큰언니도 말했다. "내가 엄마한테 졌다, 졌어. 손힘이 너무 세."

엄마의 동태를 전하는 와중에도 큰언니는 냉동실에 만두 넣으라고, 먹으려면 만둣국을 끓여 먹으라고 엄마처럼 말했다. 집에 있던 떡국 떡을 넣어 만둣국을 끓여 먹는 그 사이,

큰언니도 우리가 어제 간 칼국수 집에 가서 칼국수 하나 시켜놓고 소주 한 병을 마셨다고 전해왔다. "너랑 똑같은 걸 먹고 있어."

아직도 식구들은 금방 돌아가실 수 있다고 생각하지 않았다. 다들 금방 괜찮아질 것 같다고 서로 위로했다. 괜찮아진다는 것은, 뭔가? 끝까지 악역을 맡아야 하는 배우처럼 말하고야 말았다. "어이, 여러분들. 이제 그만 울고불고 하지 말고, 부디 편안히 가시라고, 그만 고통 겪지 말고 가실 수 있도록 손 잡아주고 잘 가시라고 수고했다고 귀에 대고 말해줍시다. 물 한 모금 못 드시는데, 숨도 못 쉬고 저리 괴로워하는데, 제발 더 살아서 고통스럽게 숨을 더 늘이게 하지 말고 제발 편히 가시라고 기도합시다." '알았다'는 순한 대답이 연이어 올라왔다.

벌써 4일. 14일에는 이 나라를 떠나야 하는데, 이제 열흘밖에 안 남았는데. 여기 있는 동안은 계속 엄마 옆에 있고 싶었다. 행여 돌아가시려면 나 여기 있을 때 돌아가셨으면 좋겠다 싶은 마음이 들었다가 아니, 떠나기 전에 돌아가시면 내가 어떤 마음으로 떠나랴 싶어서 숨이나 붙어 있었으면 좋겠다고 생각했다. 내가 갔다 올 때까지 살아계셨으면 좋겠다 싶다가 차라리 간병인들 말대로 금방 가실 거면 오늘이나 내일 눈을 감으셔도 좋겠다고 생각했다. 갈팡질팡

요동을 치는 마음으로 내일은 정말 의사나 간호사 간병인들 말대로 임종을 하시려나. 내가 무엇을 기다리고 있는 건지 사실 알 수 없는 마음이었다. 이러다가 부고가 낭보가 되는 거 아닐까. 엄마의 임종을 앞에 두고 제 일정을 생각하는 이 마음이 냉정한 것인지 순리인 것인지 모르겠다. 내가 아프고 죽어갈 때 내 아이들도 이럴 텐데 그때의 나는 서운해할까 억울해할까.

정말 저승사자가
오나 보다

1월 5일 토요일. '임종 전 징후' '임종 신호' '임종 사인' '죽기 전 증세' '생애 마지막 모습' '사람은 어떻게 죽나요' 하염없이 검색어를 바꾸며 검색했다. 찾아낸 자료들에 의하면 엄마가 지금 보이는 증상과 징후는 모두 또렷한 임종 신호다. 많은 검색 끝에 도스토옙스키가 사형당하기 전 5분 동안 무슨 일이 있었는가에 대해 써놓은 '생애 마지막 5분'에 관한 일화를 읽었다. 기적처럼 살아남은 도스토옙스키가 남은 생을 사형 집행 전 마지막 5분처럼 여겨 명작을 썼다는 계몽적인 결론이었다. 1월 5일. 김봉예. 아직은 살아 있는 한 사람의 생애 기록. 눈앞에 보이는 글씨들을 무감하게 읽는다. 아무것도 머릿속에 들어오지 못하고 맥없이 흘러내린다.

심전도 측정 모니터는 오래도록 손과 이마에 끼운 관을 통해 엄마의 상태를 성실히 기록한다. 콘센트를 빼면 엄마의 상태를 기록하지 못할 것이다. 멀티 콘센트에는 엄마 몸 상태를 체크하는 여러 개의 끈과 내 노트북과 휴대폰 충전기가 어지럽게 꽂혀 있다. 기계는 산자와 죽어가는 자의 현재를 충실하게 연결하고 낡아간다. 간호사가 와서 다 떨어진 영양제를 흔들며 이어서 놔줄지 묻는다.

"우리 엄마는 어떤가요?" "아무것도 못 드시지만 그저 의식 저하일 뿐 거의 모든 바이탈이 이상 없어요. 영양제는 계속 맞아야 할 것 같아요." 그러라고, 다시 놓아달라고 대답한다. 영양제 줄을 따라 진통제와 수면제도 같이 흘러들어간다. 모든 호흡은 입으로 한다. 코로는 숨을 못 쉰다. 저 아래 목 안에서 끊임없이 뽀글뽀글 올라오는 거품은 닦고 또 닦아내도 끝없이 솟아난다. 턱이 쭉 내려와 벌어진 입 그리고 이와 잇몸이 사라져 깊이 말려 들어간 윗입술도 보이지 않는다. 다리는 허벅지까지 통나무처럼 딱딱하고 발등은 부어서, 물 담은 풍선처럼 흐느적거린다. 이마에 식은 땀, 사마귀처럼 올라온 물집이 여러 개, 얇아진 피부 반점은 옷깃만 스쳐도 주르륵 터져 푹 꺼져 내린다. 열은 올랐다가 내렸다가, 자꾸만 반복한다. 나는 어서 가셨으면, 그만 아프고 깨끗하

게 가셨으면 바라는 마음이 된다. 여기서 하루 사흘 더 산다
는 것이 무슨 의미인가.

내가 의사라면 고통 없이 조용히, 그나마 품위 있게 돌아
가실 수 있는 주사를 처방하겠다. 내가 약사라면 아픔 없이
조용히, 그나마 덜 아프게 돌아가실 수 있는 약을 타서 먹이
리라. 내가 간호사라면 흠, 저기 저 영양제 안에 아주 센 진
통제를 넣어서 길게 잠드시게 하리라. 마약이라도, 다시는
깨어나지 않게. 그러나 인명은 재천이라는데, 숨이 끊어져
야, 죽지. 목숨은 내 맘대로 되지도 않지만 엄마 맘대로 되지
도 않는다. 엄마야말로 지금 더 살고 싶을까. 엄마야말로 정
말 그만, 이제 그만 떠나고 싶지 않을까.

밤을 꼬박 샌 큰언니 눈은 차마 보기 민망하게 부어 있다.
혼자 장례식장을 알아보고 혼자 울었다고, 이젠 엄마를 꼬
집어볼 수도 없다고 했다. 자꾸 무섭다고만 했다. 큰언니 나
이도 곧 일흔이다. 엄마가 아흔이니 자식들도 다 늙었다. 작
은아버지 댁은 여행 계획을 모두 취소했다. 내 여행은 아직
취소할 수 없었다. 엄마는 8인실에서 2인실로 옮겼다. 임종
준비실은 따로 없지만 혼자 계시면 조용한 임종의 자리가
될 거라고 했다. 2인실은 너무나 넓어서 엄마 병상 옆으로만
보조의자 두 개가 있었다. 다닥다닥 붙은 8인실에서 죽어가

는 엄마 모습을 동년배 할머니들이 보지 않게 되어 좋았다. 자매는 엄마 양쪽에 나눠 앉아 욕창이 나지 않게 엄마를 옮겨 눕힐 때마다 자기 쪽에 다가온 얼굴을 쳐다보며 옛이야기를 나눴다. 엄마는 넓은 병실에서 맘 편히 앓았다. 간혹 눈을 뜨기도 했는데 하얀 눈동자가 휙 뒤로 넘어가기도 했다. 감은 눈을 부러 뜨게 해보면 동공이 풀려서 어디에도 시선이 맺히지 않았다.

큰언니도 나도 누가 죽는 순간을 본 적 없어서 이렇게 서서히 천천히 시난고난 죽는 거구나, 드라마처럼 꼴깍 넘어가는 게 아니구나, 알게 되었다. 숨길은 도무지 알 수 없는 것이어서 끊어질 것 같으면서도 끊어지지 않았다. 미동조차 없다가 엄마는 불현듯 소리를 질렀다. 누군가가 눈앞에 확 다가온 것처럼 무서운 것을 본 것처럼 이상한 소리를 지르는데 그 소리는 정말 길고도 커서 내 엄마인데도 공포영화를 보는 것 같았다.

"정말 저승사자가 있나 보다. 지금 오나 보다, 저승사자가 잡으러 오는 게 사실인가 봐." 괴성을 지르고 눈이 자꾸 뒤집어지는 엄마를 붙들고 "제발, 이제, 그만 가셔도 돼요" 두 딸이 같은 소리를 동시에 뱉었다.

한 치 앞을 알 수 없다는 의사와 간호사의 말은 전혀 놀

랍지 않았다. 온몸이 부어서 사실 엄마의 몸은 사람의 몸 같
지 않았다. 소리 지르고 아파하다가 기진하면 숨도 없이 잠
들었다. 숨 없이 자다가도 숨이 막히는가. 숨길을 트려고 가
슴을 천장까지 들어 올리는 게 너무 고통스러워 보여 가래
를 뽑아달라 해야 했다. 가래를 뽑는 것은 거의 고문에 가까
웠다. 껌 하나만 걸려도 힘든 목 안으로 밧줄 같은 호스를
무작스럽게 들이미는 모습은, 차마 보기 참혹해서 뽑아달라
고 해야 할지 말아야 할지 선택하기 어려웠다. 생명은, 그냥
'꼴까닥, 뚜우' 하고 끊기는 게 아니다. 서서히 왔다 갔다 들
어갔다 나왔다, 긴 시간이 필요한 것 같았다. 이 병실은 이제
임종의 방이 될 것이다. 엄마 다리 왼쪽은 나무토막처럼 뻣
뻣하다. 나무토막을, 바싹 마른 장작을 만져봐서 안다. 갈라
진 무늬나 질감마저 온도마저 정말로 나무토막처럼 거칠고
딱딱하다. 부드러운 살이라곤 하나도 없이 다 흘러내려서
더더욱. 손은 부었다 식었다, 가라앉으며 천천히 소멸을 향
해 마지막 항해 중이다.

자는 듯이 죽었다는 게, 돌연히 죽었다는 게 축복인 것을
온전히 알겠다.

우리들은 엄마가 돌아가실 때를 맞아 누군가 탓할 사람이
필요해진 모양새다. 엄마의 마지막 삶의 장소가 요양원이
었던 것이, 지금도 여기에 누워 있는 것이 아주 못 견디겠는

심정이 되어버린다. 한풀이할 대상을 부지런히 찾아낸다.

밥 때가 되어 다시 그 식당을 찾아가 큰언니와 밥에 술을 마셨다. 오늘은 부대찌개. 물도 못 마시는 엄마를 눕혀 놓고 어쨌든 우리는 살아 있으니 술도 먹고 가게 주인이 친절하다고 감사하다고 인사도 했다. 반찬이 맛있다고 칭찬도 해 줬다. 병원 옆이라 그런가. 혼자서 밥을 먹고 혼자서 술을 마시는 보호자 같은 중년 남녀가 띄엄띄엄 앉아 있다. 큰언니는 눈물을 흩뿌리며 밤차를 타고 떠났다. 언니가 떠난 자리에 앉으니 '제발, 가실 거면 내 앞에서 가세요, 빌었던 마음이 절대 나 혼자 있을 때 가지 마세요!' 하는 마음으로 순식간에 바뀌었다.

성주풀이를 틀어서 양 귀에 이어폰을 꽂아주었다. 엄마가 좋아하는 노래였다. 낙양성 십리 하에. 언뜻, 엄마가 고개를 틀며 노래를 듣는 것 같았다. 노래를 정말 들었던 건지 설핏 미소가 피어난 것도 같았다. 다 사라져도 청력은 마지막까지 남아 있다는 소리를 듣고 해본 거였는데 무의식중에도 정말 엄마가 웃은 것 같아 신기했다. 미소를 지었으니 내친김에 태진아 노래도 틀어드렸다. 설운도도, 현철도 별로인지 더 이상 미소는 피어나지 않았다. 유튜브로 들어가 관세음보살정근을 틀었다. 밤늦은 병실에 눈감은 엄마 얼굴 위로

스님의 정근염불만 흘러 다녔다. 아무 다른 말없이 그냥 관세음보살, 관세음보살, 관세음보살만 한 시간 동안 계속. 관세음보살 천 개의 손이 어루만져주기를. 지장보살정근은 혹여 돌아가시면 틀어드릴 요량이었다.

보내드릴
모든 준비가 되었는데

1월 6일 일요일. 어젯밤부터 저녁 8시가 넘은 지금까지 엄마가 눈을 한 번도 뜨지 않는다. 임종 전 증상을 보고 또 본다. 다 해당된다. 그 사이 끓는 가래에 숨이 막혀 목젖까지 들어 올리는 모습에 놀라 간호사실로 뛰어갔다. "나 죽겠다, 정말 나 죽겠다"고 고통스러운 소리가 흘러나왔다. 소리와 풍경이 공포영화나 다름없었다. 손과 발이 부은 곳은 생명을 가진 의식의 물체처럼 피부 속에서 이리저리 움직여 다닌다. 손에서 팔로 팔뚝으로 얼굴로 다리로 정강이로 발목으로 발가락으로. 부어올라 빵빵해진 피부는 주름이라곤 하나도 없이 부드럽다. 모두의 바람은 단 하나. 제발 주무시면서 편히 가셨으면 하는 것, 그것뿐이다. 어서 무의미한 고통이 끝나기를 바랄 뿐이다.

오전 11시쯤 큰오빠, 새언니가 찾아왔다. 평생을 엄마와 같이 사느라 온갖 게 다 맺히고 뭉친 사람들, 아직 아무것도 풀어내지 못한 사람들, 두 사람 다 엄마가 혼수상태에 빠지기 전에 한 번 만났을 뿐이므로 정말 오랜만에 얼굴을 마주 보았다. 이제 엄마는 아들 내외를 알아보지 못하고 왔다는 것도 전혀 모른다. 두 사람은 그냥 할머니, 할아버지 같았다. 하얗게 늙어버린 큰오빠는 내 오빠가 아니라 내 아버지라 해도 의심 없이 믿을 정도다. 마를 수 있는 만큼 마른 몸에 성긴 머리카락, 깊게 파인 볼, 절룩이는 다리, 뼈가 만져지는 허리를 품고도 남아 헐렁하게 조여 입은 양복바지, 한 차례 뇌졸중으로 쓰러진 큰오빠는 말투마저 어눌해졌다. 숨이 차서 길게 말하지 못한다. 말끝이 새어나온다. 새언니는 말이 새언니지 언니라는 호칭도 얄궂을 만큼 아줌마를 지나 할머니가 되었다. 얼마 전 허리와 다리가 안 좋아 디스크 수술과 무릎 연골 수술도 받았다.

엄마를 선 채로 바라보는 두 분에게 휴게실로 올라가자고 권했다. 아무도 없는 3층 휴게실에 큰오빠 내외, 큰언니 내외, 나와 애들 아빠까지 여섯 명이 띄엄띄엄 앉았다. 공연히 또렷하고 사무적인 음성으로 엄마 상태에 대해 브리핑을 했다.

"나는 엄마 안 묻을 겨. 그렇게들 알고 있어." 엄마 무덤을 만들지 않겠다고 큰오빠가 단호하게 말했다. "못 묻어. 땅에. 산소 안 할겨. 니들은 어떻게 생각하는지 몰라도 우리 아들들 내 며느리들 평생 나처럼 제사나 지내게 할 수 없어. 우리도 이젠 못 가, 아버지 산소에도."

새언니 목소리는 늘 그렇듯이 꾹꾹 눌러놓은 울음이 언제 터질지 모르게 꺽꺽 힘들게 나왔다. 행여 시누이가 진심을 오해할까 봐, 행여 흉보며 뭐라고 떠들까 봐 미리 방어하고 벌써부터 긴장해서 하는 말이었다. 언제라도 터질 것 같은 화 덩어리를 품은 것처럼 떨려나오는 말들. "우리는 인제 아버지 산소도 잘 못 올라가. 제사상 차리는 것도 이제는 못할 거 같아. 온몸이 다 부서졌는데. 이제는 텃밭 농사도 못 지어. 우리 둘, 밥 끓여먹기도 벅차."

누가 꼭 매장하라고 했나요, 누가 꼭 무덤을 크게 꾸미자고 했나요. 성묘를 반드시 하고 제사를 꼭 그 집에서 치르자고 했나요. 우리들이 반대할까 봐 지레 숨이 가쁜 두 분들에게 나는 정확하게 말씀을 드렸다. 잘하신 결정이라고. 반드시 그렇게 하자고. 화장하자고. 먼저 결정하신 두 분의 마음에 박수라도 쳐드리고 싶다는 내 말과 다른 식구들의 의견이 하나로 합쳐지자 두 분의 어깨가 안도하듯 내려갔다. 큰오빠의 말은 작정하고 온 것처럼 놀랍게 이어졌다.

"언제 돌아가실지 모르지만 어머니를 화장할 생각이다. 그래서 나중에 수목장할 거야. 수목장 알지? 지금은 땅이 얼 어서 어차피 못하니까. 엄마 몸이 좋아지셔서 좀 더 계시다 가 봄에 돌아가시면 그때는 바로 수목장할 수 있겠지. 산에 계신 아버지도 이장할 거니까 그리들 알고 있어! 포클레인 도 다 불러놨어. 날 풀리면 왕절터 종중산 아버지 무덤 습골 해서 아버지도 화장할 거니까 그것도 알고 있어. 다 알아놨 어. 그래서 날이 좋으면 집 마당에 나무 사서 심을 거여. 아 버지 어머니 다 수목장할 거다. 원래는 어머니 돌아가시면 합장하려고 했었잖아? 생각이 달라졌어. 합장 안 하고 무덤 없애고 그냥 앞밭에 모시면 맨날 볼 수 있고 가까우니 좋고. 우리가 이제 못 걸어 다녀. 나무는 방에 앉아서도 보이는 곳 에 심을 거다. 그 옆에 나무를 하나 더 심을 예정이다. 나도 곧 죽을 텐데 거기다 수목장해야지. 바로 옆에 나란히 묻히 면 돼지. 우리 둘 다 죽는 순서대로 한 나무에 뿌리면 돼. 내 나무도 다 사놨다."

장례식장을 어디로 할까, 영정 사진은 준비 됐나 물어보 려던 자리가 큰오빠, 장남으로 살아온 일흔 평생과 새언니, 맏며느리로 살아온 40년을 듣는 자리가 되었다. 오랜 생각 끝에 결정한 죽음과 장례, 제사에 대한 깊은 토로의 시간으로 바뀌었다. 어떻게 저 어른들을 설득해서 화장을 하고 제사를 없앨까 걱정이 많았는데 그 걱정을 한꺼번에 모두 뛰어넘을 정도로 큰오빠, 새언니는 획기적인 결정을 했다. 나는 두 사람의 말에 탄복하며 깊은 찬사를 보냈다. 잘 생각하셨다고, 정말 훌륭하고 현명하다고 맞장구쳤다. 지금은 겨울이니, 만약에 지금 돌아가시면 화장한 엄마 몸은 안방에 상청을 차려 모셨다가 봄이 오면 나무를 심으면서 그때 함께 묻어 어린 나무와 함께 자라게 하겠다고. 엄마는 유달리 꽃을 좋아하셨으니 꽃이 좋은 나무로 하자고 우리들은 아연 활기찬 대화를 이어나갔다. 그렇다 해도 아, 엄마는 언제 어떻게 가시려는가.

엄마는 저 아래층에서 자신도 모르는 사이에 죽으면 화장되고 나무 아래 묻히게 되었다. 얼마 전에 엄마는 말했다. "나 죽으면 니 아버지 옆으로 가겠지. 거기가 자리가 좋지. 양지바르고 물도 잘 빠지고. 거기 떼 입힌 거 봤니? 비단같이 잘 퍼졌잖니. 네 오빠가 잘 가꿔놨지. 아버지 옆으로 가는 것도 아니구나. 포개서 묻나. 그 징그럽게 풀 많던 고추밭을 내려다보고 같이 묻혀 있겠네."

아버지는 그리하여 10년 만에 햇빛을 보게 될 것이다. 백골이 진토 되어 넋이야 있건 말건 어쨌든 엄마가 죽을 때쯤 무덤이 파내어져 남은 뼈가 있다면 화장될 것이다. 그리고 10년 전 떠난 집으로, 집 마당, 집 앞 밭으로 돌아오게 될 것이다.

자신의 아들과 며느리 그리고 손자를 생각해서 아버지와 엄마를 수목장하기로 결정했고 두 사람도 똑같이 수목장으로 치르겠다는 말은 고향에서만 살아온 두 분의 삶이 얼마나 고되었는지 짐작할 수 있게 했다. 종갓집의 큰아들에서 큰아들로 다시 또 큰아들에서 큰아들로 이어지는 장남, 장손의 무한 책임과 봉제사의 고리를 당신 대에서 단호하게 끊어주겠다는 결심이 지극히 현명해 보였다. 시골에서 스스로의 말대로 땅만 일구며 살았어도 가진 생각은 어디 많이 배운 도시의 꼰대 아저씨를 뛰어넘는 데가 있었다. 오빠가 조합원으로 있는 농협 장례식장까지 정해두고 서로 점심을 사겠다며 식당을 찾아갔다. 일요일이라 문 연 곳이 별로 없었다.

죽어가는 엄마를 둔 늙어가는 자식들이 다리를 절룩이며 복대 두른 허리를 부여잡고 무릎을 접질리며 식당을 찾아 걸어갔다. 노안으로 안경을 벗었다 썼다 하면서, 서로 부축하고 팔을 잡으면서. 간신히 찾은 생선구이 집에 첫 손님으로 들어갔다. 아무거나, 가능한 걸로 달라고 했다. 마을회

관 회식 자리 같았다. 생선 가시를 서로 발라주면서. 막걸리를 부어주면서. 더 마시면 죽는다고 잔소리를 해대면서. 막걸리 몇 잔을 더 마시고 여기서 정말 죽을 수 있다면 차라리 더 먹고 죽겠다고 소리 지르면서. 찌개가 식었으니 더 데워달라고 부탁하면서. 서로서로 네가 더 수고했다고 칭찬도 하면서. 그리고 휘청, 일어서면서 서로서로 밥값을 내겠다고 밀치고 밀어대면서. 길게 앉은 테이블에 빈 냄비를 바라보면서 다 나보다는 어른이고 다 나보다 늙었으니 나는 그 밥값 내기 경쟁에 끼어들지 않고 가만히 있었다. 남은 반찬으로 막걸리를 더 마셨다.

장하다 김봉예,
가엾다 김봉예

1월 7일. 괴산시외버스터미널 옆, 가게 이름은 모르겠다. 만두, 라면, 찐빵만 큰 글씨로 써놓은, 할머니 혼자 하는 식당을 발견했다. 엄마 보러 자꾸 왔다 갔다 하다 보니 목욕탕도 가야했다. "여기 목욕탕은 어디 있나요? 24시간 사우나 그런 거 말고 그냥 옛날 목욕탕이요. 사우나 아니고 찜질방 아니고 한증막 없이 다정하게 낡은 작고 값싼 목욕탕 있나요?" 어린 간호사에게 물어물어 겨울 낯선 동네 강가를 따라 걷다가 목욕을 하러 들어갔다. 할머니들 몇몇이 조그만 타일이 붙은 온탕 안에 들어앉아 있다. 할 수만 있다면 엄마 죽기 전에 저 온탕에 넣어 싹 씻겨주고 싶은 마음이 든다. 마지막으로 뜨겁게 입술의 버캐와 눈가의 진물, 부은 발

등에 뜨거운 물을 뿌려 닦아주고 등을 밀어주고 싶다. 그렇게 목욕을 좋아하던 사람이었는데 다시는 목욕할 수 없겠지. 동네 사람처럼 끼어 앉아 목욕을 하고 찬바람에 머리칼이 얼어붙는 걸 털면서 만두 찐빵 가게로 들어갔다. 배가 거의 고프지 않았는데 만두, 찐빵 글자를 보는 순간, 커다란 김이 나는 알루미늄 찐빵 통과 만두 들통이 그리움을 불러일으켰다.

온전히, 오로지, 만두는 역시 충청도, 그것도 충북, 음성 만두가 최고다. 안 먹어본 사람은 절대 모르는 빨간 김치만두의 칼칼한 그 맛. 만두피가 단단하고 두꺼운 그것. 두부 이겨 넣고 김치 다져 넣고 잡채 당면 듬뿍 넣고 만두피 밀어서 주전자 뚜껑으로 떼어내 만든 크고 맵고 빨갛게 만든 바로 그 만두. 지금 손 놓고 몸 다 내려놓고 누워 잠만 자는 저분, 엄마가 평생 자식들 만들어 먹인 그 만두다. '지고추'라고 부르는 삭힌 고추도 다져 넣고 김치를 절대 하얗게 씻지 않고 다져 넣은 큰 만두 말이다. 엄마는 떡만둣국을 끓일 때 솥 하나에는 고기 국물 떡국을, 그 옆 가마솥에는 만두를 따로 끓였다. 떡국을 뜨고 나서 그 위에 만두를 얹어 상에 내었다. 숟가락으로 만두를 딱 자르면 안에서 빨간 김치만두 국물이 배어 나와 떡국의 하얀 국물을 주홍으로 물들였다.

그 맛, 그 매콤하고 단단하고 뜨거운 그 만두. 할머니 만두
는 엄마의 만두처럼 생겼다. 엄마 옆에서 우걱우걱 먹기는
민망해서 휴게실로 올라가 혼자 먹었다. 네 개에 만 원짜리
캔 맥주를 사와서 미니 냉장고에 넣어두고 한 캔을 가져가
같이 마셨다. 아무도 올라오지 않는 컴컴한 휴게실에서 〈엘
렌 쇼〉를 봤다. 60세나 된 여자가 저렇게 멋있게 살 수도 있
는 것을. 만두 먹고 맥주 한 캔 마시고 스탠드 업 코미디 한
편 보니 한 시간 정도 시간이 지나 있었다. 이제 한 시간 정
도는 엄마가 걱정되지 않았다. 아직은 떠날 때가 아닌가 보
다. 엄마는 더, 더 아플 만큼 더 아프고 소멸과 고통과 죽음
의 모든 단계를 하나도 빠짐없이 다 겪을 모양이다. 모든 생
명의 단계, 일분일초까지. 꺼지는 숨 한 톨, 물집 하나하나까
지. 손과 발등, 욕창의 구멍 하나하나 터져 문드러지는 순간
까지.

거친 숨소리, 부은 다리와 손가락, 수포 투성이 몸이 하도
참혹해 일분일초 눈을 못 떼겠더니 이제는 심상하게 보였
다. 겉모습은 저래도 바이탈은 어쨌든 다 정상이다. 심박 맥
박 혈압 혈당까지. 정상이라는 말이 도저히 납득이 가지 않
지만, 간병인들은 자꾸만 준비하라지만, 남은 삶의 길이를
나는 전혀 가늠할 수 없다. 노인 병동이라 환자들 평균 나이
가 85세 정도, 간병인들도 거의 70세가 넘었다. 밤이면 방마

다 신음과 고통에 찬 비명이 흘러넘친다. 장수 만세가 아니라 장수 연옥의 풍경이다. 혼수상태, 거품 이는 입, 말도 없이 눈동자가 뒤로 돌아가도 이내 잠의 세계로 떨어지는 걸 보면 사람의 명은, 끈질기고 끈덕지다. 엄마의 정신이 총명할 때 말대로 "명을 내 맘대로 할 수 있다니?"가 맞는 말이다.

한겨울에서 한여름 스리랑카로 떠날 날이 일주일밖에 안 남았다. 나 없을 때 가셔도, 혹시 장례식에 내가 없어도, 2월 넘어 돌아왔을 때 살아계신다 해도 이제는 다 괜찮을 것 같은 마음이 든다. 나 보기에 적당한 시간은 다 지나갔다. 혼수상태로 빠질 때마다 울어댔더니 이젠 눈물도 나오지 않는다. 신기하고 민망하게도 깊은 잠이 든 엄마 옆에선 할 일이 별로 없어 휴대폰을 더 붙잡고 있게 된다. 사람들이 부모 모셔놓은 병실에서 열심히 페이스북을 하는 것을 완벽하게 이해했다. 어차피 치료는 난망한 일, 죽는 걸 기다리는 모양새로는 글 쓰는 것밖에는 할 일이 없는 거였다. 다들 아픈 부모 옆에 두고 저 사람들 뭐하나 싶었는데, 아픈 이야기를 기록하고 누군가 읽어주고 '같은 마음이다' 이야기해주는데 가족보다 더 위로가 되었다. 부모를 잃거나 부모가 아프거나 늙어가는 부모와 불화하거나 속 썩는 사람들의 이야기만이 차라리 위로가 된다. 살아 있는 다른 이야기에는 아무 관심이 가지 않는다. 노트북도 있고 책도 많고, 몇 날 며칠 볼 영화와 드라마가 휴대폰에 가득 쌓여 있다. 이것저것 보면서 한 손으로 부은 손을 만지다가 애기처럼 투레질하는 입에 묻은 침도 닦아주면서 시간이 갔다. 1월 7일도 넘기셨다. 장하다, 김봉예.

새벽 2시 53분. 엄마는 의미라곤 하나도 없을 길고 굵은 절규를 하염없이 만들고 있다. "어허이 헤이 아우우 아유 아이이 에홀이…." 옆자리에 들어온 환자는 말이 없고 보호자가 마뜩잖은 소리를 낸다. 너무 길고 오래 소리를 내고 있는데 멈추게 할 방법은 없다. 소리와 함께 얇은 어깨를, 왼쪽 어깨를 굳이, 굳이 들어 올려 뒤튼다. 뒤에서 누가 어깨를 잡아채 끌어올리는 것만 같다. 강력 접착제로 붙인 것처럼 실선으로 굳은 눈을 도통 뜨지 못하다가도 불현듯 번쩍 떠서 내 쪽을 보기도 한다. 나를 향해 무슨 말인가 하는 것 같은데 한마디도 알아들을 수가 없다. 의사표시를 하는 게 아니라 알 수 없는 무엇에 대한 반작용인 것 같다. 아프다는 말인지도 무슨 말인지 모르겠어도 만 하루 만에 보인 움직임이라 놀랄 수밖에 없다. 병원 2층에 엄마의 괴이쩍은 목소리만 울려 퍼진다. 결국 간호사에게 가서 부탁하고야 만다. "제발 뭐라도 해주세요. 어떻게 좀 해주세요."

간호사는 체온을 재고 뭔가 조그만 주사를 딱딱한 엉덩이에 놔주고 갔다. 밤이 그냥 그렇게 지나갔다. 20, 30분이 흘렀다. 원하는 만큼 풀어낸 걸까. 신통한 약 기운일까. 절규와 울부짖음은 멈추었는데, 누군가의 이름을 부르는 것처럼 얇은 소리가 풀썩풀썩 새어나온다. 입술을 보아도 소리를 들어도 누구의 이름을 부르는지 알 수 없다.

한겨울의 아침 해가 느리게 뜨고 옥상에 올라가 보니 겨울 찬바람에 햇빛이 퍼지고 있다. 단 1분도 잠들지 않았다. 아침 9시가 되고 10시가 되었다. 의사가 왔다 갔다 분주해진다. 의사 뒤에 간호사, 간병인까지 나란히, 열 지어 서 있다. 세상 참혹한 것을 수도 없이 보았을 그들의 얼굴에도 주름이 생긴다. 뭔가 서로들 카운트하는 것 같다. 각자 생각하는 생명의 하한선이 있는 모양이다. 인간의 몸이 할 수 있는, 자연사하는 몸이 나타내는 모든 증상을 온몸으로 드러내고 있는 엄마의 몸을 의사의 눈처럼 다시 본다. 무의미한 고통을 달고 헐떡거리는 엄마가 새삼 가엾어 의사에게 제발, 죽여주십사 간절하게 매달리고 싶은 마음이 든다.

'언제 돌아가실까요? 언제 눈 감고 떠나실까요? 저 코에 끼운 줄이나 호흡기라도 떼어드리고 이마에 붙은 심전도용 계기판도 떼어드리고 제발 부탁이니 강한 진통제라도 놓아주실 수 있나요?' 마음속으로 거의 울부짖는다. 엄마의 상태를 사진 찍어 보내는 것도 하지 않는다. 차마 찍어 저장할 수 없을 만큼 처참한 모습이다. 상황도 보고하지 않는다. "죽었니? 살았니? 왜 말이 없어?" 엄마가 아니라 내 용태를 묻는 문자가 와도 답장을 보내지 않는다.

헛것이 보이는지 엄마가 갑자기 한곳을 뚫어지게 바라보았다. 붙박인 것처럼 한곳만 쳐다보면서 엄마가 절규했다. 짐승의 소리라고밖에 할 수 없었다. 차라리 평화롭게 잠만 자는 코마 상태의 식물인간이라면 좋겠다. 무슨 목숨이, 이리도 질기나, 어떻게 이렇게 고통이 끊어지질 않나. 엄마, 저 분은 무슨 죄를 지었기에 잘 죽는 복도 없이 저리도 지독하게 갈 길을 못 가나. 영화 〈아무르〉의 남편, 그 할아버지가 생각났다. '불합리하고 불필요한 고통'을 겪는 치매의 아내를 저세상으로 보내주는 그 사람. 온 힘과 온 정성을 다해 죽음으로 갈 수 있게 베개로 얼굴을 누르던 늙은 어깨. 가엾다, 김봉예. 당신은 이렇게 불합리하고 무의미한 고통을 겪고 있어도 누구 하나 죽을 수 있게 도와주지도 않으니.

꿈처럼 어여 가요,
제발

1월 8일. 5시에 시작됐다. 담당 내과 의사 선생님 퇴근하기 전에 상담을 신청해뒀다. 작은언니랑 내려가 길게 천천히 이야기했다. 우리는 번갈아 혼수상태, 거품 내는 입, 눈도 못 뜨고 소리 지르는 상태를 말했다. 의사는 폐를 찍은 사진과 그동안의 병력 차트를 보여주었다. 아침 11시쯤, 입술에 거품을 걷어내다 잠시 강변을 걸었다. 만보기로 5천 보쯤 걸었다. 엄마 얼굴 같은 돌 하나를 주워 들어왔더니 깜짝, 침대에 엄마가 없다. 비워져 있다. 걸을 수 없는 사람이 어디로 갔나. 그 사이에 돌아가셨나. 간호사에게 뛰어가 "엄마가, 엄마가…" 하자마자 간호사는 아니라며 지금 엑스레이를 찍으러 갔다고 전해주었다.

당번이 아닌 언니들이 카톡을 보냈다. "엄마 귀에 자꾸 얘기해줘. 하늘나라로 곧 따라서 내가 갈 테니 엄마가 좋은 자리 잡아놓고 기다리라고. 더 이상 고생하지 말고 마음 놓고 가시라고 내 얘기 좀 전해드려. 사랑한다고 전해줘. 꼭꼭." 다들 드라마 극본을 쓰는 것 같았다. 선생님을 만나면 산소호흡기, 영양제 주사를 모두 중지해달라고 말하라고도 했다. 엄마가 더 사실 가능성은 전무일 테니 편안히 보내자고 했다. 언니들은 직접 말하지 못하고 자꾸 내게 책임을 맡겼다. 큰언니와 작은언니가 둘 다 요양사 자격증을 땄다는 것을 엊그제야 알았다. 둘 다 요양사 일을 해본 경험이 있어서 죽어가는 이를 돌보는 게 얼마나 힘든지 다 안다고 했다. 그런데도 자기 엄마 앞에서는 좌불안석, 어린애들처럼 할 말을 하지 못했다.

의사에게 상담만 받고 나면 오늘은 집에 갈 요량이었다. 영양제 수액도 거의 다 들어가서 빈 봉지다. 의사 선생님은 엄마가 입원했던 12월 15일부터 오늘 아침까지의 엑스레이를 다 띄워놓았다. "폐렴이잖아요. 김대중 대통령도 폐렴으로 돌아가셨거든요. 폐렴이 그렇게 무서운 겁니다." 의사가 말했다. "엄마가 연명치료를 하는 것도 아니고 그저 유지 치료라는데, 어떻게 해야 할지 퇴근 전에 한번만 더 봐주시겠어요?" 부탁했다. 의사가 올라와 엄마 가슴에 청진기를 댔다. 언제 봐도 표정에 변화가 없던 중년의 의사가 확 상기된 얼굴로 보호자, 당신, 밖으로 나와보라고 했다. 긴박한 얼굴이었다.

"위독하시네요. 환자분 지금 체인스토크스 호흡이에요. 이제 준비를 하셔야 할 것 같아요."

5시 30분이었다. "뭐라고 하셨어요? 체인스토크스 호흡이요?" 모르는 용어였다. 돌연 급박하게 뭔가가 변한 것 같았다. 아무 처치를 하지 않아도, 다른 처치를 해준다 해도 이젠 진짜 마지막이니 준비를 하라는 의사의 그 말을 엄마도 들은 것처럼 엄마의 용태가 급박하게 휘몰아쳤다. 의사가 내려가고 병실로 들어오자마자 간병인이 세 겹의 기저귀를 열고 있었다. 5시 40분, 콜타르 같은 까만 변이 기저귀 한가득이었다. 엄마는 열흘이 지나도록 단 한 번도 대변을 본 적이 없다. 나는 허공에 손을 두고 무엇을 어쩌지도 못하고 생전 처음 보는 것들을 지켜보며 떨리는 손으로 체인스토크스 호흡에 대해 찾아봤다.

'이상 호흡으로 깊이와 속도가 일정한 변화를 하는 호흡. 처음에 얕고 빠른 호흡에서 점차 깊고 완만한 호흡으로 변하고 다시 얕은 호흡이 되었다가 호흡이 정지한다. 이 호흡 정지가 몇 초에서 수십 초 계속되었다가 얕고 빠른 호흡이 시작되고 마찬가지 변화가 되풀이하여 나타나는 것이 특징이다. 삶의 끈이 끊어지는 순간에 체인스토크스 호흡을 한다. 느리게 작은 호흡과 거의 멎은 것 같은 무호흡이 반복되다가 숨을 느낄 수 없는 어느 순간에 정말 한 인간의 숨이 정지된다. 체인스토크스 호흡조차도 없어진다.'

또 변이다. 엄마가 하고 있는 기저귀에 다 묻었다. 넓게 편 침대 위 기저귀, 엉덩이 위까지 치켜 올린 커다란 기저귀, 그 가운데 끼운 일자형 기저귀까지 온통 변이다. 이번에도 칠흑처럼 까맣다. 이런 게 죽을 똥이라는 건가, 황망한 중에도 생각이 났다. 엄마는 한동안 눈을 뜨고 있었다. 눈동자에 혼탁한 막이 겹겹이 내려 씌워지다가 뒤로 홀렁 넘어가는 게 육안으로도 보였다. 손이 차게 식었다. 임종인가보다. 진짜 임종인줄 알고 인사하며 울고 또 울었다. 울고 손을 잡고 문지르는 사이 또 한 번의 변. 마른 배 속에서 어떻게 저리 많은 것들이 나올 수 있는 것일까.

"완전히 열렸어요. 이제 수시로 계속 변을 볼 거예요." 간병인이 거의 20분 간격으로 살펴보며 말했다. 세 번을 쏟아낸 후 엄마는 기진한 듯 눈을 감았다. 체인스토크스 호흡을 하는 것 같더니 이내 평온해졌다. 나는 서 있는 줄도 모르다가 주저앉았다. 임종을 지키고 싶은 마음이 왜 이리도 질긴가. 밤이 깊어졌다. 아까 그냥 갈 걸, 후회가 되었다. 나는 왜 서울로 올라가지 않았을까. 당번도 아닌데. 지금은 8일 11시

14분. 언제 그랬나 싶게 호흡이 편안해 보인다. 어떤가 싶어 기저귀를 열어 보니 또 변이다. 휴게실 그 좁은 의자에 누워 계신 간병인 여사님들을 깨우러 갔다. 체크를 해야 하니 꼭 알려달라고 했기 때문이다. "금방 가시겠어요. 진짜로. 남은 가족들한테도 다 오시라고 연락해요."

오늘만 '죽을 똥' 다섯 번. 간호사가 와서 목 안을 끌어 닦아 석션을 해주었다. 작은언니는 엄마 귀에 대고 "어여 아버지한테 가셔요. 그만 아프고 자는 듯이 가셔요" 하고 수십 번을 아주 큰소리로 말했다. 엄마는 듣는 걸까, 듣지 못하는 걸까. 금방 돌아가실 것 같은 순간이 하도 여러 번 지나가니 이제 긴급한 상황이 뭔지도 모르겠다.

그리고 작은언니가 꿨다는 꿈 얘기를 해줬다.

"아버지가 돈을 많이 벌었나 봐, 넓고 큰 집에서 아버지가 엄마를 부르고 있더라. 나는 엄마랑 같이 있었지. 엄마를 어서 오라고 불렀다고 엄마도 말하는 거야. 큰 집에 앉아서 우리 옛날에 담배 농사지을 때처럼, 그때처럼 아버지가 담배를 말아 쥐고 손짓을 하는데 엄마가 나를 두고 잘 찾아서 갔어. 나도 가고 싶었는데, 저기 집이 뻔히 보이는데 결국 못 찾아갔어. 엄마만 아버지를 한 번에 찾아가더라고."

좋은 꿈이다. 정말 좋은 꿈같다. 엄마. 제발 언니 꿈에서처럼 아버지 찾아 어여 가요, 제발.

이제 임종을
기다리지 않겠다

1월 9일. 긴 밤이 또 지나가고 또 다른 아침, 그렇게 많은 변을 다 내보내고 '뒤가 완전히 열렸다'니 곧 이 세상 떠나가시나 했던 밤이 지나갔다. 밤은 아무렇지도 않게 괜찮았는데 아침 7시, 간호사가 또 말했다. 곧 돌아가실 것 같다고. 가족들 모두에게 연락하라고, 이제 한 시간도 못 넘길 것 같다고. 그래서 또 모두에게 연락했다. 한 시간 후 의사가 와서 경련을 멈추게 하는 처치를 했다. 상태는 계속 "금방 돌아가실 것 같은 상태"라고 했다. 이미 카톡에서는 곡소리가 났다. '정말 이번에는 엄마의 임종을 지키겠구나, 떠나는 그 순간에 인사를 할 수 있겠구나' 생각했다. 그렇지만 엄마는 괜찮아지셨다. 48시간 넘게 위급, 긴급, 곧 돌아가신다는 상태였으나, 모두 돌아가실 걸로 알고 이른 통곡을 했으나 엄마는 돌아가시지 않았다. 3일을 꼬박 기다렸다. 돌아가시는 것을 보려고. 마지막 인사를 하려고. 놓치지 않으려고.

아침 햇볕을 쏘이면서 나는 너무 오래 임종을 기다리고만 있구나, 죽기를 기다리고 있구나, 고약한 생각이 들었다. 가방을 쌌다. 옷을 챙겨 입었다. 작은언니에게 임종의 자리를 맡겼다. "금방 돌아가신다잖아. 진짜 갈 수 있겠어? 지금 가면 한이 되지 않겠어?"

이틀 동안, 아니 열흘 넘게 너무 많이 작별인사를 했다. 이제 그만해도 될 것 같았다. 수많은 죽을 고비를 넘기고 아직 숨이 남아 있는 엄마 얼굴을 쓰다듬었다. 내가 없는 사이에 돌아가실 거면 부디 잘 가요. 울지 않고 속삭였다. 미동도 하지 않았다. 낮 12시.

죽음으로 가는 길로 들어섰다가 다시 되돌아 나오는 엄마를 보면서도 '사는 게 힘들다'는 작은언니와 '먹고 살기 힘들다'며 철야를 하고 내처 달려온 작은오빠를 만나 밥을 먹었다. 까칠하게 말라 기운이 없는 작은오빠는 우리들의 성화에 못 이겨 아래층에 내려가 환자처럼 마늘 주사를 맞았다.

엄마는 마침내 영양제를 끊었다. 죽는 데도 사는 데도 별 소용이 없다고 했다. 그래도 호흡기는 떼지 않았다. 의사나

간호사가 혹은 가족이 인위적으로 호흡기를 떼면 살인으로
간주되는 것 같았다. 아무도 엄마가 자연스럽게 돌아가실
수 있도록 뭔가를 할 수 없었다. 누구도 직접적인 살인자가
되고 싶어 하지 않았다. 병원이 아니라면 그냥 자연사했을
수도 있었을 것을. 의사가 아니라면 호흡기를 그냥 뺏을 수
도 있었을 것을.

호흡기는 환자를 살게 하는 게 아니라 고통을 조금 더 길
게, 더 잔인하게, 고생만 더 하게 하는 것을. 자연사할 수 없
는 엄마의 임종을 눈 부릅뜨고 보고 싶지 않았다. 그게 살아
있는 날 중 마지막이었다는 건, 그때는 몰랐다. 한 시간 안에
돌아가실 거라는 소리 때문에 주저앉고 엄마 옆에 다시 앉은
것이 너무 여러 번이다. 얼음 낀 강을 지나 앙상한 포도밭을
지나 집을 향해 걸었다. 터미널로 걸어가 차표를 끊었다.

나라도, 저렇게, 죽지는 말아야지. 버스를 타고 돌아오면
서 밀린 잠에 빠지면서도 이를 앙다물고 각오를 다졌다. 아
들이, 딸들이, 수없이 오고 가고 교대하고 손을 만져도 아무
것도 모르고, 몸 안의 모든 것을 다 빼내고, 쏟아내고, 다 썩
어갈 때까지 임종도 못 하는 그런 가혹한 마지막 날들을 살
지는 말아야지. 어딘지, 누군지도 모를 이에게 화가 막 솟구
쳤다.

"다 빼주시면
안 돼요?"

죽는 건 본인인데 그 죽음의 과정에서 철저하게 소외된 채 아무것도 할 수 없는 것은 엄마만이 아니었다. 그의 배에서 태어나 그의 젖을 빨아먹고 자란 자식들도 똑같았다. 동의서에 사인하라니 그렇게 하겠다고 동의했을 뿐 엄마의 죽음에 개입할 수는 없었다. 죽어가는 엄마를 사랑한들 사랑하지 않은들 달라지는 건 아무것도 없었다. 기다리다가 가래를 빼줄 뿐, 입술을 닦아줄 뿐, 일분일초도 그의 몸에 찾아온 아픔이나 고통, 긴급한 과정에 개입할 순 없었다. 1월 10일 오후. 드디어 작은언니가 용단을 내렸다. 우리는 모두 당번인 자식에게 임종의 시간을 지켜보게 하고 자기가 당번이 아닐 때만 무언가 마지막 결정을 내려주길 기대했다. 당번이 아닐 때만 당번인 자식에게 말했다. "의사한테 말해봐. 호흡기 빼달라고 부탁해봐. 동의서 썼잖아. 매일 매시간 위독하다면서 계속 주사 놓는 것 좀 그만하라고 해. 차라리 죽을 수 있는 주사를 놔달라고 말 좀 해봐." 그러다가 자기가 당번이 되면 아무 말도 못 하고 엄마가 평화롭게 임종하기를 바랐다.

엄마는 계속 누구에게도 임종을 지키게 해주지 않았다. 위급과 임종의 순간이 수십 번 반복되면서 그때마다 터지던 통곡이 줄어들었다. 나도 엄마를 보내달라고, 보내겠다고 마음을 먹지 못했다. 다들 닥치면 무서운 거였다. 내가 떠난 자리를 지키던 작은언니가 큰언니와의 교대시간을 앞두고 큰 마음을 먹었다.

"내일은 토요일, 모레는 일요일이야. 의사도 병원에 없을 테니 오늘 말하려고 해. 엄마는 이제 손에서도 피가 많이 나서 주삿바늘 꽂을 데도 없어. 넓적다리에서 혈관을 찾아서 간신히 주사 자리를 옮겼어. 온몸이 줄 천지, 멍 천지, 피 천지, 붕대 천지야. 안 울고 싶은데도 눈물이 나와 한참을 울었어. 너무 참혹해. 내가 의사 선생님한테 줄 좀 다 빼달라고 부탁하고 갈 거야. 엄마는 아무 의식도 없어. 내가 보기엔 죽은 거랑 똑같은데 죽은 건 아니래. 의사한테 그 말까지 다하고 갈게."

다음 날, 그 다음 날 당번까지 다 정한 후 이때다 하고 식구들에게 '연명의료결정법'에 관한 정보를 보냈다. 식구들에게 다 읽게 하고 싶었다.

"2018년 2월 4일부터 우리나라에도 존엄사 법, 즉 연명의료결정법이 시행되고 있어. 인공호흡기와 항생제 투여를 중단해달라고 요구할 수 있을 것 같아. 이전에는 의사가 이런 행위를 하면 살인 방조죄로 잡혀가고 가족도 조력 살인 같은 죄명으로 처벌을 받았대. 그래서 호흡기를 빼거나 적극적, 소극적 치료를 거부할 수 없었지. 하지만 우리는 직계 가족 모두가 연명치료는 안 하기로 동의했으니까 요구할 수 있을 것 같아. 호흡기 제거해주세요. 주사 놓지 말아주세요. 호스 좀 다 거둬주세요. 말해보자."

그러나 의사는 황당해했다. 아무리 연명치료 거부에 동의했다 해도 병원에 환자가 있는 이상 그럴 수는 없는 모양이었다. 집이 아니라 병원이니까. 병원의 존립 자체가 사람을 살리려는 곳이지 죽게 내버려두는 곳은 아니니까. 그렇게 호흡기를 떼기 원하면 집으로 환자를 모셔가야 하는 거였다. 병원을 나간다는 것 자체가 그 순간 호흡기를 빼겠다는 것이고 자연스럽게 명에 따라 살고 죽겠다는 거니까. 병원에 환자를 두고 호흡기를 떼달라는 건 말도 안 되는 일이라고 했다. "저희는 안 잡겠습니다. 환자 치료의 가장 기본적인 것도 하지 않는 걸 원한다면 당장 모시고 퇴원하세요." 생각해보니 맞는 말이었다. 병원에 눕혀놓고 아무것도 하지 말라고 요구하다니. 왜 스위스까지 가서 그 많은 돈을 내고 존엄하게 죽어야 하는지 알 것 같았다. 그러나 지금 엄마를 병원에서 데리고 어디로 가나. 한 시간 안에 돌아가신다고 한 게 여러 번인 사람을 데리고 나가면, 그래서 돌아가신다면 다시 사망진단서를 떼러 병원으로 와야 했다. 여관에서 죽으면 객사이고 집에서 죽으면 경찰이 와서 사망 원인을 조사한다. 우리들은 모두 자기가 당번일 때 적어도 서너 번 씩 임종을 준비하라는 소리를 들었다. 혼수상태에서 엄마가 괴로워하는 것을 24시간씩 봤다. 그래도, 그래도 그냥 기다리는 것밖에는 아무것도 할 수가 없었다. 의사 입장에서는 어차피 돌아가실 시간까지 받아놓은 엄마를 두고 그 시간도 못 참는 패륜의 자식들로 보일 거였다.

우리들은 옆에 있을 때는 임종을 지키고 있다고 믿었고 당번이 아닐 때는 언제라도 운명했다는 소식이 당도할 거라고 준비했다. 자식이 엄마 목숨을 끊어달라고 부탁하는 것에 대한 죄책감은 이제 필요하지 않았다. 엄마가 저렇게 고통받는데, 그걸 그대로 보고만 있는 것이 더 예의가 아니라고 생각했다. 언니는 의사에게 소원을 빌듯이 말하고는 된

통 안 좋은 소리만 듣고 올라와 힘없이 문자를 보냈다. 의사에게 한 말은 "엄마가 편히 돌아가시게 해주세요" 그것뿐이었는데 쓴소리만 들었다. 사실 어느 의사가 일부러 그렇게 하겠는가. 의사는 '지금 이대로도 위급상황이다' '순간순간이 위독하다'고 호통을 쳤단다.

무슨 미련이 더 남아 저리도 고통받으며 살아 계시는 걸까. 엄마는 결국 모질게 살아남아 자식들 서로 고생만 하게 내버려둔 사람이 된 것 같았다. "에그. 왜 그랬어요? 엄마" 원망의 말들을 나누며 모두 울게 만들었다.

우리는 엄마가 단 한 시간도 혼자 있지 않게 교대날짜와 교대시간을 더 짯짯하게 짰다. 내가 어제 작별인사를 했듯이 작은언니도 엄마에게 작별인사를 했다. 수십 번 한 말, 잘 가시라고, 수고하셨다고, 사랑했다고, 편히 가시라고. 잠깐 좋아진 것은 아마도 자기와 인사하기 위해서인 것 같다고. 말은 못 해도 알아듣는 것 같았다고. 다음 차례가 된 큰언니가 돌연 모두에게 매달렸다. "같이 있어줘. 동생들아. 같이 오늘 제발 엄마를 같이 지켜보자고!" 모든 상황이 충분히 비극적인데 고저장단이 반복되다 보니 임팩트가 없었다.

목요일부터 일요일까지 큰언니가, 금요일 일 마치고 막내언니가 합류, 일요일 날 모두 돌아가면 다시 작은언니가. 그때까지 살아계시면 내가 14일 날 출국하기까지 병상을 지키기로 당번을 짰다. 연차를 쓰고, 월차를 내고, 그동안의 일정들을 정리해놨다. 싸우다가 울다가 현재로부터 열흘까지의 일정을 다 짜놓고 마지막 카톡은 그래도 모두 "고맙다"로 끝났다. 막내는 떠나기 전에 다시 와서 인사를 하라고 했다. "막내 갈 때 차비라도 줘야 하는데. 잘 갔다 오렴." 미리 여행 인사를 받았다. 그리고 진짜 마지막 카톡이 왔다. "엄마가 그때까지, 막내가 올 때까지 살아 계시려나."

이승이여 안녕,
인사도 없이

1월 11일. 회진 온 의사가 엑스레이를 찍어보자고 했단다. "이제 와서 엑스레이를 찍어서 뭐해요?" 큰언니는 힘을 짜내어 말했다. 호흡기 치료, 가래 빼기 같은 기본적인 처치도 안 하려면 그냥 당장 모시고 나가라고 또다시 의사에게 한 소리 들었단다. 간호사도 안 좋은 소리를 전한 모양이다. "아무것도 안 한다는 게 도대체 말이 되나요?" "가장 기본적인 것을 하라고 우리가 있는 거예요." "병원에 죽이라고 떠미시는 건가요?" 맞는 말이다. 치료와 간호가 의사와 간호사의 존립 근거니까. 우리가 몰라서 그랬던 것은 아니다. 가장 최소한의 치료가 죽지 않게 하는 거니까. 어쨌든 오늘도 엄마는 살아 계셨다. 요동치는 마음을 서로 다독이며 몸에 수

포가 얼마나 생겨 터졌는지, 숨은 가빠지다가 어떻게 수그러드는지 보고를 나누다가 저리도 못 돌아가시는 이유가 마지막엔 집에 가서 죽고 싶은 소원 때문이 아닐까, 하나마나한 소리들이 슬며시 고개를 들었다.

"우리 앰뷸런스 불러서 엄마 모시고 고향 집 갈까? 마지막으로 집 좀 보여드릴까?" "새언니 보고 언니는 아프니까 다른 데서 쉬고 우리가 돌볼 테니 집 좀 며칠만 빌려달라고 할까?" "이렇게 못 돌아가시는 이유가 있을 거 같아." "엄마 쓰시던 방에서 편히 눈 감게 도와드릴까?" "누가 운전할까? 승합차를 하나 빌리면 엄마 눕혀서 갈 수 있지 않을까?" "기사 딸린 차를 빌려야겠지? 아님 지금이라도 방을 빌릴까?" "다 같이 가서 먹고 자면서 며칠이라도 같이 보낼까?" 못할 일이었다. 집을 비워주고 딸들이 죽어가는 엄마를 모시고와 보살피겠다는 것을 어느 누가 허락할까.

솔직히 마음은 우리 차에 태워서라도 집 앞에 가서 맑은 공기나 쐬고 코에서 줄이나 빼고 임종을 맞게 하고 싶었다. 효도하는 심정이 아니라 인정상 그랬으면 정말 좋겠다. 누구도 못하고 누구도 안 할 일을 서로 꿈만 꾸고 있었다. "길어야 일주일쯤일 텐데, 엄마는 정말 엄마 집에 한 번 가보고 죽고 싶어 할 것 같아." 포기는 포기대로 하고 체념을 몇 번하고도 끈질기게 꿈을 버리지 못했다. "조금 큰 차를 렌트하

자. 거기에 우리 육남매 모두 타고 왕절터 엄마 밭, 그 산, 다 한 바퀴 돌아서 집 가까운 병원에 입원시켜서 돌아가시게 하자. 누가 총대 메고 추진하면 바로 되지 않을까. 돈은 다 나눠서 내면 되잖아. 빌릴 수 없으면 사설 응급차를 부르거나 앰뷸런스를 부르면 되잖아."

엄마 안 닮았다고 할까 봐, 우리는 다들 허황했다. 나오는 이야기마다 어째 다 드라마 줄거리 같았다. 가만히 생각해보면 엄마가 그 옛집에 가보고 싶어 못 죽는 게 아니라 자식들이 오래 품어온 마음의 짐을 거기다 얹어버린 형국이었다. 거기라도 가게 한 후 돌아가셔야 비로소 엄마에게 할 일을 다했다는 뒤늦은 효심의 표시랄까. 우리는 또 서로 미뤘다. 어차피 죽으면 갈 곳. 어차피 지금 아무 의식도 없는 분. 이 병원에서 나가면 어느 병원에서도 받아주지 않을 거였다. 큰 병원 응급실이라면 모를까. 영안실 장례식장이라면 모를까.

체념도 도의 일종이라는데 체념 빠른 내가 말했다. "이미 늦었어. 너무 늦었어. 다 늦었어. 엄마도 원하지 않을 거야. 나는 편히 돌아가시게 하자는 거였지, 효도하자는 게 아니었어." 점점 감동에 차서 현실 가능성 제로 퍼센트인 이야기를 펼치는 언니들에게 지르는 말도 덧붙였다. "그렇게도 슬프면 당신들, 언니들, 두 사람 집에다 잠깐씩 모셔가는 것은 어때?"

서로 다른 딸의 마지막 각본은 휴먼 다큐처럼 펼쳐지다가 엎어진 시나리오처럼 없던 일이 되었다. 세상에는 내가 안 되면 안 되는 이유가 천 가지일 것이고 남들 또한 그런 거였다. 말은 꺼내기 쉬워도 내가 하지 않으면 아무것도 안 되는 거였다.

이 모든 이야기가 의식을 잃은 엄마 옆에서 이루어졌다. 사경을 맴도는 엄마 옆에서. 청색증이 와서 손톱마저 새파랗게 된 사람 앞에서. 그 사이에도 엄마는 새까만 똥을 여러 번 누었다. 욕창이 심한데도 통증을 못 느꼈다. 숨도 호흡도 간격이 점차 더 늦어졌다. 발을 간지럽혀도 꼬집어도 아무 반응이 없었다. 저녁이 되면서 큰언니는 또 오늘이 고비일 거 같다며 당번이 아닌 동생들을 불렀다. 방금 올라온 사람을 또 내려오라고 막무가내 소리쳤다. 심야차를 타고 오든, 차를 타고 오든, 시간이 되면 빨리 오라며. 우리가 난색을 표하자마자 화를 냈다. "모두 바쁘냐? 안 와? 먼 길 가시는 엄마보다 모두 바쁘다 이거지?" 큰언니도 혼자 임종을 보는 게 무서운 거였다.

"나 있을 때도 금방 가실 것 같았어. 고비가 한두 번이 아니라 순간마다 다 고비였어. 힘내요. 언니. 그냥 보기만 해."

"그게 아니라 오늘이 진짜 고비일 것 같아서야. 간호사도 준비하래."

매일 그 말이었다. 매일 고비였고 매일 위독했고 매일 준비하라고 했다. 고통스러워한다고 간호사를 부르면 사실 엄마만 더 고통받아야 했다. 그냥 지켜보는 것. 손이나 잡아주는 것. 귀에다 대고 아버지한테 어서 가라고 인사해주는 것.

우리 모두가 했던 일을 다시 또 해야 하는 상황이었다. 안쓰럽고 가여운 사람. 아무튼 존엄사 법이 제정되었다 해도, 연명치료를 거부했다 해도 병원에 있는 이상 병원의 도움을 받아야 하니 존엄하게 죽을 길은 없었다.

"평온하게 가만히 보아줘… 언니. 마음 가라앉히고요. 귀에 대고 인사나 해줘."

밤 10시 쯤, 병원 보조의자에 앉아 있을 언니에게 보낸 문자는 그게 끝이었다. 언니도 아무 글을 올리지 않았고 엄마의 용태에 대해 아무것도 더 알려주지 않았다.

12일 새벽 5시 30분에 카톡이 왔다. 큰언니는 밤을 꼬박 샌 모양이었다. 다음 당번 셋째언니에게 보내는 거였다.

"엄마가 장기전으로 가실 것 같아. 오늘은 오지 말고 좀 쉬고 내일 아예 짐을 싸서 올래? 오늘까지 내가 있을게. 곧 돌아가실 것 같지만 살아계시니… 어쩌나. 참 안됐네. 우리 엄마, 순간순간." 단톡방 숫자 5는 줄지 않았다. 다들 잠들어 있는 모양이었다.

6시 37분, "엄마가 돌아가셨네. 어찌해야 하지"를 다시 보
내올 때까지. 그 문자를 보내놓고 내가 읽기도 전에 전화를
걸어 큰언니가 펑펑 울기 전까지. 장기전으로 갈 것 같다더
니 한 시간 사이에 떠났다.

Time of Death 6시 45분. 의사가 엄마의 심장이 멈췄다
고 선언했다.

오늘이라도 내려와서 마지막으로 얼굴 보라는 이야기가
나왔다. 그럴 요량이었다. 14일에 떠날 여행 관련 최종 회의
를 오늘 오전에 마치면 바로 병원으로 내려갈 생각이었다.
3일 후에 떠나면 거의 한 달 후에나 돌아올 수 있다. 여행 중
에 돌아가셨다고 연락이 와도 갈 수가 없다. 일정이 착착 다
가오는데도 어떤 준비도 할 수 없었다. 좌불안석 서성거리
느라 안정이 되질 않았다. 큰 가방을 꺼내놓고 장 속에 든
여름옷들을 되는 대로 쌓아놓았다. 스리랑카는 지금 한여름
이니까. 그래도 방송인데, 똑똑하고 단정하게 나와야 하는
데. 그나저나 엄마가 정신이 온전하다면 텔레비전에 막내딸
나온다고 하늘에 솟을 만큼 좋아하셨을 텐데. 내 사진이 나
온 잡지나 신문을 책상 위에 올려놓고 날이면 날마다 얼굴
을 쓰다듬던 사람이었는데. "우리 딸이 책에도 나온다니까"

동네방네 자랑하시던 분이었는데. 나중에 텔레비전에 나와도 볼 수도 없을 텐데 나는 과연 갈 수나 있을까, 오늘까지도 실감이 없었다.

언니 오빠들은 막내가 마음 편히 여행을 잘 갔다 올 수 있기를 바라면서 두 가지로 나눠 기도했다. 엄마가 빨리 돌아가시든지, 올 때까지 버텨주셔서 텔레비전에 내가 나올 때까지 살아계시든지. 그런데 지금, 돌아가셨다. 내가 떠날 날짜와 시간을 딱 맞춰서 떠날 수 있게 계산한 것처럼, 엄마가 혼수상태에 빠지기 전 미리 날을 받아놓은 것처럼 딱 오늘이 아침에. 너무나 아름다워서 그 진가를 알 수 없었던, 이승이여 안녕, 인사도 없이.

마침내
피안으로 건너가다

1월 12일 토요일. 그렇게 임종을 지키고 싶었는데. 사람이 정말 이 세상을 떠나는 것이 어떤 건지, 정말 눈을 쓰윽 감는 건지 혹은 눈 뜬 채 떠나는 건지, 정말 꼴딱 하고 숨이 뒤로 넘어가는 건지 심전도 측정 모니터 화면이 정말로 위아래 움직임을 멈추고 일자로 죽 이어지는 건지 내 눈으로 보고 싶었는데. 무엇보다 나라는 생명을 처음 본 사람, 그 사람의 생명이 어떻게 사라지는지 봐야 믿을 것 같았는데. 그래서 눈을 부릅뜨고 진종일 침대 곁에 앉아서 이승과 저승을 가르는 엄마의 마지막 순간을 목도하려고 애를 쓴 거였는데. 통곡을 하더라도 꼭 옆에 있고 싶었는데.

엄마는 나와 며칠을 같이 있다가 내가 잠깐 교대로 병실을 떠나 집으로 온 그 사이에, 3일 만에 당번으로 온 큰언니 옆에서 돌아가셨다. 밤을 새운 새벽, 당직 의사가 심장이 멈췄다고 한 것은 6시 45분. 모든 생명의 징후가 완전히 끊긴 것은 아침 7시 7분이라고 했다.

결국 이 세상을 떠나는 엄마의 몸짓이 어땠는지 나는 보지 못했다. 전화기가 우르르 떨고 큰언니 번호가 뜰 때 기어이, 들을 말을 듣게 될 거라고 이미 알았다. 큰언니는 내가 전화를 받자마자 울음소리만 보냈다. 엄마가 숨을 거두자마자 한 언니의 첫 전화였다. 우는 소리가 들리는데 정작 눈물이 확 솟아나오지는 않았다. 단체 카톡이 쏟아졌다. 글자마다 눈물을 흩뿌리며 큰언니가 사망진단서를 떼야 하는데 아직 원무과 직원이 출근하지 않고 담당의도 출근하지 않아서 죽은 엄마 옆에 앉아 기다리고 있다고 했다. 진단서를 떼어야 엄마의 몸을 장례식장으로 모실 수 있다고 했다. 장례식장도 이른 아침이라 아직 연락이 되지 않았다.

12일 동안 페이스북에 '혼자 보기'로 엄마의 용태를 올렸던 글들을 '친구 보기'로 하고, 짧은 부고를 올렸다. 그동안 엄마 이야기를 많이 썼으니, 모두 남 일 같지 않다고 위로해주었으니 짧게나마 알리는 것이 옳겠다는 생각에서였다. 엄마가 아팠던 시간 동안 위로하고 아파해준 사람들은 다 거기에 있었다. 개인적으로는 아무에게도 따로 알리지 않았다.

그러니까, 돌아가시던 그 순간, 바로 전날 밤에 수십 번 "위급하십니다" "곧 임종하실 것 같습니다"라는 말을 여러 번 듣고도 바로 임종하지 않는 엄마 귀에 대고 "엄마, 잠깐 다녀올게" 인사하고 나오면서 봤던 그 모습이, 마지막 모습이었다.

출근 준비를 하려는 식구들에게 엄마의 죽음을 알렸다. 큰딸 무던이와 작은 딸 미륵이가 회사에 부고를 알렸다. 우리는 잠시 어두운 거실에서 서로 껴안았다. 딸들은 엄마 잃은 나를 위로했다. 마침 방학인 애들 아빠가 8시가 되기 전에 두 딸을 데리고 고향 집으로 출발했다. 나는 회의를 하러 가야 했다. 14일 저녁에 비행기를 타고 스리랑카를 가야 했다. 오늘 회의는 내가 있어야 할 자리기 때문에 안 갈 수 없었다. 곧 만나야 할 방송 팀 사람들은 엄마의 죽음을 모르고 있고, 알릴 필요도 없었다. 일하려고 만난 사람들이니 일을 해야 했다.

나는 장례식장으로 가기 전에 방금 엄마 잃은 사람인데도 회의를 하러 혼자 상암동으로 출발했다. 무슨 영화를 보는 것처럼 현실과 거리가 멀어보였다. 올려놓은 포스팅에 글들이 올라왔다. 얼굴도 모르는 내 엄마, 90세에 병원에서 몇 달 앓다 돌아가신 엄마에게 많은 이들이 인사를 보내주었다. 하나씩 올라오는 위로의 글을 읽으면서, 그러나 일일이

답을 쓰진 않으면서, 못하면서, 먼 길을 가서 가만히 회의를 했다. 방금 엄마를 잃었는지 모르는 연출자와 촬영감독과 여행 일정을 체크하고 커피를 마셨다. 같이 회의해야 할 방송작가는 아버지 상을 당해 올 수 없었다는데 내가 방금 상을 당한 이야기를 덧붙이지 않았다. 끝나자마자 상암동에서 택시를 타고 장례식장으로 몸을 옮겼다. 병원으로 갈 필요는 없었다. 이제부터 엄마는 침대 위에 누워 있지 않을 것이다. 산 자와 죽은 자가 엄정하게 나뉜 세계, 병풍 뒤나 지하실 또는 영안실에 있을 것이고 나는 상복으로 갈아입고 영정 사진 앞에 서 있게 될 것이다. 엄마 얼굴을, 볼 일은 없을 것이다.

요양원 원장에게 문자를 넣었다. 아직 엄마 물건을 챙기러 가지도 못했다. 아침 8시였다. "좀 전에 어머님 뵙고 왔습니다. 어머니 유품은 내일 제가 문상 가면서 가지고 가겠습니다. 내일 뵙겠습니다. 어머님의 명복을 빕니다. 감사합니다." 임종을 지킨 언니 빼고는 아직 아무도 가지 않은 병원에 벌써 요양원 원장이 다녀갔다. 엄마의 마지막 집이었고 병원에서 가장 가까운 곳이라 해도 그가 보내주는 마지막 예의가 오빠들만큼 든든했다. 밝고 환했던 요양원 풍경이 떠올랐다. 간호사도 간병인도 가족보다 더 친절했다. 간호조

무사 한 분은 내 딸보다 어렸는데 엄마가 마지막 숨을 몰아 쉴 때 주사를 꽂으며 눈물을 흘렸다.

죽어서야 마침내 퇴원하는 엄마의 병원 진료비 영수증에는 마지막 나날의 비용들이 고스란히 적혀 있었다. 2018년 12월 15일부터 2019년 1월 12일까지. 채 한 달이 안 되는데 해를 넘겨서인가, 거의 1년 같은 시간이었다.

한 달 동안 짬짬이 울어대서였는지 남아 있던 다정함을 다 써버렸는지 장례식장에 들어갈 때까지 눈물은 나오지 않았다. 햇살이 아주 따사롭게 장례식장 주차장에 퍼졌다. 이제부터 당신에게 하는 절은 한 번이 아닐 것이고 두 번이 될 것이다. 지금부터 엄마는 '망자'가 되었으므로. 한 번 절하는 것은 산 자에게만 하는 것이므로.

장례식장 유리문을 열고 들어가자마자 엄마의 젊을 적 얼굴을 그린 초상화가 보였다. 저 사람이 엄마인가. 남의 장례식에 온 것 같았다. 엄마같이 생긴 구석이라곤 한 군데도 없는 흑백의 얼굴이 화면에 떠 있었다. 아버지 장례식 때도 그랬다. 영정으로 놓인 초상화는 내 아버지의 모습이 하나도 없었다. 엄마와 아버지는 20년 전쯤 동네에 영정 초상화를 그려주는 사람이 왔을 때 두 분 모두 초상화를 그려놓았다. 영정 사진을 미리 준비해야 오래 산다는 말을 듣고 그림을 받았다고 했다. 이목구비가 하나도 닮지 않았어도 '20년 전에 그린 거라 그랬겠지' 했다. 국화실 망자 그림 속 엄마는 젊은 여자처럼 꼿꼿했다.

1월 14일 아침 8시 발인. 나는 14일 밤 8시 비행기를 타고 이 나라를 떠날 것이다. 내 얼굴을 보는 사람마다 말했다. "맞춰도, 맞춰도 그렇게 딱 맞게 돌아가실 수 없는데. 어떻게 그렇게 딱 그 시간에 돌아가셨을까." "너 편히 가라고, 장례식 마치고 맘 편히 떠나라고 시간까지 맞춰서 돌아가셨나 봐." 그도 그럴 것이 12일 아침 7시에 가셨으니 삼일장 다 치르고 발인까지 다 참여하고 화장까지 마치고 고향 집에 상청을 차리는 걸 보고, 그 길로 공항으로 가면 딱 맞을 그런 시간에 맞춰서 눈을 감았다. 엄마는 딱, 내 일정의 아귀를 맞춘 듯이 세상을 떠났다. 세상에 어쩌면 이럴 수가.

하나둘 모두 장례식장으로 모이기 시작했다. 부산에서 충북 음성에서 수원에서 용인에서 서울에서 엄마가 낳은 자식들이. 자기가 낳은 자식들과 그 자식이 낳은 자식들까지 하나둘씩 데리고. 이미 다들 할머니 할아버지가 된 언니 오빠들이 아래로 불어난 자손들을 이끌고 엄마의 장례식장으로 들어섰다.

장례식장엔 돌아가신 엄마가 제일 먼저 장의사 차를 타고 도착했다. 어제까지 불난 듯이 시끄럽던 가족 단톡방이 민을 수 없게 조용해졌다. 이제야 우리는 얼굴을 마주보고 자기들이 본 엄마의 마지막 모습을 말하기 시작했다.

작은언니는 다정했다. "언니가 제일 고생했어. 고마워. 언니. 내가 엄마한테 언니가 오면 편히 보고 가시라고 했더니 엄마가 정말 언니 보고 가셨네. 말은 정말 다 알아듣는다고 하더니 듣고 보고 가셨네. 난 말도 했어. 마지막에. 못 먹어본 주스도 드렸어. 막내가 사다 놓은 거 밀어내지 않고 드시고 좋아하시는 듯했어. 눈 감고 자고 있으면 큰딸 오니까 보고 아버지한테 잘 가시라고 했어. 그때 눈 뜨고 계셨거든. 그랬더니 눈 감고 주무시는 거 보고 나와서 어젯밤 엄마가 좋게 가신 걸 거야. 고마운 우리 엄마."

큰언니는 임종을 지킨 유일한 사람으로서 아주 짧게 말했다. "편안하게 가셨어."

막내언니는 특별히 나를 언급했다. "우리 막내 마음 편히 일하고 오게 해달라고 내가 엄마한테 부탁했어. 막내야, 조심해서 다녀와. 얼마나 다행인지 몰라. 엄마가 우리 모두 다 보고 가셨네."

임종을 꼭 지켜보고 싶었으나 못 지켜본 나는 말했다.

"그래. 임종 지키는 사람이 따로 있다더니 큰언니가 고생했어요. 나는 어제도 기도했어. 그만 제발 고통을 놓고 편히 가시라고. 제발 나 여기 있을 때 편히 눈 감으라고. 나도 엄마에게 고마운 마음이야. 어떻게 딱 엄마 가시는 모습 다 보고 잘 보내고 갈 수 있게 저 피안의 세계로 떠나셨을까. 맞춰도 어떻게 이렇게 맞출 수 있는 거지? 그렇게 아프시더니, 그렇게 안 가시더니. 어떻게 이렇게 딱 맞춰서. 그동안 모르는 척하면서 다 듣고 있었던 게 아닐까."

저승꽃,
마지막으로 피는 꽃

분홍 진달래가 피면 봄이 오잖아.

그 봄엔 꽃 같은 얼굴이 분홍색이었지.

저승꽃은 까마니까.

까만 꽃은 어디에도 없잖아.

무슨 꽃이 까맣게 피어.

얼룩처럼 멍처럼 피가 솟아 얽혀 붙은 것처럼.

저승꽃은 그래서 멍이 든 검보라색 빛깔이 되었을 걸.

점도 아닌 것이, 멍도 아닌 것이,

균류처럼 동그랗게, 동그랗게 그렇게 저승꽃이 피는데.

꽃 같은 얼굴에 마지막에 피는 꽃, 저승꽃.

살갗에 돋아난 작은 꽃들, 검보라색 열매들.

검버섯, 저승꽃, Age Spot.

이 꽃은 시드는 피부에만 피어나.

나이가 들어야 자연히 생겨나.

아무 때나 계절 모르고 피어나는 꽃은 아니야.

저승꽃이 피어나니 죽을 날이 멀지 않았네.

검은 꽃이 피었으니 저승길이 가까워졌네.

거울에 대고 하나 둘 셋 넷, 꽃송이를 세는 사람.

이제 꽃의 개수를 셀 수가 없어. 둥글게, 둥글게.

저승꽃들은 피부 아래서 약속을 했던 거지.

자, 손을 들고 밖으로 나가자.

둥글게, 둥글게 검버섯의 균륜을 만드는 거야.

꽃이 필 때 통증은 하나도 없어.

검버섯 저승꽃 균륜 그 사이로 어릴 적 분홍 뺨이 조금 남
아 잠깐 반짝이다가.

차례차례 저승꽃이 다 피어 분홍 뺨이 모두 없어지면,

거기는 진짜 저승.

온몸이 저승꽃으로 뒤덮이면 그땐 저승꽃이 핀 게 아니라

마침내 이윽고 그 꽃의 고향,

저승에 당도했다는 이야기.

우리는
모두
고아가 되었다

장례식장이
유치원처럼 명랑했다

산 속 언덕에 있는 음성 농협 장례식장 분위기는 음울하지 않았다. 특실이어서 더 넓고 깨끗한 덕도 있었지만 빈소 사용자는 오로지 우리 가족뿐이었다. 도시의 큰 병원 빈소들처럼 죽은 사람들이 옆에, 옆에 나란히 이름을 달고 있지 않았다. 여기는 오래도록 사용하는 사람 없이 비워져 있다가 새벽바람에 부고 소식을 듣고 문을 열었다.

한파가 몰아치는 1월 중순인데도 춥지 않았다. 가늘고 긴 햇살이 숲에 퍼졌다. 주차장은 넓고 넓어서 황량해 보였지만 쓸쓸하지 않을 만큼 차들이 들어오고 세워졌다. 빈소를 지나 조문객들이 앉아 망자가 주는 마지막 밥을 먹는 온돌 바닥은 찜질방처럼 따끈따끈했다. 엄마 시신이 있는 저쪽

방, 영안실은 얼음처럼 차가웠겠지만 조문객이 인사하는 빈소에는 따스함이 절절했다. 병상 안전 바로 한 뼘, 그 사이로 손잡고 있었던 환자와 보호자는 이제 망자와 산 자로 나뉘어졌다. 이젠 추운 줄도 더운 줄도 모르게 되었지만 죽은 자와 산 자는 이렇게도 엄정하게 다른 온도와 다른 공간으로 나뉘게 되었다.

90세에 소천했으니 호상이라는 말이 여기저기 돌았다. 아주 아프게 앓은 것은 한 달 정도라 했더니 슬퍼하려던 사람들이 손을 저었다. 그 정도 앓다 가는 것은 슬플 일도 아니라고. 실은 심근경색으로 쓰러지고 2년 동안 꽤나 아프셨던 건데, 그 정도로는 앓다 간 일은 쳐주지도 않았다. 이제 와 엄마가 얼마나 고생하고 속 썩이다 가셨는지는 문제되지 않았다. 장례식장을 둘러싼 공기는 우울하지 않았다. 시간 맞춰 제를 올릴 때나 조문객이 찾아와 손잡아줄 때 곡비처럼 터지는 큰언니의 울음만 아니라면 거의 칠순 잔치나 팔순 잔치처럼 들뜬 듯 밝아서 어리둥절할 정도였다.

"잘 돌아가셨네, 마침 때맞게." 조문객들은 뜨거운 뭇국을 마시며 떡과 밥을 먹었다. 지나고 보니, 하루도 채 안 지났지만 엄마가 돌아가시기를 기다리지 않은 이는 아무도 없었다는 것을 알게 되었다. 낫거나 달리 좋아질 수 없는 90세 할머니의 죽음은 불 본 듯이 예정된 거였고 쥐어짜야 할 슬픈 죽음은 아니었다. 무언가 잔치 같은 분위기는 해가 떨어지고 숲이 어두워지고 난 후 더 명랑해졌다.

아버지 엄마가 88세, 90세로 돌아가신 탓에 우리 직계 자식 여섯 명은 이미 나이가 들어 상복 입은 몸매가 칙칙하고 거뭇거뭇했다. 희끗희끗한 머리칼이 성기고 여리게 풀썩거렸다. 그런데 여섯 자식의 2세들이 들어오면서 빈소는 일순 길쭉길쭉해지고 반짝반짝해졌다. 젊음의 색은 까매도 빛이 나고 환했다. 젊은 여자애들은 길게 드리웠던 머리칼을 틀어 올렸고 젊은 남자애들은 흰 셔츠와 상복바지로 갈아입었다. 젊은 제 엄마 아빠를 따라 도착한 세 살 배기 아이와 아기들이 이리저리 눈을 반짝이며 뒤뚱뒤뚱 돌아다녔다. 세상에, 검은빛이 이토록 화사하다니.

아이들은 태어나 거의 처음으로 한꺼번에 친척을 만났다. 어느 녀석은 뛰고 어느 녀석은 울고, 어느 녀석은 업혀서 잠들었다 깨고, 서로 손을 잡고 웃으며 뛰어다녔다. 어른들은 어쩔 수 없이 슬픈 마음에 찌그러져 있다가도 저도 모르게 웃었다. 슬퍼할 겨를이 없었다. 장례식장 국화실이 유치원 병아리반처럼 변했다. "저렇게 웃으려고 아기들 낳아 그애들 돌보면서 사는지도 몰라." 늙은 사람들이 말했다. 내복을 입은 바지 위에 상복치마를 걸쳐 입고 나는 이리저리 사람들을 바라보았다. 조카의 배우자들은, 그들의 자식들은 처음 본 얼굴들이었는데 남 같지 않았다. 우리들은 뭔가 행복해지는 기분이 들었던 것 같다. 그러하니, 엄마 영정 걸어놓은 장례식장에서 그리도 웃으면서 사진을 찍었으리라.

까만 상복을 입고 찾아오는 조문객들을 접대하면서 울던 자식들이, 빈소 상청 엄마 영정이 마주보이는 커다란 소파에 모여 앉아 어느 순간 사진을 찍었다. 하마터면 평소처럼 브이 자를 그리며 하트를 만들며 파이팅을 외칠 것 같았다. 아이들은 셀카를 찍었다. 한 번 더, 한 번 더. 사진을 찍어놓고서야 세상에, 표정이 너무 밝잖아. 너 예쁘게 나왔다. 단톡방에 올릴게. 명랑하게 떠들면서 엄마 죽은 지 이제 하루도 안 지났는데 우리가 이러고 있네, 민망해했다.

곡비처럼 울던 큰언니도 종종 서러워하던 작은언니도 야근으로 맨날 피곤해하던 오빠의 얼굴도 밤이 되면서 조금씩 편안해 보였다. 아기들이 공연히 행복한지 제 할아버지 할머니인 줄도 모르고 아무에게나 마구 안기고 껴안았다. 아기들은 저녁 제사를 끝낸 후 하나둘씩 빈소 넓은 저 구석구석에 숨은 그림처럼 스며들었다. 언니들이 엄마 유품에서 이불을 꺼내 손자 손녀에게 덮어주었다. 땀에 젖어 이마에 붙은 머리칼을 쓸어 올리며 각자의 젊은 엄마 아빠 들이 우유병을 들고 자장가를 불러 잠을 재웠다. 방바닥은 이불을 덥지 않아도 따스했고 아기들은 단잠이 들었다. 장례식장이 평화롭게 밤에서 새벽으로 흘러갔다.

두 나무가
스물아홉 그루로

　엄마는 죽었지만 죽고 없는 이 풍경이 소란한 듯 고요했고, 산발적인 슬픔 끝에 뭔가가 충만했다. 떠난 사람이 이어준, 살아 있는 사람들의 자리와 풍경. 그냥 한 여자 김봉예의 핏줄로 맺어져 지금 여기서 먹고 자고 울고 있는 가족으로 한 공간에 있다는 사실이, 소름이 돋게 신기했다. 도대체 저 시골 고아 여자 김봉예가 얼마나 많은 씨를 품었다가 풀어 놓았는지, 저 할머니가 사실 얼마나 복이 많은 여자인지 나는 수형도를 그려 가늠해보기 시작했다. 그동안 퍼져나간 씨앗의 가지가 얼마나 많은지 헤아려본 적이 한 번도 없었으니.

　일제 강점기 때 징용으로 끌려갔는지 돈 벌러 갔는지도

모르고 돌아가셨는지 살아 있는지도 몰랐던 시절, 허묘를 짓고 집에서 떠난 날을 제삿날로 잡은 할아버지는 전혀 모르니, 패스했다. 할머니의 이름도 성도 모르니 패스하고 아버지 권오흥과 엄마 김봉예만 나란히 그려놓았다. 그때로선 노총각이던 아버지와 열일곱 살 어린 처녀가 결혼식도 올리지 않고 그냥 한 집에 살다가 하나씩 자식을 낳기 시작한 것부터 현재까지.

두 사람은 순풍순풍 자식 여섯을 낳았다. 내 위로 누군가를 하나 잃었다고 들었지만 나는 모르는 사람이니 동그라미 여섯 개를 그렸다. 여섯 명의 자식은 한 사람도 죽지 않고 평범하게 자라서 모두 결혼했다. 어떤 자식도 특별하게 잘나지 않았고 어떤 자식도 특별하게 불행하지 않았고 어떤 자식도 엄마 아버지보다 먼저 죽지 않았다.

창세기 아브라함의 자식들처럼, 자식이 손주를 낳고 뻗어나간 가지가 스물아홉이다. 만약에 작은오빠의 아들과 딸이, 내 딸 둘이 혹여 아기를 낳게 된다면 수형도의 나무 숫자는 서른 그루를 넘기게 될 거였다.

텅 빈 벌판에 우연히 싹을 틔운 특별히 못나고 여윈 엄마 아버지 나무 두 그루가 아무렇지도 않게 자연스럽게 아래로, 아래로 버섯 균사처럼 둥글게, 둥글게 손잡고 밖으로 틔운 싹들이 이렇게나 퍼졌다. 자연의 순환? 생명의 위대함?

순리의 아름다움? 감탄할 일은 아닐 것이다. 나야 자식이니 수형도를 그려보고 하나하나 수를 헤아려본다지만 그 누가 일개 저 숲속 나무처럼 흔한 것들의 가지와 뿌리를 세어보겠으며 세어본들 깊은 의미 또한 없을 것이다.

장례식 두 번째 날이 밝을 시간이었다. 나는 엄마의 영정 아래 빈소에 누워 있었다. 사과, 배, 떡, 술과 향이 코앞에 차려져 있었다. 아무렇게나 막 그려진 초상화 속 저 여자의 젖을 먹고 이렇게 살아 있는 나를, 내 몸을 만져봤다. 등허리는 뜨겁고 배는 차가운 내 몸, 가슴과 얼굴을. 조금만 더 있으면 지금 차갑게 얼어 꽁꽁 묶인 엄마의 젖과 손이 뜨거운 불에 모두 탈 것이다. 잘 죽는 게 육복이라 했다. 편안하게 조용하게 누리는 좋은 죽음, 그것. 어쩌면, 어쩌면 당신은 오복에 육복까지 다 누린 것일지도 몰라요. 당신의 사라짐이 애절하게 울 일은 아닐지도 몰라요. 나는 중얼거리며 제상에 향을 피우고 잠에서 깬 엄마의 자식들과 손자 손녀, 증손자 증손녀가 밥을 먹는 자리로 걸어 들어갔다.

관도 무덤도 없이
나무 아래로

날이, 좋았다. 숫자가 좋았다. 3월의 첫날이니까. 7일이 일 곱 번 돌아서 49일. 중음신의 몸을 벗고 림보 역을 떠나 갈 길을 정하는 날, 그러기 좋은 날이 복 많게도 3월 1일, 삼일 절 휴일. 김봉예 엄마 49재다.

아무튼 날이, 참 좋아서 49재 날. 눈물은 새삼 나오지 않 았다. 엄마는 생전에 살던, 아버지가 돌아가신 방이자 2년 동안 비워져 있던 방에 49일 동안 모셔져 있었다. 큰오빠 는 아버지 영정까지 상청에 같이 모셔놓고 49일 동안 촛불 을 켜고 향을 올렸다. 두 분이 사진 속에 나란히 기대고 있 었다. 두 번의 절을 하고 문을 닫았다. 이제 저 방에서 저 사 진들을 두고 두 번 절하는 것은 처음이자 마지막이 될 것이다. 엄마 아버지 두 분 다 유골함에 들어 있었다. 햇살 퍼지는 마당에 포클레인이 들들들 돌아가고 있었다.

마지막 제사상이라 생각했을 것일까. 49재 제사 차림은 그동안 보던 것들보다 좀 더 가지런하고 종류가 많았다. 만상제이자 제주인 큰오빠가 어눌한 몸짓이지만 최대한 정중하게 최대한 천천히 담담하게 지시하면서 반과 적과 전을, 메와 탕과 혜를 가지런히 진설했다.

49재를 올리는 시간은, 길었다. 모두 절을 하고 잔을 올리고 마지막 인사를 하고 음복을 하면서 봄볕 따뜻한 마당으로 영정 사진과 유골함을 들고 내려갔다. 우리 땅에, 종중산 아닌 엄마 아버지 땅에서 수목 장례식을 했다. 엄마 유골, 아버지 유골 그리고 흙을 섞어 나무 아래 뿌려드렸다. 검은 옷을 입은 남자들은 하얀 장갑을 끼고 앞장서서 파놓은 골 사이로 물을 부었다. 엄마는, 죽는 그 순간까지 자신이 화장될 것을 짐작도 하지 못했다. 자식들의 원래 계획도 그랬다. 젊은 생 내내 돌 골라내어 밭으로 만들고, 거기에서 일해 자식들을 먹이고 그랬던, 종중산이 있던 곳에 묻어드리리라 생각했다. 아버지도 10년 만에 아내가 죽어 돌연 세상으로 나와 화장되어 집 마당 나무 밑에 두 번째 묻힐 줄은 상상도 못 했을 것이다. 이미 백골이 진토가 되었다 해도.

하얀 장갑을 낀 손으로 덜 갈린 아버지의 뼈와 부스러진 엄마 뼈를 나무 아래 뿌려서 다독였다. 작은언니가 노잣돈을 드린다며 5만 원짜리 신사임당을 분골 사이사이에 넣었다. 상여 메고 가는 이들이나 무덤 만드는 이들에게 노잣돈이라고 주는 것은 봤어도 나무 밑에 넣는 건 처음 보았다. 가루가 된 몸을 나무 아래 뿌리고, (영 묻었다는 말이 나오지 않는다) 바로 그 나무 옆 땅에서, 다시는 농사 안 지을 텃밭에서 봄 냉이를 캤다. 땅을 오래 놀린 탓일까, 실한 보랏빛 냉이가 아주 지천이었다.

100일 탈상이면 저 상청도 치워질 것이다. 엄마 아버지가 쓰던 그 방, 상청이 있던 그 방, 창문에서는 심어놓은 49재 주목이, 물 부어 다져놓은 자리까지 선명하게 보였다. 이 방에 살았던 두 사람이, 저기 창문 밖, 땅으로, 나무 아래로 10년이 걸려 한발 한발 옮겨갔다. 두 분 다 관도 없이, 무덤도 없이, 몸도 없이, 영혼도 아마 없이, 나무 아래 뿌려졌다. 엄마는 따뜻한 3월의 첫날 봄빛을 받으며 완전히 이 세상을 떠났다. 돌아가시는 날도 겨울 한복판인데 때아니게 청하니 맑고 따뜻하더니 완전히 몸 떠나는 오늘도 이리도 밝고 좋아서, 다행이었다. 굴뚝새 울고 소쩍새 울고 밤이면 새까매지는 숲속 무덤에 묻은 것도 아니고 제일로 사랑한 큰아들

방에서 한눈에 보이는 곳 나무 아래 들어갔으니 춥지는 않을 것이다. 큰아들이 49일 동안 상청을 지키고 매일 향 피우고 술 올리며 절해주었다니, 무얼 더 바라랴.

당신이
남긴 것들

"집에 한 번만 가고 싶어. 한 번만 데려다줄래. 아니면 나 혼자 버스 타고라도 갔다 오고 싶어."

"뭐 하러 그 집을 가고 싶어 해요? 거기 살기 싫어했잖아."

"그래. 여기가 집이지. 내가 거기 가서 산다는 게 아냐. 그냥 갔다만 올 거라니까."

"왜 그렇게 거길 가려고 해요? 이유를 말해봐요."

"내가 잠자던 방 있잖니? 아버지 돌아가신 방. 내가 아버지 살아 있을 때는 그 방에서 안 자고 건넌방에서 잤잖니. 아버지 코고는 소리하고 담뱃진 냄새가 아주 싫었어. 아버지 가시고 나서는 그 방에서 혼자 잤지. 그 방. 아무래도 너는 알고 있어라. 그 방바닥을 네가 가서 들춰 봐라. 돈이 생길 때마다 우체국에도 갖다 주고 또 돈이 생기면 그 방바닥 장판 속에 넣어뒀어. 이렇게 여기 살 줄 알았나. 거기에 돈 있는 걸 누가 알겠어? 아무도 모를 거야. 그냥 두면 썩을 텐데. 아무도 모르고 다 썩으면 어떡하니? 300만 원이 있을 거야. 만 원짜리도 있고 5만 원짜리도 있어. 너희들 여기 왔다 갔다 하느라고 돈을 얼마나 많이 쓰니? 병원비에 약값에 기름 값에. 거기 가서 그걸 찾아야 돼. 찾아서 주고 싶어…. 내가 못 가면 네가 갔을 때 찾아서 써. 병원비도 내고 여기 요양원 돈도 내고 차 기름 값에도 보태고. 너 팬티도 사 입고 애들 양말도 사주고. 알았지? 300만 원이 있다니까. 그리고 지금 내가 베고 있는 베개 속에 또 돈이 있어. 홑껍데기 말고 베개 속 깊은 곳에. 그건 아직 언제라도 쓸 수 있으니까 그냥 알아만 둬. 손자 손녀 오면 주려고 베개 속에 넣어둔 거야. 애기들 오면 만 원짜리 한 장씩이라도 그렇게 주고 싶어. 내 마음이.”

끝내 그 집에 가보지 못하고 엄마는 세상을 떠났다.

49재가 다가오는 어느 날 전화가 왔다. 큰오빠는 다섯 형제에게 차례차례 전화했다. 내용은 똑같았다. 49재에 올 때 도장과 신분증을 가져오라는 거였다. 상속을 받아야 하는데 엄마 이름의 우체국 예금이 몇십 만 원 있다고 했다. 전화가 오기 며칠 전 사실은, 우리 집 주소로 상속에 관한 서류가 등기로 왔다. 아, 엄마의 상속이라니 뭘까. 등기소인 봉투를 뜯기 전에 두근두근 설레었다. 아버지 돌아가셨을 때 해본 거였다. 그때는 아버지 이름으로 된 종중 땅과 종중 산, 그리고 논밭 몇 마지기였는데 아버지의 이름이었던 것은 아무도 상속받지 않았다. 종중 제사를 지내는 값으로 갖고 있던 산과 땅이었으므로 모두 종중에게 상속을 이전했다. 땅값 명복으로 제사를 지내지 않을 것이니 큰오빠는 아무 미련이 없었다. 나머지 땅은 우리가 모두 떠난 후 큰오빠 내외가 평생 일군 땅이었으므로 모두 도장을 찍어 넘겼다. 1원 한 푼 상속받은 것이 없었다. 물론 빚도 1원 한 푼 상속받지 않았다. 엄마의 상속 재산으로 온 것은 코란도 차 한 대였다. 큰오빠가 농사지을 때 논과 밭으로 끌고 다닌 낡고 헐은 카키색의 사륜구동 차. 뒷좌석을 용달처럼 개조해 사람 대신 감자나 고추가 타고 다니던 그 차가 엄마의 마지막 재산으로 남아 있었다. 장애 노인 요양용으로 돼 있는 차에는 기름 값이 보조된다고 했던가. 차도 엄마처럼 수명을 다해 폐차해야 할 시점이었다.

요양원에서 받은 옷 박스를 열었다. 커다란 박스 세 개를 쏟아놓고 보니 옷들이 작은 산을 이뤘다. 봄, 여름, 가을, 겨울옷들이 기지개 펴며 눌렸던 몸피를 부풀렸다. 패딩조끼, 털조끼, 기모바지가 수십 개 쏟아졌다. 빨갛고 노랗고 파란 봄 점퍼가 상표도 떼지 않은 채 눌려 있었다. 박스에서 꺼내 지도 않은 세 개들이 팬티가, 작은 집게까지 달린 양말 수십 개가 방바닥 한 번 디뎌보지 못한 채 뭉텅이로 쏟아졌다. 사 가지고 간 새 옷들이 아직도 새물내를 풍겼다. 가벼워서 좋 구나. 엄마가 즐겨 입었던 셔츠도, 잘 때 입으라고 갖다 드린 내 딸들의 수면바지와 수면양말도 부들부들한 보풀을 달고 한 무더기 나왔다.

무더기 속에서 원래 내 것이었던 것들을 다 뺐다. 엄마 냄 새가 진짜 많이 밴 맨투맨 티셔츠와 잘 때 입으면 따뜻할 기 모바지 서너 개와 상표도 안 뜯은 팬티 박스와 지퍼로 마감 한 주머니 달린 팬티도 따로 챙겼다. 이게 다였다. 엄마가 상 속으로 물려준 모든 물건의 목록. 밍크코트도 비싼 핸드 백도 하나 없는 낡은 옷들의 목록. 양말에도 팬티에도 엄마 이름이 쓰여 있는 것들. 49재에 가져가겠다고 단톡방에 전 했다. 여기저기 아우성이 쏟아졌다. '재활용품 수거함에 넣 어라' '중고가게에 내놔라' '그냥 다 버려도 된다'…. 다 무 시했다. 목도리, 스카프, 손수건, 모자들을 그냥 다 싸들고 갔다. 태워도 그 땅에서, 그 집에서 태우고 싶었다.

때는 바야흐로 봄이어서 요양원에서 입던 옷들은 아파트

인 내 집에서 입기에 안성맞춤이었다. 남은 날들은, 엄마가 남긴 옷들을 보란 듯이 입고 지냈다. "외할머니인 줄 알았어." 아이들이 깜짝깜짝 놀랐다. 이즈음 나는 부지런하고 성실하게 늙느라 온 힘을 쓰고 있었다. 늙는 것에도 많은 에너지가 필요하다. 생의 마지막을 향해 가는 사람이 입었던 옷을 입었더니 그 옷의 주인과 꼭 닮은 사람이 되었다. 그 말을 듣고 나니 그 단어가 생각났다. 거푸집. 내가 살았던 몸, 내가 살았던 집. 내가 나온 그 거죽과 틀. 엄마라는 거푸집.

엄마가 남긴 물건을 옆에 두고 49일, 옷들을 꺼내 입고 봄날을 지내면서 영화 〈사랑 후에 남겨진 것들〉을 찾아서 봤다. 죽은 아내의 옷, 파란 바다 색깔 스웨터를 입고 여행하던 영화 속 늙은 남자가 떠올라서였다. 늙은 남편은 죽은 아내의 옷을 입고 아내가 가고 싶어 했던 바다와 산, 자식 얼굴을 보여주려고 죽을 때까지 여행하는데 나도 엄마 옷을 입고 밥을 먹고 극장을 가고 목욕탕에 갔다.

49재까지 지낸 4월의 어느 봄날. 죽음 후에 남겨진 것들이 무엇이 더 있는가 싶어서 엄마 팬티와 양말을 신고 조금은 호젓해졌을 새언니에게 문자를 보냈다. 그때 두고 온 옷들을 다 태웠는지, 엄마가 잠자던 방의 이불들과 옷들은 헌옷 가게에 보냈는지, 가짜 자개들 떨어진 자개장롱은 어떻게 했는지 묻고 싶었다. 그날 심은 나무는, 엄마를 뿌리에 품

은 주목은 잘 뿌리내리고 있는지 궁금했다. 다 물어보지는
않았다.

"엄마 자던 방바닥 장판을 들춰보세요. 엄마가 돈을 두었
다고 했어요."

한참 지나 한밤중에 답장이 왔다. 한 줄이었다. "방바닥 보
았는데 없어. 엄마 주무셨던 요때기에 70만 원 있어."

그러니까, 방바닥 요때기 밑에 300만 원은 없었고 우체국
에 연금이 70만 원 남아 있었고 새언니가 찾은 70만 원, 엄
마 명의로 된 폐차 직전의 지프차, 요양사에게 맡긴 3만 원
이, 한 여자가 남긴 상속의 전부였다. '쎄뚜 C'est tout.' 마르그
리트 뒤라스가 쓴 마지막 책 제목. "이게 다예요." 진짜 이게
다였다.

아무렇지도 않게
벚꽃이 날리던 날

"그럼 그 이전의 기억은 다 어디로 가는 거지?"

영화 〈원더풀 라이프〉에 이런 질문이 나온다. 이야기는 죽은 자들이 죽자마자 들어오는 일종의 첫 역, 이승에서 저승으로 온 다음 어디로 갈 것인가를 정하는 림보 역에서 시작한다. "당신도 아시겠지만 당신은 어제 돌아가셨습니다." 면접관이 제일 먼저 역에 도착한 여행자에게 존재의 변화를 확인해준다. "당신은 이제 죽었습니다." 그 말을 듣는 내 모습을 상상한다. 죽은 자들은 일주일 동안 림보 역에 머물며 지난 생애 중에서 가장 행복했던 기억을 골라내야 한다. 3일 안에 단 하나의 기억을 선택하면 그 순간을 살았을 때와 똑같은 상황을 재현해 영상으로 촬영해준다. 다시 한 번 그 순간으로 돌아가 살아보게 해준다. 망자는 삶의 숱한 기억들을 모두 잊어버리고 단 하나 귀중한 순간만을 간직한 채 림보 역을 떠날 수 있다. 천국으로 갈지 지옥을 갈지는 중요하지 않다. 50년을 산 사람, 15년을 산 사람, 고생하며 산 사람, 밋밋하게 산 사람, 슬프게만 산 사람, 내가 과연 살았었나, 모르겠다는 사람까지 눈이 내린 쓸쓸한 림보 역에서 각자 삶의 기억을 뒤적거린다. 이 영화를 몇 번째 보는 건지 모르겠다. 어느 때는 교복을 입고 죽은 한 여자아이가 눈에 맺히고 어느 때는 한순간도 선택하지 않고 림보 역의 직원으로 남는 청년이 밟힌다. 사연은 다 제각각 깊으니까 저마다의 사연이겠지. 죽은 자마다 가엾다.

90년을 밋밋하고 흐릿하게 살다간 엄마는 삶의 어떤 장면을 고르게 될까 싶었다. 어느 날 누구와의 시간을 고르고 그 장면을 연기하게 될까. 어떤 냄새, 어느 시간, 어떤 사람을 가슴에 껴안고 더 먼 피안으로 떠나게 될까. 전혀 '원더'로 '풀'하지 않았던 엄마를 보내고 아무래도 헛헛해져서 다시 영화를 찾아보는 지금은 예전에는 못 보던 다른 사람이 보인다. 그래서인가. 이번엔 엄마를 아주 닮은 할머니를 발견했다. 저 할머니하고 똑같겠구나.

"이렇다 할 특징이 없어요." 영화 속 림보 역 직원은 할머니를 보고 난색을 표한다.

'이렇다' 할 특징이 없는 사람. '이렇다' 할 삶의 무늬가 없는 사람. '이렇다' 할 특별한 삶은 어떤 모양일까. 다시 본 영화 속에서는 오로지 그 할머니만 눈에 들어왔다. 할머니는 죽어서도 별다른 표정이 없다. 한참을 말없이 새소리나 듣고 있거나 쓰고 있던 모자를 벗고 비닐 봉투에 들었던 것들을 꺼내 놓는다. 내 기억은, 내 삶은 다 이런 것밖에 없다는 것처럼. 나뭇잎 몇 개, 은행잎 하나, 밤, 대추, 도토리 같은 조그만 열매들. 딱 돌아가신 엄마의 모습이다. 비닐봉지마다 하나씩 세상의 열매들을 담아서 갈무리하는 저 버리지 못하는 습관까지. 할머니는 심지어 다른 사람들처럼 행복한 기억 같은 것을 찾아내려고 노력하지도 않는다.

"뭐 없었을까요? 즐거웠던 기억? 할머니, 결혼했었나요?" 물어보면 할머니는 대답 대신 은행잎을 놓는다. 도리어 할머니가 직원에게 묻는다. 겨울 창밖 나무를 바라보면서. "여기는 꽃이 안 피나요? 꽃이 핀다면 참 예쁘겠어요. 벚꽃도 피나요?" 희로애락 오욕칠정의 기미가 없는 할머니가 말라버린 꽃나무를 바라본다. 할머니는 어쩌면 명민함이 덜 한 사람일지도 모르겠다. "니시무라 할머니는 이미 살아생전에 추억을 선택한 것 같아요. 아홉 살에 머물러 있어요. 무엇을 고를 의지가 전혀 없어요." 그 모습까지 엄마하고 겹쳐 보인다. 한평생 흐릿하고 이렇다 할 거 없이 살다간 얼굴. 살아 있었다는 증거를 찾기 위해 70개의 비디오테이프를 보던 사람이 어느 순간 탁 깨달음처럼 추억을 선택하고 고운 할머니가 빨간 원피스를 입고 춤추던 어린 순간을 기억하고 잘 늙은 아저씨가 비행기를 몰던 하늘의 한순간을 선택하고 소란스럽게 촬영을 완성할 때까지 이 할머니만 자꾸 비닐봉지에 모은 잡동사니들을 가만히 나눠줄 뿐이다.

"태아 때 일을 기억하는 사람도 있다는 건 지금 의학계에서도 확인된 사항이야."

태아 때?

"자궁에 있을 때처럼 눈을 꼭 감은 채 물 속에 몸을 담그고 어머니 몸속에 있을 때의 포근한 기억을 떠올리면 정신적인 병이나 불안증이 사라진다더군. 정말이야."

림보 역에서 일하는 직원들은 '기억'에 대해서 이야기를 나눈다. 자기들이 기억을 하나 고르지 못해 몇십 년이나 림보 역에 머물고 있으면서도. 죽어서도 살아 있을 때 기억조차 못하는 사람이 수두룩한데, 기억들 중 좋은 것을 고르지 못 하는 사람도 많은데 태아 때의 기억까지 힘겹게 불러내어 살면서 생긴 불안이나 정신병을 치유한다는 것은 얼마나 허허롭게 서늘한 몸짓일까. 아무튼 아홉 살에 머물러 있는 엄마 닮은 할머니는 누군가의 기억 속에 행복한 사람으

로 기억되기를 원하지도 않는다. 그냥 삶이 물 같고 죽은 것
도 나뭇잎 같다.

할머니는 그냥 어느 봄날 벚꽃이 떨어지는 한순간을 선택
한다. 난분분 난분분 흩날리는 어느 봄날의 기억을 재현하
려면 비닐봉지에 담아온 벚꽃 송이만 있으면 된다. 어느 한
사람도, 만들어낼 향기도, 번잡한 촬영 장비조차 필요 없다.
그저 어느 봄날, 아무렇지도 않게 서 있는 벚꽃 나무 하나와
분홍 꽃잎만 있으면 되는 기억이다. 할머니는 마당 나무 앞
에서 촬영하는 순간 허공에 꽃송이를 흩뿌려놓고 바라보기
만 하는 걸로 생애의 행복했던 기억을 완성한다. 꽃잎이 아
무렇지도 않게 흩날리는 걸 보는 혼자인 내 얼굴. 그렇게 림
보 역을 떠난다. 월요일에 들어올 때 표정 그대로 토요일도
그대로, 미련 같은 것 하나도 없이. 그녀에겐 다음의 행선지
가 어디라 해도 아무렇지도 않을 것이다. 지옥에 가도 천국
에 가도 저 얼굴로 남아 있을 테니까.

엄마도 그러했기를. 자식들의 얼굴이나 고아였던 어린 자
기 자신 말고 아무렇지도 않게 봄꽃이 날리는 어느 봄날을
선택했기를. 흐릿하게 살다가 흐릿하게 죽어간 얼굴에 바람
부는 한순간, 꽃 피어 날리는 풍경을 눈에 담고 림보 역을
떠났기를.

'내 집'에서
'짧게' '앓다'가

 "나이 들고 아픈 부모는 제일 답 없는 애증의 존재야." "아픈 부모는 하나도 많은 법이지." "부모가 한번 병원에 들어가면 무한 루프에 빠지는 거야." "치매 걸린 부모는 풀기 어려운 숙제야." "늙고 아픈 부모 케어는 살인도 낳는 일이지." "늙고 병든 엄마 아빠 돌보는 일, 남 일이 아니군요." "병원에 요양원에 출퇴근, 모두 다 내 일이에요." "자식이 아니라 부모가 젤 아픈 구석이지." "요양원에 부모를 보낼 수도 없고 집에서 혼자 모실 수도 없고 진퇴양난이다." "부모처럼 아프기 전에 건강할 때 죽는 게 소망이에요." "생애 마지막 몇 달 동안 평생 쓸 돈을 다 쓰고 가더라, 병원비로."

친구들이나 후배들, 선배들을 만날 때마다 하소연 삼아 한탄 삼아, 또는 공감으로 이야기를 나눴다. 늙은 부모의 이상 징후 발견, 몇 번의 각종 검사 순례, 병원 입원, 길고 힘든 수술, 치유될 수 있거나 불치인 암 투병, 치매, 무릎 수술, 연골 수술, 디스크 수술, 고관절 수술, 요양원, 요양병원, 치료비, 죽음의 방식, 간병, 돌봄, 요양, 부고, 화장, 납골당, 장례식, 생전 장례식, 수목 장례식, 애도, 명복, 평온한 작별. 나이 든 부모가 있는 40, 50대 중년들이 가장 많이 듣는 말들, 부모가 없다 해도 내 가족이나 내게 가장 큰 당면과제로 다가오는 단어들이다. 살아 있으니 너나 할 것 없이 누구나 다. 그뿐인가. 페이스북이나 트위터에도 아픈 부모가 돌아가셨다는 부고만큼 처절하고 애달픈 부모 간병 이야기가 차고 넘쳤다. 몇 달에서 1, 2년 정도 이어지는 투병과 간병 이야기는 거의 다 부고로 끝났다.

오래 산다는 것이, 그저 오래 '살아만 있다'는 것이 축복이 아니라 부담 깊은 숙제로, 해결할 수 없는 문제로 우리 앞에 남아 있었다. 40, 50의 나이라고 아프지 않은 것은 아니었다. 자식들 키우느라 동분서주하던 시기가 지나고 자식의 취업이나 결혼 같은 생의 통과의례로 갖은 속을 다 썩고 나면 노안, 골절, 어지럼증, 건망증 같은 갱년기 증세가 지름길로 찾아와 자리를 잡았다. 아니, 또래의 사람들이 암으로 많이 떠났다.

　내 몸 아파할 새도 없이 부모들 데리고 병원 일을 수발하려니 시간에 쫓겨 부모 병실 옆에서 진료받고 수속밟는 것도 예삿일이었다. 병원 중환자실이나 집중 치료실에서 불편하게 밤 새우고 아픈 허리로 돈을 뽑아 병원비 수납하는 일이 잦아졌다. 중년의 자식들은 자식도 못 알아보는 부모를 맡겨놓고 간병인 부르랴, 병원비 마련하랴, 당번으로 보초서랴, 아이들 걱정하랴, 그리고 자기 일 하랴 마음대로 슬퍼할 겨를도 없었다.

　다들 '남 일'이 아니라고, 정말로 다 '내 일'이라고 완벽하게 공감했다. 잘 죽는 것이 세상 가장 큰 소망이 되어버린 날들, 잘 늙고 나이 들어가는 것이 일종의 목표가 된 날을 살고 있었다. 친구들과 말하면서 공감했고 글을 읽고 쓰면서 우리 앞에 당면한 고충과 쓸쓸한 연민을 나눴다. 사이사이 요양원 정보와 병 치료에 대한 정보도 물론 공유했다. 서글프게도 바쁘거나 아파서 자주 만나지 못하는 친구들을 만나는 자리는 어느덧 카페나 식당이 아니라 장례식장이 되어버린 것도 여러 번이었다.

　어떤 사람의 엄마가 암으로 입원했다는 소식이 올라온 날에는 동병상련의 댓글이 타래를 이었는데 거기서 이런 글

을 읽었다. "사망 전 한 달 안에 평생 의료비 대부분을 쓴다
는데. 저는 그냥 내 집에서 짧게 앓다가 죽고 싶어요." 아이
처럼 변해버린 엄마를 데리고 암 병동을 여기저기 다니면서
각종 검사와 치료에 많은 돈을 쓰고 병원과 집으로 음식 이
하 각종 반찬을 '딜리버리' 하고 환자와 가족들을 '라이드'
하느라 마음고생 몸 고생 한다는 사람의 글에 동병상련으로
달린 글이었다.

사망 전, 한 달 안에 평생 의료비를 쓴다? 뉴스에서 본 적
은 있었다. 놀랍지만 놀랍지 않은 일이다. 죽음이 바로 저 앞
에, 저 멀리 있다 해도 아픈 이상, 병이 난 이상 가만히 손쓰
지 않고 집에만 있을 수 없는 일이므로. 모두 병원으로 달려
가야만 했다. 작은 병원에서 더 큰 병원으로, 일반 병실에서
더 급박한 중환자실로, 가장 일반적인 검사를 받다가 더 정
밀하고 더 비싼 검사를 받으러 옮겨 다녔다. 병원으로 들어
가는 순간부터 검사비, 수술비, 치료비, 간병비, 요양비가 늘
어갔다. 하루하루 치료와 죽음의 날짜를 미루고 늘릴수록
모든 비용이 눈덩이 뭉쳐지듯 쌓이고 커지게 되었다.

그래도 설마 사망 한 달 안에 평생 의료비를? 그럴 수 있
는 일이다. 한 달이 너무 짧다면 기간을 서너 달이든 1년이
든 늘인다고 해도 저 말이 품은 진의는 변하지 않는다. 아무
튼 저 짧은 글에서 한 달이라는 기간보다 '내 집'에서 '짧게'

'앓다'가 '죽고 싶다'에 찍힌 방점을 눈여겨보게 되었다. 평생 쓸 의료비를 한두 달 안에 쏟아붓는다 해도 이미 늙고 아픈 사람이 다시 젊어질 수도, 아프지 않을 수도 없는 일이다. 내 집에서 짧게 앓다 죽고 싶다는 것은 사실 모든 이의 소망일 수밖에 없었다. 돈보다 좋은 죽음을 맞이하는 방식이 간절했다.

엄마가 아프던 2년 정도의 기간, 자식이 그나마 여럿이어서 간병비와 병원비를 나누어 내서 그렇지 온전히 어느 한 사람이 모두 부담해야 했다면 꽤 부담스러웠을 거였다. 친정 엄마 병원비와 수발비가 끝나갈 무렵 그때까지 건강하셨던 시어머니도 어느 날 돌연 편찮아지셨다. 지병이었던 당뇨는 그런대로 관리를 했으나 불시에 생긴 골절이나 서서히 찾아온 치매 증상은 손 쓸 도리가 없었다. 그토록 영민하고 털 끝 하나도 곤추세우지 않으면 눕지 않을 것 같은 시어머니의 와병은 불시에 찾아와 급격히 진행되었다. 시어머니도 섬망을 겪으셨다. 큰아들 내외가 늙고 아파서 살던 집에서 모실 수 없었기에 만장일치로 요양원을 선택했던 우리 집과 달리 시어머니는 집을 절대 떠나지 않는 걸로 결정했다. 이미 같이 살던 큰아들 집이자 시어머니 자신의 집으로 요양사와 간병인을 부르기로 했다. 시어머니도 절대 요양원에 가기를 원치 않았다. 성정이 워낙 남과 잘 섞이는 분이 아니었고 걸레가 눈부실 만큼 깔끔한 분이었다. 요양원 입소에 대해 큰아들 내외도 절대 어머니를 '버릴 수 없다'는 의식이 강했고 시어머니 또한 거기 가는 것은 '자식에게 버림을 받는다'고 여겼다.

아직 세상 많은 사람들이 요양원에 가는 것을 버림받거나 버리는 걸로 생각하는 것 같았다. 다행히 시가는 집이 넓고 커서 1층 전체를 시어머니가 쓸 수 있었고 큰아들 내외는 재택근무를 할 수 있었다.

시어머니의 자식은 셋, 아들만 셋이었는데 또 다행히도 모두 의견이 같았다. 병원비는 나눠 내고 일부는 국가에서 주는 노인 요양비로 충당하고 요양사 서비스를 받으며 큰아들 내외가 집안에서 '모시는' 기간이 몇 달 계속되었다. 불행히도 치매 증상은 악화되었고 건강은 더욱 나빠졌다. 아무리 재택근무라 해도, 행여 전업주부로만 산다 해도 24시간 간병은 가족만으로는 무리였다. 주말마다 한 번씩 과일이랑 고기를 사다드리고 점심을 같이 먹는 것으로 둘째 아들로서의 역할과 간병의 몫을 담당하던 아이들 아빠는 어느 날 새롭게 결정된 사항을 알려왔다. 어머니를 요양원을 보내는 것은 아직 누구도 원치 않지만 두 사람이 간병하기는 너무 어려워서 24시간 입주 간병인을 들이기로 했다는 거였다.

비용은 하루에 10만 원. 간병인이 어머니 방에서 같이 먹고 자고 수발을 들기로 했으니 한 달 30일 합계 300만 원이었다. 오로지 간병비만 그럴 뿐 식사는 집에서 준비해야 하니 따로 비용이 들어갔다. 일주일에 하루 간병인 휴가도 주어야 했다. 다행히도 아들 셋이 모두 경제적인 능력이 있었다. 남편은 아들 한 명당 100만 원씩 갹출하기로 했으니 이제 생활비에서 매달 100만 원씩 큰형에게 이체하기로 했다고 내게 말했다.

친정 엄마가 돌아가시자마자 날짜를 맞춘 듯이 시어머니에게 돈 들어갈 시기가 맞아 떨어졌다. 무슨 말을 하겠는가. 순수하게 단 한 분의 간병비만으로 100만 원을 낸다는 것은, 적지 않은 지출이지만 불평 한마디 할 일이 아니었다. 그저 가만히 있는 것만이 피가 섞이지 않은 며느리가 할 수 있는 전부였다. 내가 내 집에서 모실 것도 아니니 돈을 낼 수 없다고 말할 일이 아니었고 아들들이 집에서 모시기로 결정했다는데 내가 나서서 좋은 요양원으로 모시는 게 서로에게 나을 수도 있지 않느냐는 말은, 할 수 없었고 해서도 안 되었다.

내 생의 마침표는
내가 찍으려 해

"귀신은 나 안 잡아가고 뭐 한다니?"

"그냥 딱 죽고 싶어. 늙으면 죽어야지. 오래 살아 뭐하니 자식들 짐만 되지."

무슨 대답을 듣기 원하는지 모르겠지만 쉰 살쯤 되었을 때부터, 엄마는 완전히 늙은 것도 아니면서 이런 이야기를 자주 했다. 그때는 아시기나 했을까. 그 이후로 40년을 더 살고 마지막 떠날 때는 정작 얼마나 오래 고통받았는지. 그냥 딱 죽기가 얼마나 어려웠는지.

당신 자신은 전혀 몰랐다. 마지막 순간까지 거의 두 달, 아니 심근경색으로 쓰러졌다 다시 살아난 후 2년 동안 한 일이 병원 순례뿐이란 걸. 앰뷸런스에, 사설 응급차에 요양원

승합차에 자식들 차에 실려 의식 없이 왔다 갔다 했을 뿐이 란 걸. 죽기가 그렇게 고통스럽고 고통이 그렇게 무의미하 다는 걸. 온몸이 뚫리고 썩어서도 떠날 수 없다는 걸. 주사 바늘 하나도 물 한 모금도 거부할 수 없이, 싫다고 도리질 칠 수도 없이 찔리고 빼고 넣고 가리란 걸 정말 몰랐다.

정신이 들 때마다 잡아 빼는 엄마 손을, 테이프를 뗄 때 살갗까지 묻어나오는데도 붙이고 또 붙였다. 산소 호스도 빼주지 않았고 폐를 소독한다는 약을 탄 하얀 김을 쏘이게 했다. 산소호흡기 안으로 한 시간에 한 번씩 하얀 연기를 집 어넣으면 엄마는 그 와중에도 진저리를 쳤다. 감은 눈 사이 로 진물인지 눈물 같은 것들이 흘러나왔다.

내 몸에, 내 죽음에 아무것도 할 수 없는 사람이 '불필요 하고 불합리한' 고통을 받고 있는데도 하나도 도와줄 수 없 는 자식이 보호자인 나였다. 그 참혹한 두 달 동안 병원을 오가면서 공부를 했다. '엄마처럼, 저렇게, 죽지는 않을 거 야.' 하루가 더 지날수록 내가 늙을 것과 아플 것은 자명하고 죽을 것도 명확하니 뭘 더 꺼리겠는가. 아직 정신이 고만고 만할 때, 아직 그나마 총기가 있을 때 버릴 것은 버리고, 지 울 것은 지우고 도장을 찍을 것은 찍어야 했다. 엄마가 죽는 순간까지 하지 못한 것을 나는 준비하고 싶었다.

제일 먼저 시작한 것은 '사전연명의료의향서'를 쓰는 일이었다. 언제 어느 때 무슨 일로 의식을 잃을지 모르니 미리 준비하는 게 최선이었다. 사전연명의료의향서는 내가 병 또는 사고로 의식을 잃어서 내가 원하는 치료 방법에 대해 스스로 말할 수 없게 되었을 때 가족(가족이 없다면 스스로에게)과 담당 의료진들에게 연명치료 거부의사를 밝힐 수 있는 서류다. 연명치료는 두 가지다. 생명유지 장치를 몸에 다는 것과 인위적인 영양 공급으로 살아가는 것. 생명을 유지하는 장치로는 일단 심폐소생술, 기관지 절개술, 기계 호흡장치가 있다. 이 장치를 몸에 달아서 죽음에 가까이 갔던 이가 숨이 살아나면 영양공급을 한다. 보통 스스로 먹을 수 없으니 코에 튜브를 꽂거나 피부를 뚫어 튜브를 삽입한다. 그리고 적극적으로 혈액 투석을 하거나 항암제를 투여해서 연명치료를 한다. 이러이러한 처치와 조치를 내가 할 것인지 안 할 것인지 미리 결정해두는 것이다.

　환자가 아무리 약도 싫고 병원도 싫고 치료가 싫다고 거부해도 미리 사전연명의료의향서를 써놓지 않았다면, 그래서 가족들이 동의해주지 않는다면 환자는 주사, 호흡기, 영양제를 다 받아들일 수밖에 없다. 보호자나 가족 입장에서는 그 모든 처치가 환자를 안 죽게 하는 일이고 그것이 환자를 돌보는 책임이라고 생각할 테니까. 어쩌면 인간의 도리라고 또는 사랑이라고 믿을 테니까.

환자는 살아 있는 동안, 매일 그 고통을 겪어야만 한다. 배가 부를 만큼 진통제를 수십 알씩 먹고 팔뚝이나 손등이 새파래질 때까지 주사를 맞아야 한다. 목구멍을 뚫고 들어오는 밥물을 위로 집어넣어야 한다. 오줌이 관을 통해 나도 모르게 흘러나오고 똥은 막을 수 없이 터져 나온다. 환자 본인의 고통은 그렇다 하더라도 가족들이 연명치료를 중단하거나 안 받게 하려면 엄청난 죄책감에 빠진다. '내가 지금 저 사람을 죽이는 게 아닐까.' '살 수도 있을 텐데 성급하게 포기하는 것은 아닐까.' 의료진도 그럴 수 있다. 기적이라는 게 있지 않을까. 더 훌륭한 처치를 하면 살지 않을까. 시간이 더 있다면 나아질 수도 있지 않을까.

'나'를 둘러싼 모든 사람들의 죄책감과 책임감을 내 선에서 미리 끊어주고 정리하는 것이 가장 좋은 일일 것이다. 암을 진단받았는데 3, 4기라면? 사고로 머리를 다쳤는데 뇌사라면 몇 달 동안, 며칠 동안 기다리라고 할 수 있을까. 병이나 치료를 해도 이전 상태로 영영 돌아갈 수 없다면? 나를 제외하고 다른 가족들과 의사들이 몰래 상의하고 결정하게 둘 수는 없는 거였다. 요새는 큰 병에 걸리거나 시한부 삶이

판단되면 '시크릿 상담'이라는 것으로 환자는 모르게 하고 의사와 보호자만 정확한 병명을 알 수 있게 한다는데 나는 단연코 '시크릿' 하지 말라고 반대하고 싶다.

공부를 다 마치고 국민건강보험공단에 전화를 걸어 물었다. 내가 사는 곳에서 가장 가까운 공단으로 신분증으로 가지고 가면 곧바로 등록할 수 있었다. 전철로 두 정거장, 중랑천을 따라 30분이면 걸어서 갈 수 있는 곳에 지사가 있었다. 태풍 링링으로 중랑천 변에 우당탕탕 흙탕물이 흘렀다. 그럼직하게 딱 맞게, 사전연명의료의향서 등록하기 좋은 날이었다.

내 앞 차례에 등록한 사람은 몸져누운 시어머니를 13년 동안 돌본 사람이었다. 몸과 마음이 다한 중년의 여자가 푸석푸석 흩어져 내리는 얼굴로 사전연명의료의향서를 등록했다. 의식 없이 쓰러져 누운 시어머니를 병원으로 옮긴 뒤 13년을 산소호흡기 끼운 채 돌봤단다. 세월이 그리 갈 줄은 몰랐다고. 아무 일도 못하고 그저 시어머니 돌보느라 부부 사이 다 부서지고 돈은 돈대로 깨졌단다. 시어머니 발병 후 연명치료만 하면서 환자 본인, 부부, 아이들까지 13년 세월이 갈등과 분노로 흘러갔다. 병든 이에 대한 슬픔은 3년이 채 못 가더라고. "절대! 절대 시어머니처럼 13년을 그렇게 산소호흡기 끼고 누웠다가 죽지 않으려고요."

의료보험관리공단 5층, 사전연명의료의향서 담당자를 만났다. 나이 지긋한 담당자가 내게도《쉽게 이해하는 연명의료결정제도》라고 쓰인 책을 한 권 주었다. 충분한 설명을 들었고 나을 가망이 없을 시, 무의미한 생명 보호 장치를 안할 것, 심폐소생술을 안 할 것 등에 서약했다.

"이거 쓰러 오시는 분들, 다 간접경험이 있는 분이 대부분이에요. 몇 년 씩 누워 죽은 듯 산 듯 있는 이들을 케어해본 사람들이 장례 치른 후 등록하러 찾아오는 거죠!"

나는 이제, 아이들의 동의 없이도, 불합리하고 무의미한 생명연장치료 없이, 여섯 가지 장치와 처리를 받지 않고 잘 죽을 수 있게 되었다. 등록증 카드가 나오면 신분증과 카드 사이에 목에 걸고 다닐 것이다. 가족 방에 올렸더니 딸 둘이 기분이 이상하다고, 유서를 보는 느낌이라고 했다. 곧 장기기증도 서약하겠다고 했더니 잠깐만, 조금만 더 기다려달라고도 했다. 아직 엄마의 죽음을 그렇게까지 받아들일 준비는 안 되었다며. 조금만 더 시간을 두고 떠날 준비를 하라고 너무 서둘지는 말라고 했다. 등록증이 나오기 전 3개월 동안 기다렸다는 듯이 온몸 구석구석이 아프기 시작했다. 알 수 없는 증상이 우툴두툴 일어났다. CT 촬영을 해보고 갑상선 암센터와 이비인후과와 치과를 순례했다. 임플란트를 심고

어지러워 쓰러지기도 했고 목에 신분증을 넣은 카드지갑을 걸고 다니기 시작했다. 어쩌면 이런 준비들이 그리 서두르는 것이 아닐지도 몰랐다.

불문곡직,
장례식에 아무도 부르지 마라

　이렇게 조용하고 간소한 '가정 장례식'을 우리 가족이 치를 줄은 몰랐다. 시어머니가 돌아가신 뒤 치른 장례 방식은 본 적도 들은 적도 없다. 다 지내고 나서야 소위 작은 장례식, '2일 장례'라고 할 수 있다는 것을 알았다. '생전 장례식'에 대한 이야기도 듣고 시신을 정원에 두어 그야말로 거름이 되어 나무를 자라게 하는 '거름 자연 장례'까지는 생각해 봤어도 이렇게 빨리 세상에서 가장 간결한 장례식을 경험하게 될 줄은 꿈에도 몰랐다. 하필이면 일요일 저녁, 당신의 아들과 나, 딸들과 함께 영화 〈82년생 김지영〉을 본 다음 날이었다. 영화 속 주인공 지영 씨의 시어머니 이야기를 본 뒤 나는 말했다. "지영인 내가 겪은 것보다는 약과야. 난 명절에 시가에 다녀오면 거의 매번 혈변을 봤어. 근 10년 동안. 당신 어머니는 내가 아들을 낳지 않았다고 '네 사주에는 자식이 없다더라'며 내 금쪽같은 딸들을 아들 손자와 차별하시기도 했어. 난 시어머니에게 맺힌 게 정말 많아." 그랬다. 일요일 내내 아주 편찮으신 시어머니를 생각했다. 하필이면 딱 그다음 날 돌아가실 거라고는 꿈에도 몰랐다. 월요일 오후, 퇴근한 애들 아빠가 들어서자마자 울음을 터뜨렸다. 큰형에게 어머니가 위급한 것 같다는 전화를 받았다고 했다.

남편은 임종을 준비해야 할 것 같다며 서둘러 시가로 달려갔다. 도착하자마자 어머니가 이미 임종하셨다고 알려왔다. 엄마가 돌아가신 지 10개월이 된 시점이었다. 아들들은 어머니가 돌아가셨다는 것을 가족이 아닌 누구에게도 알리지 않았다. 몇 개월 전부터 어머니가 아직 의식이 있었을 때 결정한 일이라고 했다. '장례식을 치르지 않을 것이다' '누구도 부르지 않을 것이다' '괜찮다면 집에서 죽고 난 후 바로 화장해주길 바란다'고 유언을 남기셨다고 했다. 나는 남편에게 그래도 아들이 셋이나 되는데 어떻게 빈소도 차리지 않느냐고 물었다. 그러나 맏아들과 큰며느리는 단호히 유지를 받들기로 결정했다. 애초엔 빈소조차 빌리지 않고 1일장을 하려고 했으나 삼형제는 그날, 장례식장을 수속했다. 돌아가신 어머니를 집 침대에 모실 수는 없었기 때문이었다.

돌아가신 지 24시간이 지나지 않으면 화장을 할 수 없었다. 그날 당장 빈소를 예약하지는 못하고 고인을 영안실에 모셔두고 모두 집으로 돌아갔다.

조문객을 받지 않았다. 조화도 조기도 물론 받지 않았다. 둘째 며느리인 내 친정 식구들과 큰며느리 친정 식구들에게도 알리지 말라고 했다. 다음 날 아침, 딸들을 데리고 장례식장으로 갔다. 큰형 가족 네 명, 둘째 아들 가족 네 명, 결혼하지 않고 자녀도 낳지 않은 막내아들까지 커다란 빈소에 아홉 명이 소리 없이 앉아 있었다. 빈소를 빌린 이상 형식적인 것은 준비되어 딸려왔지만 영정 사진 앞에 으레 차리는 제사상도 없었다. 향과 초만 놓인 빈소는 고요하기 그지없었다. 세 아들의 직장 사람과 사돈 식구들만 와도 붐빌 빈소에 그렇게 단 아홉 명만. 엄마의 장례식 때와는 사뭇 달랐다.

입관식에 아홉 명이 들어갔다. 평소의 모습처럼 전혀 흐트러지지 않은 깔끔한 시어머니를 뵈었다. 입관 후에도 메를 올리고 향을 올리고 두 번 절하는 제사도 전혀 하지 않았다. 시어머님의 유언이자 소망은 큰아들의 단호한 결정에 따라 그대로 지켜졌다. 장례식장 도우미 아주머니는 장례식을 주재하는 상조 회사에서 어쩔 수 없이 부른 모양이었다. 그 분은 두 명도 아닌 혼자서 일하는 것도 처음이고 이런 장

레식은 처음 보는 듯 당황한 얼굴로 가족들의 밥을 차려주었다. 할 일이 아주 없어, 정말 심심한 얼굴로 부엌에 앉아 있다가 쪽문을 열고 밖을 바라보며 연신 하품을 베어 물었다. 천애고아가 죽은 장례식처럼 단출한 빈소 모습을 망연히 쳐다보았다. 그날 저녁을 먹은 후 아주머니에게 바로 퇴근하시라고 했다.

시어머니는 평생 살던 분당 복층 아파트 큰아들 집 아래층에서 10개월을 앓으시다 침대에 누워 서서히 돌아가셨다. 병원에는 치매 판정을 받으러 한 번, 다리가 부러지셔서 한 번 수술하러 가셨다. 그 후 임종하시기까지 한 번도 가지 않았다. 시어머니의 간병과 요양은 전적으로 큰 집에서 맡아서 우리는, 나는 더더욱 할 일이 없었다. 24시간 상주하는 입주 간병 도우미를 들였다. 그분도 할머니였으나 유난히 낯선 이를 가리는 시어머니가 꺼리지 않아서 임종의 순간까지 함께했다. 요양사는 시어머니와 같이 자고 먹고 살았다. 간병비, 소소한 비용, 식비 등을 합해 500만 원 정도의 돈을 세 아들이 나눠 냈다. 요양원도 절대 안 가고 병원도 가지 않겠다, 내 집에서 죽겠다, 얼굴도 모르는 사람들이 내 사진에 절하는 걸 원치 않는다, 이름도 모르는 이가 와서 웃는 것도 우는 것도 절대 싫으니 아무도 부르지 말라고 누누이 말씀하셨다. 마지막 일주일은, 내 엄마처럼 아무것도 못 드시고 마지막에만 경련하시다가 서서히 모든 생명 징후가 사라졌다고 했다. 너무나 조용하게 모든 것이 멈추어서 사망 시간을 정확히 알지 못했다. 집에서 돌아가시면 119 대원이 오고 경찰이 와서 사망자를 확인하고 과학수사대가 찾아온다는 것을 그때 알았다. 경찰과 수사 대원이 어떤 원인으로 사망했는지 수사를 한다는 것, 병원에서 끊어주는 사망진단서 대신 시체검안서를 끊어준다는 것도.

내 친정 식구들에게는 어쩔 수 없이 부고를 알렸다. 식구들이 엄마 돌아가실 즈음 지극정성 돌보고 나 대신 발인하고 화장장에 있어준 애들 아빠에게 워낙 고마워하던 터였다. 다들 조문을 오겠다고 막무가내였다. 인간의 도리, 가족의 도리를 하겠다며 '가족이 상을 당했는데 그런 법'은 없다고 장례식장을 알려달라는 언니와 형부들에게 제발 오지 말라고 부탁하는 일은, 생각보다 어려웠다. 유언이라고, 유지를 받들어달라고, 각자가 생각하는 인간의 도리는 안 해도 된다고 부탁과 읍소를 한 후에야 조문 오는 것을 간신히 막을 수 있었다.

그토록 조용한 발인 전 빈소에서조차 큰아들 가족은 집이 가까우니 밤을 새우지 않겠다며 돌아갔다. 큰 빈소에 딱 우리 네 식구와 시동생만 있노라니, 여기가 펜션인지 빈소인지 헷갈릴 정도였다.

만산홍엽, 양력 11월 5일, 음력 10월 9일. 초승달이 반달로 바뀌는 것을 옥상에서 바라봤다. 별들은 쏟아지고 달이 넘어가는 옥상에 서 있는데 한때 내 친엄마보다 다정했던 시어머니는 지하 안치실 냉동실에 입관해 계셨다.

젊은 시절, 그토록 똑똑하고 예쁘고 깔끔하던 한 여자, 아들 셋을 낳았으나 부조리한 시대의 관습 탓에 아들 셋 다 자기 아들로 호적에 올리지 못했던 안쓰러운 분, 문학을 사랑해서 내가 글 쓴다며 좋아하시고 내가 읽는 모든 책을 같이 읽으셨던 사람, 생일 선물로 《토지》 전집을, 《태백산맥》을, 《아리랑》을 해달라고 정해주셨던 분, 통영에서 여고를 다니신 곱고 잘생긴 분, 박경리 시집 《버리고 갈 것만 남아서 참 홀가분하다》를 다 읽고 사랑하셨던 분, 아들의 애인이었던 나의 4학년 등록금을 다 내주시고 몰래 용돈을 주시고 졸업 선물로 값비싼 코트와 정장 일습을 다 사주시고 결혼한 후 4, 5년 동안 한 번도 빠짐없이 새 며느리 먹으라고 매달 고기를 몇 근씩 사 보내신 분, 술을 잘 마시니 아들과 집에서 마시라고 맥주 한 박스와 매취순 한 박스를 몇 년 동안 보내시던 분, 그러나 어쩔 수 없이 자기 아들이 더 예쁜 사람이어서 나를 조금씩 서글프게 만드셨던 분, 아들과 손녀딸을 두고 외국에 나가버린 나를 탐탁해하지 않고 어쩌면 미워했을 사람, 내 엄마보다 다정하셨으나 자꾸만 울게 만들었던 그 시어머니가 그렇게 떠났다.

아들 셋의 가족과 이복 누이 한 분과 그의 아들까지 열한 명이 새벽 6시 반에 발인하고 화장을 시작했다. 한 시간 40분 후 재가 되신 어머니를 유골함에 모셨다. 늦가을 단풍산에 금빛 햇살이 비추는 9시에, 단출한 유가족들은 장례식장 주차장에서 각자의 차를 타고 헤어졌다.

유골함은 30년, 아니 82년 동안 같이 한집에 산 큰아들 내외가 살던 집으로 모셔갔다.

사람이 죽고 그 몸을 저승으로 보내는 일이 이젠 너무 자주여서 낯설 것도 없는데, 시어머니 장례는 유난히도 비현실적이었다. 가없이 조용해서 장례의 모든 과정이 음소거한 다큐 영화 같았다. 향년 82세. 화장할 때, 가족이 화장되는 것을 보는 것은 처음이어서 먹먹하게 가슴이 아팠다. 불길로 들어가는 관을 보면서 부디 잘 가시라고, 평안하시라고 인사를 하면서 뒤늦게 용서를 구했다. 돌아보면 진정 아껴주신 날도 많았는데 내 설움에 젖어 얼굴을 돌렸던 날이 많아 죄송하다고. 그리고 딸 둘을 낳아 기른 우리는 모두 고아가 되었다.

5부

**엄마 없이,
인생찬가**

엄마 올 때까지
기다릴 거야

    짱구가 운다. 1년 전인가, 2년 전쯤 되었나. 기억이 잘 나지 않지만 어느 날부터 가족 단톡방에 짱구 짤방('잘림 방지'라는 뜻의, 사람들의 이목을 집중시키기 위해 인터넷상에 올리는 재미있는 사진이나 그림, 동영상 따위를 이르는 말)이 뜨기 시작했다. 내가 어디를 간다고 말하지 않고 나갔을 때. 어디를 간다고 말했는데 제 시간에 돌아오지 않을 때. 무던이나 미륵이가 집에 들어왔는데 있을 거라 믿었던 내가 안 보일 때.

    다른 말 없이 꼭 두 장의 짤방이 이어서 왔다. 먼저 첫 번째 것은 소리소리 지르는 소년, 그 아이 짱구가 짙은 눈썹을 치켜 올리고 목젖이 보이도록 떼를 쓰는 그림이다. 아래에는 "엄마 어디 있어?"라고 쓰여 있다. 장소는 현관 앞이다.

짱구는 방금 들어와 빈 집이라는 것을 깨달은 모양새다. 말썽꾸러기 미운 일고여덟 살 남자애의 생떼가 눈앞에서 보이는 것 같은 그림이다. 처음엔 보자마자 웃음이 터졌다. 저렇게 꼴 보기 싫은 떼쟁이 소년의 짤방을 서른 살이 다 되어가는 딸이 쉰 살이 넘은 엄마한테 보내는 게 아주 경쾌하고 재미있었다. 짱구보다 딸내미가 귀엽단 생각까지 들었다. 다음 짤방은 "올 때까지 여기서 기다릴 거야"라고 쓰여 있었다.

현관 앞에 앉아 엎드린 짱구가 제 무릎을 싸안고 떼를 쓰듯 짜증을 내고 있다. 검은 머리 뒤통수, 빨간 셔츠, 노란 바지의 짱구가 문을 닫고 현관에서 보란 듯이 시위하고 있다. 보는 이도 없는데. 그래. '엄마 없는 집에 들어가지 않을 거야.' '그냥 여기서 기다릴 거야.' 한껏 삐뚤어지겠다는 아이의 의지가 충만해 보인다. 그러나 믿을 구석이 있는, 어리광을 부리면 누군가 받아줄 이가 있어 뒷배가 든든한 그런 소년의 마음이 드러나 있다.

딸들이, 이 짤방을 보내올 때마다 귀여우면서도, 예쁘면서도, 이상하게 그 어리광이 좋았다. "어어. 곧 들어간다. 어어. 술 마시고 있으니까 거기서 계속 기다려. 엄마가 어디 있는지 다신 묻지 마라." 하트 이모티콘을 보내고 주먹 쥐고 협박하는 이모티콘으로 답장을 보냈다.

소년 짱구와 젊은 짱구 엄마처럼. 매번 재미있고 웃겨서 단박에 행복하게 해주던 이 짤방 두 컷은 엄마가 돌아가시고 난 후부터는 완전 다르게 보였다. 나는 내가 지금 어디 있는지, 언제 집으로 돌아갈 것인지 말하기보다 순간 어어어 하게 되었다.

내 딸들이 짱구처럼 "엄마 어디 있어?" 응석을 부리며 묻는 걸 나도 자꾸 묻게 된다. 하늘에 대고 이제 죽었으니, 이제 돌아가셨으니 '아, 아, 엄마 어디 있어?' 엄마를 부르는 마음이 된다. 어디 있나? 엄마는. 정말로, 정말로 어디 있는지 궁금해진다. 극락에 있는지, 천국에 있는지, 저승의 어두운 계곡에 있는지 전혀 모르니 올 때까지 떼를 쓰며 기다릴 수도 없다.

내가 죽으면 내 딸들도 저 짤방을 쓰면서 울게 될지도 모르겠다. 술 마신다며 빙글빙글 흔들리며 앉아 있지도 않을 테고 금방 집 앞으로 갈 수도 없을 테니. 딸들이 내가 어디 있는지 도무지 모르게 될 때, 닫힌 현관문 앞에서 무릎에 얼굴을 묻고 짱구처럼 철철철 울지도 모르겠다. 그 생각을 하면 지금 내 마음이 아픈 것보다 더 서러워져서 덜컹, 가슴이 떨어진다.

어딜 가,
국수 먹고 가야지

"아, 멸치국물 냄새. 정말 이 냄새는 마약으로 정해야 돼."

식당 하나, 화장품 가게 하나, 슈퍼마켓 하나, 옷 가게 하나, 나지막이 늘어서 있는 골목길에서 나이 든 여자 한 명이 좀 덜 나이 든 여자와 함께 코를 막 벌름거리며 국수 가게로 빨려 들어간다. 피할 수 없는 냄새와 기쁨. 마약이란 그런 것일 테지. 저항할 수 없는, 보고는 지나칠 수 없는. 중독자라면 저절로 발이 가고 손이 가는.

드라마 〈눈이 부시게〉를 보았다. 치매 걸린 할머니가 숙녀인 시절로 돌아간 눈이 부신 젊은 시절 이야기다. 이정은 배우가 국수를 먹고 있었다. 극중 인물이 치매에 걸려 자기가 누군지도 모른다는 사실보다 그냥 그녀들이 먹고 있는 하얀 국수가 슬퍼서 맨눈으로 볼 수가 없다.

마약 같은 멸치국수 냄새. 그 길고 희미한 국수 가닥의 냄새가 내 코로 들어오고 있는 것만 같다. 엄마가 섬망일 때, 폐렴기로 실려 간 응급실에서 넋이 나간 얼굴로 나를 보고는, "가지 마, 어딜 가, 국수 먹고 가야지, 지금 국수 끓이잖아" 했던 기억. 아흔 살 노인의 절규 같은 목소리가 새벽 으스스한 응급실에 울려 퍼졌는데.

어린 날, 국수 가게에 가서 가늘게 널린 하얀 국수발 사이를 뚫고 들어가 잘 마른 국수 다발을 샀던 기억이 났다. 엄마의 심부름이었을 것이다. 난 국수 공장을 잘 알고 있었다. 그 집 마당에선 밀가루 끓는 냄새가 났다. 마당 한쪽에는 온통 하얀 국수 다발이 널려져 있었다. 한쪽에는 흰 종이로 둥그렇게 말아놓은 국수 다발이 있고, 또 한쪽에는 줄줄이 뽑어져 나오는 국수 기계가 있었다. 우리는 먹을 게 드물었던 그 시절, 잘 마른 국수 다발을 한 가닥씩 들고 과자처럼 톡톡 잘라 먹기도 했다.

라면이 막 출시되어 귀하고 특별한 음식이던 시절이었다. 국수를 사 가지고 오면 석유곤로에 불을 붙였다. 밥도, 두부도, 국도 다 무쇠솥에 해먹던 그때 왜 라면만큼은 석유곤로 심지에 불을 붙여 끓여 먹었는지 아직도 모르겠다. 라면만으론 식구들 입이 많아 라면을 부숴 넣고 국수 다발을 섞어 넣어 양을 불려 먹었다. 꼬불꼬불하고 노란 라면 발에 섞여 있던 하얗고 긴 국수 가락들. 자식들은 노란 라면 발을 서둘러 건져 먹고 엄마는 하얀 국수를 건져 먹었다.

엄마는 돌아가시기 전에 멸치국수를 드시고 싶었던 거였을까. 집중 치료실에서는 라면 이야기를 하면서 울기도 했었는데, 뜨거운 라면을 드시고 싶었던 걸까. 그예 그걸 한 그릇을 못 잡숫고 가셨다. 엄마가 남긴 상자에서 엄마의 수면 바지와 요양원에서 나눠준 줄무늬 티셔츠를 입고 드라마를 보고 있다. 그런데 지금 눈앞이 뿌예져서 앉은 지금, 전혀 눈이 부시지 않다. 눈은 그저 시고 뻑뻑하다.

냉이 속에
숨겨둔 신사임당

　살아생전 엄마가 마지막으로 주신 용돈은 냉이 무더기 속에 들어 있었다. 나이가 이만큼이나 들었을 때도 어쩌다 집에 가면 엄마는 그렇게 돈을 주고 싶어 했다. 다른 게 아니라 꼭 돈. 그것은 버릇이었다. 친척들이 주고 간 용돈을 그렇게나 알뜰살뜰 모아두었다.

　짐작컨대 엄마의 머릿속은 평생 그 돈의 양을 헤아리는데 사용되었을 것이다. 작은 집 동서가 준 돈 얼마, 사촌 조카가 놓고 간 돈 얼마, 어머 웬일이라니, 고모 아들이 준 거얼마. 우체국에 가서 젊은 사원 괴롭히면서 푼돈을 저금해놓고 100번이고 천 번이고 거기 맡긴 액수를 헤아렸다. 신협에서 일하는 초등학교 내 동창은 거의 지점장급이었는데 엄마는 거기도 찾아가서 일없이 맡겨 놓은 돈의 총액을 묻고 또 묻고 확인했다.

우체국이나 신협, 농협에 맡긴 돈이라 해봤자 큰돈이 아니었으나 엄마의 머릿속은 복잡했을 것이다. 여기에 100만 원, 저기에 200만 원… 그리고 현금으로 '여투어 둔' 돈은 서랍에, 옷 속에, 잠바 속에 몫몫이 나누어 보관했다. 5만 원, 10만 원, 3만 원씩.

잘 헤아려두고 기억해둬야 손자가 올 때, 딸이 올 때, 아들이 올 때, 정확하게 줘야 할 곳으로 줄 수 있었으니까, 엄마의 세상에서 돈 갈무리는 가장 중요한 일이었다. 문 닫고 들어가 뭐하시나 들어가 보면 엄마는 그렇게나 세상 다시없을 골똘한 표정으로 여기저기서 돈들을 끌어 모아 분배가 한창이었다. 바닥에 늘어놓은 돈을 만지는 엄마의 뒷모습은 게임에 몰두한 소년의 뒷모습처럼 몰두 그 자체로 뜨거워져 있었다.

한때 한 사람의 '뇌 속 생각 분포도'가 유행할 때 나는 우리 엄마의 머릿속을 그려보면 90퍼센트가 돈을 어디에 얼마 됐나 생각하는 걸로 그려질 것 같다고 생각했다.

그렇다 해도 그 돈을 받아온 적은 거의 없었다. 받아봤자 서로 주고받는 현금 바꾸기가 되어버렸으니까. 많이는 못

드려도 봉투에 담아간 용돈을 책상에 놓고 나오면 엄마가
다시 갈래갈래 나눠서 돌려주었으니까.

엄마의 생일날, 좀 절룩일망정 아직 걸음을 잘 걸으셨을
때 고향 집에서의 정월대보름이었다. 음력 정월이라 양력으
로 2월 말이나 3월이 되는 생일날엔 겨울이 길고 추워 냉이
를 캘 수 없었다. 양지쪽 밭 가장자리에는 냉이가 돋아 있다
해도 땅이 얼어서 캐내기가 힘들었다. 겨울이어도 일찍 날
이 풀린 날에는 밭두둑에 한 해 쉬는 땅에 냉이가 제법 많았
다. 호미를 들이밀면 언 땅 반 풀린 땅 반 속에서 연보랏빛
냉이가 향을 품고 올라왔다. 퍼렇고도 보라의 기미를 띤 겨
울 냉이의 냄새, 언 땅의 냄새.
정신없이 캐다 보면 다듬을 새가 없었다. 어느 해는 그렇
게 욕심껏 캐온 냉이 보따리를 풀어놓고 집에서 다듬는데
좀 지겨울 정도로 많아서 욕심 부린 걸 후회한 적도 있었다.
엄마는 그것을 아셨을까.

엄마는 나처럼 작고 엷은 냉이는 캐지도 않고 무릎걸음
으로 밭고랑을 다니면서 굵고 실한 냉이만 캐어내 하나하나
다듬어서 봉지에 넣었다. 그냥 가지고 가서 다듬으려면 시
들어서 번거롭다는 이유로. 흙을 털고 바랜 이파리를 떼어

낸 정갈한 냉이봉지는 엄마 것이었고 되나마나 막 담아 넣
은 건 내 것이었다.

저녁밥을 먹고 식구들과 "기분이다, 좋구나" 백화수복을
나눠 마시며 다 큰 내 딸들이 외삼촌이랑 둘러 앉아 담가놓
은 인삼주까지 권하고 마시던 시간. 별난 것은 없어도 속마
음이 어떻다 해도 그저 둘러앉아 '밥상으로 환대하던' 시간
에 엄마는 방에서 무엇을 하고 계셨을까. 내가 부어드린 따
스한 정종을 한 잔 드시고 들어가 또 용돈을 헤아리고 계셨
을까. 콩이라도 주려고 콩을 고르고 계셨을까.

차 트렁크 안에는 벌써 그런저런 농작물이 가득했다. 콩
들, 기름들, 집 간장, 고춧가루, 참깨, 싹이 막 나려는 고구마
같은 것들. 신문지에 싼 움파, 비닐하우스에서 자란 쪽파, 갓
나온 겨울 시금치, 신문지에 싼 냉이 그런 것들. 생신이라고
잔뜩 해놓은 떡들. 그대로 싣고 돌아왔다. 냉이는 된장으로
무치고 시금치는 무쳐 김밥도 하고 쪽파는 파강회로, 완연
한 봄 음식을 먹으리라, 기꺼운 마음으로 냉장고에, 베란다
에 가져온 것들을 갈무리해두었다. '신문지에 쌌어도 오랫
동안 두지는 말라 했지.' '씻어서 데쳐서 얼른 먹거나 안 되
면 냉동실에 넣으랬지….' '물기를 꼭 짜지 말고 삶은 물과

넣어두렸지.' 엄마 말을 떠올리며 냉이를 싼 신문지를 펼쳤다. 농민신문 몇 장으로 꽉꽉 싼 냉이를 끓는 물에 데치려고 쏟아 부으려는 순간, 누런 돈이 보였다. 냉이 크기로 네 번 접힌, 신사임당이 그려진 지폐. 그 사이에 냉이 이파리가 누래져서 잘 보지 않았으면 몰라봤을 5만 원짜리 지폐 두 장이 냉이 속에 웅크려 있었다. 하마터면 끓는 물에 소금 넣고 냉이 데치면서 신사임당 얼굴까지 데칠 뻔했다. 축축하고 흙먼지가 묻은 지폐를 털자 냉이향이 슬쩍 끼쳐왔다. 물이 펄펄 끓고 있었다.

몇 푼 쥐어주려고 하면 펄쩍 뛰며 구박하고 짜증내는 내 얼굴 때문에. 기름 값 하라고 주면 "차라리 몇백 만 원 주시든지!" 하고 소리 지르는 나 때문에. 그래도 주고 싶은 미안함 때문에 냉이를 다듬어 싸면서 이 돈을 끼워 넣으셨구나. 부적을 받아온 것처럼 살살 펴서 긴 수첩 비닐 사이에 돈을 넣었다. 행운의 2달러짜리 지폐 옆에 비상금 아니 진짜 부적처럼.

엄마가 준 용돈이라면 그렇게 먹먹할 만큼 지긋지긋했다. 궁상도, 궁상도, 궁극의 궁상이었다. 겨울 냉이에 숨겨서 몰래 준 용돈의 액수라니.

마지막 용돈이었다. 냉이가 저도 몰래 품었던 그 10만 원이. 엄마는 신협에 맡긴 돈도, 농협이랑 우체국에 맡긴 돈도 찾으러 가지 못했다. 그나저나 저 용돈 10만 원은, 오랫동안 못 쓰고 수첩에 끼워두었는데 이제는 없다.

도대체 저 부적처럼 모셔뒀던 노란 돈 10만 원을 어디에 썼을까.

엄마가 살던
마지막 집

5월이 갔다. 49재 때 엄마네 집에서 새언니가 준 마지막 시래기무청을 냉동실에서 꺼내서 오래 불렸다. 먼지처럼 바스락거리는 시래기가 물에서 가닥가닥 힘을 풀었다. 삶고 불리고 껍질 벗겨서 잎사귀 한 조각도 버리지 않고 볶아 먹었다. 6월이 오고 가을도 올 것이다.

이제 가을 무청시래기도 봄날 상추도 겨울 시금치도 직접 털어 검불 몇 개 섞여 있는 참깨도 가져와 먹을 일이 없어질 것이다. 엄마마저 떠났으니 이미 나이 들고 아픈 큰오빠도 새언니도 농사를 못 짓겠다고 했다. 그나마 엄마가 살아 요양원에 있을 때는 그래도 엄마의 고향 집이니까 갔었지만, 막상 돌아가시고 나니 오래전부터 엄마가 없었던 그 집에 못 가겠다. 내 발길이 안 내켜 안 가는 거지만 어쩌면 그분들도 원하지 않을 것이다. 언니 오빠도 엄마 아버지 돌아가신 그 시간을 애도 삼아 아주 쓸쓸한 날들이 필요할 수도 있을 것이다. 엄마 나무는 잘 뿌리내렸을까. 아버지와 섞였으니 벌써, 벌써 나무 아래 깊이 땅속으로 들어갔을 테지.

엄마가 생애 마지막 10여 개월을 보낸 요양원의 가족 밴드는 아직 탈퇴하지 않았다. 아니 원장님에게 나를, 우리 가족을 바로 축출해버리지 말라고 부탁했다. 그는 선선히 들어주었다. 살아계실 때처럼 알림이 뜰 때마다 들어가보지는 않았다. 이제 엄마 사진이 뜰 리는 없으니까. 할머니들 속에 엄마가 없어진 지 오래되었다. 당연히도 엄마는 거기서 새를 접지 않고 단체로 머리를 깎는 미용 사진에 앉아 있지 않고 팔을 들어 체조도 하지 않는다.

그래도, 싶어 가끔 들어가보면 엄마 있을 때 계시던 분들이 아직 사진 속에 살아계신다. 엄마 떠난 빈자리에 새 할머니가 입소하셨는가, 얼굴도 이름도 모르는 할머니가 보인다. 한눈에도 엄마 옆에서 나란히 앉아 계시던 할머니들 중 몇 분의 얼굴은 그 사이에 벌써 확 까불어지듯이 야위어 있다. 할머니들은 시간을 하루하루 얼굴에 몸에 정직하게 새기고 있다.

나는 아직 저 요양원이, 고향 집보다 왠지 더 엄마 집 같다. 매일매일 사진을 봐서일까. 살아 계시던 마지막 장소여서일까. 우습게도 몇 달 머문 그 집에서 아주 오래 엄마가 살았던 것만 같아 친정에 간다고 나선다면 나는 정신을 못 차리고 그 요양원으로 갈 것만 같다.

그새 안 본 사진이 100장 넘게 떠 있다. '이러다 나가라고 할지 몰라' 오랜만에 자리 잡고 앉아 밴드에 들어가 하나하나 사진을 넘겨보았다.

엄마와 똑같이 요양원 단체 티셔츠를 입으신 할머니를 보고, 순간 엄마인 줄 알았다. 짧게 자른 흰머리, 마른 어깨, 줄무늬 셔츠. 모든 할머니가 똑같이 엄마와 닮았다. 엄마 닮은 할머니들이 공작 시간이라 뭔가를 만들고 계신 사진과 복주머니를 하나씩 들고 웃고 있는 할머니들 얼굴 아래 '우리 엄마' '우리 할머니' 댓글이 달려 있다.

5월이 다 갔다. 휴일이어도 이젠 엄마 보러 갈 데가 없어 나는 평화 기차를 타고 도라산에 갔고 DMZ에 사는 꽃사슴이랑 모 심은 논가에 흐르는 임진강을 보고 왔다. 그러게, 봄이었구나. 5월은 모내기 하는 철이라는 것을 멀리 가서야 알았다. 엄마는 그 옛날 모내기를 해놓고 모가 뿌리를 내리고 물속에서 꼿꼿이 설 때, 힘을 주고 머리가 당당할 때 흐뭇해서 크게 웃었다. 아무튼. 사진을 뒤로, 뒤로 돌려 어버이날 사진도 봤다. 어버이날이라 찾아온 어느 가족이 둘러 앉아 있고 할머니들은 단체로 모두 가슴에 꽃을 달고 있다.

명실상부한 고아가 되어 맞이한 첫 어버이날, 나를 엄마라 부르는 애들에게 나는 어떤 엄마가 되어 죽을까, 어떤 엄마로 늙어갈까, 부쩍 생각이 많아졌다.

행여 더 이상 밴드로 묶이지 않는다 해도 저 밴드가 사라지지 않는 한, 사진 속 '봉예 어머니'는 오래 웃고, 그림 그리고, 노래하고 체조하며 오래 남아 있을 것이다.

맨 처음으로 돌아가 엄마 뒤통수 머리카락 한 자락이라도 들어 있는 사진을 하나하나 저장했다. 엄마가 살던 마지막 집의 풍경을. 그리고 사진첩에 폴더를 하나 만들었다. '봉황새의 마지막 날들'이라고.

단톡방
'김봉예의 자식들'

아무튼 3월의 봄날, 한 가족의 막내딸인 내가 오래 다른 나라에 있다가 돌아왔을 때 엄마는 요양병원에 계셨다. 종합병원에서 옮겨온 지 한 달 정도 된 시점이었다. 워낙 팽팽 돌아갈 정도로 엄마의 용태가 바뀌어서 병원 방문 순번 정하고 급박한 용태를 공유하기 위해 가족 단톡방을 만들었다. 초대하고 만드는 방법을 몰라 무던이가 도와주었다. 여섯 명 자식 이름이 죽 뜨는 걸 보더니 아이가 단톡방 이름을 만들라고 했다. 다정함 한 방울 없이 '김봉예의 자식들'이라고 붙였다. 피로 묶였으나 어쩌면 지긋지긋한 여섯 명, 한 배에서 나온.

단톡방이, 처음엔 응급실 같았다. '빨리 와라' '언제 갔느냐' '돈 부쳐라' '얼마 내라' '엄마 넘어간다…'. 긴박하고 정신이 하나도 없었다. 여섯 명이 중구난방 떠들 때는 불난 집처럼 와글거렸다. 엄마의 위급 상황이 조금 잦아들면 참았던 악다구니에 책임 전가가 탁탁 튀겼다. 남 탓이 종횡무진 오갔고 글자 몇 개에 거의 싸움판이 벌어졌다. 어감이 전해지는 전화만큼이나 시끄럽고 치열했다. 50년, 70년 쌓인 할 말들이 다 터져 나오는 것 같았다.

수많은 말들이 오갈 때도 숨을 죽이던 여섯 자식 중 하나는 이 소란과 수다가 싫은지 막 탈퇴를 했다. "○○님이 방을 나갔습니다"라는 글이 한 줄 뜨면 가슴이 두근두근했다. 무슨 말 때문일까, 어디에서 맘이 상했나 걱정하다 보면 그 순간에 방을 나간 자식의 평소 태도와 행태를 집중적으로 흉보기 시작했다. 원래 걔가 무정했다느니, 언젠가부터 무심했다느니 할 말을 다 해놓다가 기어이 누군가가 나간 가족 한 사람을 강제로 초대했다. 탈퇴를 시도하고 나갔다가 무력하게 끌려 들어온 식구는 언제든 기회를 봐서 자꾸 방 탈출을 시도했으나 어김없이 잡혀왔다. 초대란 말이, 방을 나갔다는 말이 웃기고도 서글펐다. 절대 방을 나가지 말라는 엄명도 떨어졌다. 말하기 싫으면 보기라도 하라는 소리 없는 아우성이었다. 가족이란 것이 원하지 않아도 엮여 있는 것처럼 가족 단톡방의 운명도 그러했다. '가만히 여기 있어라, 넌 가족이잖아' 서슬 퍼런 피의 흐름이 느껴졌다. 기억에서도 사라진 어느 날을 떠올려 네가 잘했니 잘못했니, 공과 사와 마음 씀씀이를 파헤치는 날이면 난리 굿판이 따로 없었다. 나가지 않고 이 자리를 지켜야 고통 분담을 할 수 있지 않느냐는 강제적인 규칙을 어기고 이제 나가는 이가 거의 없어질 무렵.

기어이 피를 나누지 않은 식구 하나가 야밤을 틈타 단톡방을 나갔다. "○○님이 방을 나갔습니다"라는 한 줄의 통보를 누구도 보지 않을 새벽이었다. 늦게까지 잠들지 않았던 나만 본 것 같았다. 숫자 6은 5로 정착되었다. 우리는 다시 피를 나누지 않은 사람을 가족방으로 불러들이지 말자고 합의했다. 그렇게 나가고 싶어 하는데 강제 초대는 그만하자고 했다.

군대 야전통합행정실처럼 다섯 명의 가족 단톡방은 불만은 잠재우고 공고는 확실하게 전달하는 식으로 2년이 넘게 운영되었다. 중간에는 탈출할 수 없을 만큼 사태가 위급하게 흘러갔다. 어디 병원에서 어디로 언제 누가 옮기고 병원비는 얼마나 나왔으며 총액 나누기 5를 하면 얼마씩 어디 통장으로 보내라는 전달사항이 빠르게 오갔다. 영수증 사진이, 요양원에 가서 여럿이 찍은 사진이, 엄마가 요양원에 온 자식과 손 흔드는 사진이, 하루하루 사위어가는 뺨이 3년이 되어가는 그때 돌아가실 때까지 오고 갔다.

당번으로 오가는 것과 병원비 분담은 서로 투명하게 책임졌다. 누구 하나 특출하게 잘할 것도 없었지만 누구 하나 처지게 못하는 것도 없었다. 자식들은 서로의 눈치를 보며 신입 이등병처럼 신속하게 그러나 감정의 큰 동요 없이 일사분란하게 움직였다. 병원비를 내가 수납한 날, 예를 들어 200만 원이 나와서 영수증을 보내고 계산기로 5로 나눈 숫자를 찍어 보내주면 어떤 날은 분담할 액수보다 많은 돈을 보내기도 했다. 차비에 보태라는 말이, 맛있는 거라도 사 먹으라는 말이 그런대로 따스하게 오갔다.

돌아가시기 바로 전 한두 달 동안에는 그냥 단톡방이 눈물로 흥건했다. 각자 갖고 있는 울고 있는 이모티콘이 수십 개씩 떠올라서 단톡방 글자들이 눈물을 타고 흘러 다녔다. 아픈데 마음대로 떠나지 못하는 엄마를 향한 연민의 덩어리가 끓어 넘쳤다. 집단 굿판, 통성 기도, 통곡의 바다, 해원의 물결 같았다.

눈물의 흐름은, 슬픔의 길은, 새해 12일 아침 돌아가셨다는 소식을 주고받은 후 뚝 끊겼다. 장례식장에서는 함께 있었으니 단톡방을 사용할 일이 없었고 발인까지 끝나고 난 후 모든 감정의 말들이 표정의 이모티콘이 일거에 메말랐고 막혀버렸다.

마치 그동안 '곡비'를 돈 주고 빌려와 울게 시킨 것처럼 어느 누구의 우는 소리도 눈물도 흐르지 않았다.

아직 나는 살아 있다는 미약한 신호처럼 종종 노인들이 많이 쓰는 기도 문구가 올라왔다. 절에 계신 부처님 사진이 올라오고 꽃다발 사이로 미사여구가 쓰여 있는 그림이 스윽 들어왔다. 힘없는 안부 문자와 열없이 가끔 그리워하는 말도 오가다가 49재가 지난 후엔 단톡방이 죽은 듯 조용해졌다. 49재 때 수목장으로 심은 아버지 엄마 나무 사진이 떠오른 게 마지막이었다. 이제는 돈을 모을 일도 당번으로 뛰어가야 할 병원도 없으니, 서로 할 말이 없었다.

'다들 조용하구나…. 살아는 있나…' 할 즈음.

막내이자 별명은 둥구니, 일종의 광대 또는 사령관인 내가 조용히 돌 하나를 던졌다. 이제 서로 화내지 않고 나무라지 않고 들어줄 기운이 생겼으리라 믿었다.

"요즘엔 엄마 자서전을 다시 쓰는 딸들이 많다던데, 아버지 얘기를 모아 책으로 펴내서 칠순 잔치에 선물하는 게 유행이라던데, 우리는 그냥 그들이 떨군 보잘것없는 자식으로서 엄마 아버지 이야기를 나눠보자"라고 했다.

하늘에 던지듯이 강물에 던지듯이 아무 때나 저 숲속 시골에서 태어나 살다가 그곳에 그대로 나무 밑에 가루로 묻힌 두 사람 이야기를 해보자고, 남들 같지 않았던 외모를 가진, 남에게 자랑스럽지 않았던 엄마 아버지지만 우리들이 그냥 생각나는 대로 이야기하고 기억 속에 간직해보자고 이야기했다.

망연해졌나, 말들이 없더니 내가 "엄마 손이 왜 조막손이 된 거야?" "정말로 6·25 때 떨어진 포탄이 아궁이에 들어가 터져서 그런 거야?"라고 물꼬를 트자 하나둘씩 나이 들어가는 언니들의 회상이 이어져 나왔다. 역시 연식이 있어서 말투는 고색창연, 구절양장, 온통 애상조에 회상조로 늘어졌지만, 줄줄줄 김봉예와 권오홍을 기억하는 말들이 한밤중에도 카톡카톡 울렸다.

내가 무미건조하게 이름 지어놓은 '김봉예의 자식들' 방은 엄마 아버지 두 분이 마당에 심은 주목 나무에 다 스며들어 거름이 되었을 즈음, 새삼 활황기를 맞이했다. 아, 신석기 시대 같고 원시부족 공동체 같고, 막 전설의 고향 같고, 드라마 〈육남매〉 같은 이야기들이 하지 감자 캐듯 딸려 나왔다.

우리 가족이 겪는 일들은 다 남 일이 아니어서, 다 코앞에 놓인 내 일들이어서 공감의 말들이 여럿이었다. 어느 집이나 가족 단톡방이 지금 응급실 같다고 했다. 나가고 끌려 들어오고 또 나가고 싸우고 울고 있었다.

추억을 강제로 소환하면서 이제 늙어가는 언니들의 이야기를 듣고 있지만, 그래서 하나씩 쓰다 보니 엇갈린 기억들이 맞춰지기도 하고 웃기도 하면서 어릴 적 일들이 미화되고 있었다. 앙금과 슬픔이 다 나오고 텅 빌 때까지 말하고 들어보려고 마음을 먹었다. 뜨끈하게 사랑하지는 않지만, 이제 엄마 아버지를 다 잃고 '고아'가 된 언니 오빠들이 차례차례 아니, 아무도 차례는 알지 못한 채 하나씩 아프다가 떠날 것이다. 이 막내가 반세기 넘게 살았으니, 언니 오빠들은 얼마나 더 할머니 할아버지로 달려가고 있을까.

누구나 엄마가 있고 아버지가 있으니 이별은 빠르든 늦든 하게 마련이고 그 순리를 따라 우리는 뒤늦게 고아가 되었으니, 이제 남은 것은 내 자식들을 '고아'가 되게 하는 일일 뿐이다. 아무튼 여러 개의 단톡방 이름들을 짓다가 느낀 것은, 역시 사랑 그 조그만 부스러기라도 있다면 역시 내리사랑밖에 없다는 것이다.

부모 형제 가족의 단톡방 이름은 그리도 객관적인데 반해서 내 새끼, 내가 만든 가족의 단톡방 이름은 스스로 무안하게도 'My Precious'로 되어 있다.

내 보물들. 〈반지의 제왕〉의 골룸이 탐욕스럽게 외치던 말이지만, 아무튼 딸 둘과 나, 애들 아버지가 있는 비상연락망의 이름은 이토록 아름답고 다정하고 따뜻하게 감정이 들어 있다.

내가 정신을 잃고 아무것도 모른 채 앓고 있으면, 죽었는지 살았는지도 모르고 누워 있다면, 어쩌다 스르르 세상을 떠나고 나면 나 없는 우리 가족 단톡방의 이름은 무엇으로 정해질까. 차갑고 무정하게 혁란이 자식들? 둥구니네 딸들? 내가 이 세상을 떠나고 아무 말도 못 쓰고 못 읽게 되면 내 가족은 무슨 말들을 나누고 있을까. 당연히 가만히 다 잊고 떠난 후여서 전혀 모르겠지만 막상 알게 되면 조금 쓸쓸해지기도 하겠다.

절대로 저 딸에게
매달리진 않으리라

캡슐 커피머신에 캡슐을 넣고 커피가 나올 곳에 컵을 놓지도 않은 채 스위치를 누른다. 에스프레소가 받침대 망 사이로 줄줄 떨어진다. '아, 정말. 정신 차려야지.' 다시 캡슐을 넣고 스위치를 눌렀는데 또 컵을 안 받쳤다. 식탁에 뜨거운 커피가 줄줄. 세 번째 캡슐에서 간신히 컵을 받친다. 이런 것도 건망증일까.

하루 스케줄을 정확하게 말한다. 몇 시에 어딜 가서 무엇을 할 거라고 또박또박 알려주고 제대로 일정을 수행하는 것처럼 움직인다. 그러나 막상 그 장소에 가고서야 다른 날 일정인 것을 알게 된다. 몇 시간을 움직이면서도 날짜와 요일과 시간을 착각하고 있다는 것을 전혀 알아채질 못한다.

다 내가 요즘 한 행동이다. 뭔가를 자주 잃어버리고 냉장고에 휴대폰을 넣는다거나, 뜨거운 다리미를 전화기인줄 알고 귀에 댔다는 둥, 건망증이 시작된 사람들의 이야기를 우스갯소리로만 들었다. 물건을 잃어버리거나 할 일을 잊거나 착각하는 것은 내 일이 아니었다. 나는 그런 사람이 아니라는 확신이 있었으므로.

그런데 이런 사소한 것들도 자주 계속되니까 남인 양 하기도 민망했다. 종종 어지럽다거나 잘 일어나지 못하거나 두드러기로 온몸이 울퉁불퉁할 때까지는 그런가 보다, 하던 딸이 어느 날 갱년기 여성을 위한 홍삼 드링크와 비타민, 마그네슘 같은 것을 먹으라고 사 오더니 걱정으로 얼굴빛이 흐려졌다.

오래 떨어져 살다가 돌아온 엄마라는 사람이 어느덧 쉰이 넘고 살이 빠지고 전에 없이 건망증에 시달리는 것을 보고 딸은 부쩍 불안에 휩싸였다. 자기 친구들이랑 엄마들 이야기를 하다 보면 가끔 무서운 생각이 든다고 했다. 벌써 친구의 엄마들이 암도 걸리고 뼈 수술도 하고 치매 증상을 보이기도 한단다. 가끔 50대인 엄마를 잃은 친구도 있다고. 엄마들이 갱년기 증상을 앓는 이야기들을 나누면서 딸들은 한 걱정이라고 했다. 착실하게 걱정을 받아들이며 사다주는 약도 먹고 건강보조식품도 찾아 먹었다.

"엄마가 아프면 어떡해? 갑자기 큰 병에 걸리면 어떻게
해? 확 죽으면 나는 어떻게 해?" 그러더니 건강검진을 받으
라고 예약을 해놓고 내 이름으로 된 보험도 하나하나 다 체
크하겠다고 나섰다. 굳이 건강검진을 받아서까지 없는 병을
찾아내고 싶지는 않았다. 증상마다 집착하는 건강염려증도
없었고 건망증 덕분에 이런저런 실수를 했지만 웃어넘길 정
도로 생각했다. '나이 들어가는 사람이 다 그렇지' 하는 정도
였는데, 딸 생각은 달랐던 모양이었다.

허위단심, 비칠비칠, 병원과 요양원을 오고갈 때 딸에게
물은 적이 있었다. 담담하게 물었고 담담한 대답이 오갔다.

"너는 엄마가 못 나을 병에 걸려 아프거나 치매에 걸리면
어떻게 할 거야? 요양원에 보낼 거야?"

"음. 그래야겠지. 아마 나는 그때도 회사에 다니고 있을 거
고 아마 결혼을 안 했을 수도 있으니 집에서 엄마를 혼자 보
살필 수는 없을 거 아냐. 혹시 회사를 안 다니고 집에 있다
해도 온종일 엄마만 바라보고 있을 순 없으니까. 지금 엄마
가 외할머니한테 하는 생각하고 똑같을 테지."

"응. 꼭 보내줘. 내가 혹시나 안 간다고 하면, 치매로 이 결
심을 다 잊고 너 옆에 붙어 있으려고 우겨도 꼭 요양원으로

보내줘. 그 대신, 좀 좋은 곳으로 가게 해줘. 내가 살고 싶은 요양원을 미리 알아놓을게. 꼭 독방 쓸 수 있는 곳으로. 숲이나 강가 공기 좋은 곳으로. 마당도 있고 나무도 있고 평상도 있으면 정말 좋을 것 같아. 좋은 데로 보내줘."

"응. 그래서 내가 이렇게 열심히 돈을 모으는 거야."

그랬다. 딸은 제 엄마가 늙고 아플, 멀지 않은 어느 날에 대한 걱정이 있는 것이고 그래서 지금 건강검진을 받으라고 강권하는 걸 거다. 갑자기, 느닷없이 아플까 봐, 정신을 다 잃고 엄마가 도로 아기처럼 될까 봐. 딸은 점점 더 대비에 충실해졌다. 이미 들어 있는 내 보험을 조목조목 체크하고 어느 부분이 부족한지 그 부분을 메울 보험을 다 들어놓자고 했다. 보험료는 의외로 많이 들어갔다. 암보험, 요양보험, 실비보험. 그걸 엄마 아빠, 그리고 자기 것과 동생 것까지 들어놓고 달마다 자동이체로 빠져나가게 해놓았으니 부담이 적지 않을 텐데도 차라리 마음이 낫다고 했다. 매달 큰돈으로 빠져나가는 보험료를 내는 까닭은 궁금할 것도 없었다. 부모가 아파버리면 그냥 속수무책일 테니까. 부모가 늙어가고 아플 것은 세상에서 가장 확실한 일이니까.

어느 날은 조용히 무슨 나이를 꽤나 먹은 사람처럼 자기는 늙고 아프면, 죽음에 임박할 것 같은데 죽을 수도 없이 앓아야 한다면 진짜 조력자살을 돕는 스위스로 갈 거라고 했다. 그 젊은 아이가. 그래서 더 돈을 모아야 한다고 말했다. 아마도 결혼을 안 할 거고 자식도 없을 테니, 그때쯤이면 엄마 아빠도 다 떠나고 없을 테니 깔끔하게 준비해서 존엄하게 이 세상을 떠나고 싶다고 했다. 흰소리는 아닌 것이 제 죽음까지 생각해놓은 모양이 아주 단호해보였다.

사전연명의료의향서를 등록해놨으니 미리 유서도 쓰고 장기기증이나 장례식 같은 것들, 미리 준비해야 할 것들을 빠짐없이 하리라, 자식에게 부담주지 않는 엄마가 돼야지 정도의 다짐만 해놓고 이 정도로 현명한 엄마는 드물 걸, 우쭐하던 나는 한껏 마음이 아파졌다.

내 존재만으로도 이미 부담일 수 있겠구나. 저 어린 아니 저 젊은 것도 벌써 부모의 죽음뿐만 아니라 자신의 죽음까지 염두에 두고 있구나. 어떻게 죽을까 다 생각하고 있구나 하는 짠한 마음이 들었다. 마치 뭔가 나 없는 세상을 가만가만 살다가 홀로 비행기를 타고 스위스로 죽으러 가는 딸의 뒷모습을 본 것처럼 슬픈 마음이 일어났다.

'절대로 저 딸에게 매달리진 않으리라.'

생로병사의 비밀이니, 삶의 신비니 사후세계의 영혼이니 사람의 생과 멸에 대한 이야기는 헤아릴 수 없이 많다. 아직 내 또래의 사람들은 병과 사에 대해서 처음이라 전혀 모르는 이야기를 듣는 것처럼 이야기를 나눈다. 어쨌든 다 처음이긴 하니까. 부모의 죽음도 닥쳐올 나의 죽음도 단 한 번밖에는 못 겪으니까. 나이 들어가는 내 몸을, 이 몸이 늙어가고 죽어갈 것을 보게 될 나의 자식을 생각한다. 사람의 생사라는 게 태양의 하루와 같으니까. 뜨고 커지고 빛나다가 저물고 사라지는 것. 아기로 시작해 자라고 늙고 반짝 빛나다 다시 아기가 되어 사라지는 것.

징조는 금방 나타났다. 몇십 년 쓴 금니에 구멍이 뻥 뚫리더니 모래를 씹는 것처럼 아그작 소리가 났다. 금도 닳아서 뚫리는구나, 구멍 속으로 호두 조각이 들어가 빠지지 않았다. 급히 치과를 찾아가 상담받았다. 썩은 이를 빼내 뻥 뚫린 잇몸에 마취가 안 풀린 입술로 밥을 먹었다. 착실하게, 차근차근, 더할 수 없이 부지런히 늙고 낡아가는 몸과 정신을 데리고 여러 병원의 진료실을 순례하기 시작했다.

모든 생로병사의 과정이 나만 피해갈 줄 모른 것도 아니니까 놀랄 일은 아니었다. 딸들이 병원을 오가는 나를 근심에 싸여 바라봤다. 늙고 병들면 죽기 몇 개월 전에 평생 진료비를 다 쓰고 간다는 말을 주변 사람들 보면서 알게 되었는데 나도 이미 그 길의 초입에 들어섰다. 실비보험, 암보험 들어놓은 것들을 뒤적거렸다. 병원에 다녀올 때마다 딸이 영수증을 챙겨 보험사에 보냈다. 얼마 전엔 양쪽 입술을 벌려 놓고 다물지 못하게 집게로 집어놓고 눈을 가린 채 신경 치료를 받는 중에 신기하게 눈물이 났다. 마취를 해서 아픈 것도 아닌데 울겠다는 어떤 의지도 없었는데 녹색포로 얼굴을 가린 채 눈물이 철철 흘러나왔다. 이빨을 드러낸다는 건 원래 공격 의지를 보이는 건데, 침을 흘리는 건 원래 뭐가 먹고 싶다는 건데, 눕는다는 건 편히 쉬겠다는 건데, 운다는 건 아무래도 슬프다는 건데, 나는 치과 긴 의자에 어떤 의지도 없이 무방비의 상태로 누워서, 이빨을 다 내놓은 채 가만히 있어야만 했다. 하나밖에 없는 이빨로 살다 죽은 엄마가 감은 눈 속에 둥실 떠올랐다.

"이빨 속에 있는 혈관 같은 신경을 오늘 다 죽여놓을 겁니다. 한 번 씌웠다가 노출된 이빨은 가만두면 안 되거든요." 얼굴도 안 보이는 의사가 내 귀에 대고 말하는데 입을 벌리고 있어 나는 아무 말도 할 수 없었다. 간호사가 보드라운 인형을 손에 끼워주었다. 한 시간 동안 치료를 마치고 인형을 돌려주고 물을 마시는데 혀에 마취가 안 풀려서 질질 흘러내렸다. 병원 문을 나서다가 투명유리를 못 보고 그냥 머리를 갖다 대고 넘어졌다. 이제 속수무책의 고통과 늙음과 아픔만을 앞두고 있을 거라는 생각이 부딪친 머리보다 얼얼했다. 빗금을 내려 긋듯이 검은 어둠이 내려와 슬쩍 쓰러진 이후 나는 목에 신분증과 카드를 넣은 주머니를 걸고 다니기 시작했다.

언젠가는, 머지않은 어느 날 나는 텅 빈 거리에 홀로 서 있기도 할 것이다. 어디로 가려 했는지 전혀 생각나지 않아 사방을 뒤돌아볼 것이다. 집 앞에 와서 비밀번호를 몰라 여러 번 다른 번호를 누를 것이다. 사람의 이름을 하나하나 잊어갈 거고 아이의 이름조차 기억하지 못하고 "누구세요?" 물을 수도 있을 것이다.

지금 아프고 늙은 어떤 이들에게 일어나는 모든 일이 다 나에게 일어날 것이다. 가슴을 부여잡고 몇 걸음 걷다가 쓰러지게 될 것이다. "저 작가, 아이리스 머독처럼 자기가 쓴 글을 보며 누가 썼나, 하니 참 재미있네요." 웃으며 평생 자기가 해온 일마저 잊을지도 모른다. 응급실로 중환자실로 돌아다니다가… 언젠가 죽게 될 것이다. 그때를 생각한다.

다 잊어버리고 기억하지 못하게 될 그때. 그래서 당신들의 태도에 화가 막 나려 할 때, '당신 나한테 왜 이래요?' 분노하려고 할 때, 그때를 생각하면 참으로 부질없어져 손가락에서 모래 흘러내리듯 덩어리 같이 뭉친 감정이 스르르 흘러내린다. 기적은 이런 게 기적 같다. 미리 죽음을 예비하게 되는 마음을 갖게 된 것.

아무에게도
엄마를 부탁하지 말아요

    내가 사는 곳은 서울의 강북 끝 쪽. 뒤져보니 사전연명의료의향서 등록 병원이 두 곳 나온다. 백병원과 원자력병원. 이들 병원에서는 사전연명의료의향서를 쓴 사람이 입원하거나 의사불분명한 상태에서 실려 오면 의향서를 확인하고 환자의 평소 생각대로 연명치료를 안 할 수 있다. 나는 속으로 비상시엔 백병원으로 가야지, 정해놓는다. 저 병원에서 스물 중반의 젊었던 여자가 한겨울 1월에 한 명, 다른 한겨울 2월에 한 명, 딸 둘을 낳았다.

    딸들은 스무 살이 조금 지났을 때 그 나이에 자신들을 낳았던 나를 때로 어이없이 바라보곤 했다. 어떻게 그 젊은 나이에 결혼을 하고 그 나이에 아기를 낳을 수 있었는지 믿어지지 않는다고 했다. 어떻게 아빠가 된 사람을 만나서 어떻게 결혼까지 감행하고 아이를 둘씩이나 낳을 수 있는 거냐고 어처구니없어 했다. 종종 '용기가 엄청난 사람'이었나 보다고 혀를 내둘렀다. 우리 딸들을 받아준 의사 선생님은 아마도 돌아가셨으리라. 그때 이미 백발의 과장 의사였으니. 아무튼 두 아이를 낳은 병원에서 내 삶의 마무리를 위한 서류가 등록되어 있을 것이라고 생각하니 어쩐지 스스로도 기적 같다. 두 아이를 낳아놓고 기르면서 이것은 기적이라고 했는데.

이제 자식과의 이별이 코앞으로 다가온 것을 알겠다. 동갑의 친구가 이미 병으로, 암으로, 사고로 여럿 죽었고 그것은 정말 예기치 않은, 준비하지 못한 순식간의 일로 벌어졌다. 상가에 가보면 아직 어린 아들딸들이 상복을 입고 제 엄마 또래 조문객의 인사를 받았다. 부모를 보내느라 바쁜 와중에 그의 자식들인 우리 또래도 세상과 작별의 시간이 가까워지고 있었다.

"연명치료에 대해서 어떻게 생각해?"

친구들과 이야기한 적도 있다.

"아우 난 연명치료 싫어. 그건 거의 가혹한 형벌 같더라.

그렇게 살고 싶지 않아."

"깨어나서 좋아지는 사람도 있잖아?"

"젊은 사람이라면 기다릴 수도 있다고 생각해. 젊으니까 회복할 수도 있겠지. 하지만 우린 살 만큼 살았잖아. 연명치료는 당연히 거부할 거야."

"난 내 가족이 그런 상황이 되면 절대 연명치료 안 할 거야. 물론 나도 안 할 거고."

"그런데 그게 간혹 어려운 결정일 수도 있을 것 같아."

숨을 쉬는데, 나를 알아보진 못해도 옆에서 살아 있는데, 아직 체온이 따뜻한데, 손을 만질 수 있고 안을 수도 있는데, 그걸 어떻게 확 보낼 수 있나. 호흡기만 떼면 저승으로 가는데, 몸이 차가워지는데, 만질 수도 없는데.

엄마가 그렇게 저 세상으로 가려고 애를 쓰던 어느 날 나는 두 딸에게 이렇게 말한 적이 있다. "나는 정말 유서도 써놓고 장기기증 서약도 할 거야. 아무튼 다 해놓고 죽을 거야. 버킷리스트, 유언장, 장례 계획 미리미리 준비할 거야. 혹시 말만 해놓고 서류 준비하다가 죽을 수도 있으니 명심해줘. 내가 무엇을 어떻게 하고 싶어 했는지. 너희들은 이 엄마를 아무한테도 부탁하지 마. 엄마라는 건 부탁하고 그러는 거 아니야. 알았지? 아무튼 늙어서 생산성이 떨어지고 살아 있는 것처럼 살지도 못하면 물 좋고 경치 좋은 요양원으로 뚜벅뚜벅 갈 거야. 나는 좀 존엄하게 죽을 거야."

사실 준비할 것도 없었다. 유서를 쓴다 해도 새삼스러울 것이 없었다. "그래 사랑한다, 사랑했다" 정도가 될 것이고 마음 아프게 한 것이 있다면 "부디 용서하고 이해해라" 정도가 될 거였다. 물려줄 재산이 있기를 하나, 숨겨둔 땅이나 돈이 있기를 하나, 알면 큰일이 날 수 있는 생의 비밀이 있기를 하나. 연금도, 보험도, 통장의 비밀번호도, 메일의 비밀번호도, 인증서 비밀번호까지 나의 '신상'은 속속들이 딸에게 '털려' 있었다.

언젠가 딸들은 조금은 힘이 빠진 목소리로 내게 이렇게 말하기도 했다. "우리도 당연히 연명치료 받는 것은 반대야. 우리는 아마 결혼도 안 할 테고 아기도 안 낳을 테니 누군가의 도움을 받으며 죽지는 못하겠지. 그런데 엄마가 장기기증까지 하는 것은 조금만 더 생각해봤으면 해. 아무리 죽었다 해도 화장한다 해도 엄마 몸이 샅샅이 해부된다는 것은 아직 너무 무섭고 슬퍼."

장기기증하고 해부된 사람들이 함부로 다뤄지기도 한다는 것을 어디서 본 모양이었다. "엄마 몸이 그렇게 되는 건 아직까진 상상조차 무서워. 막 헤집어서 필요한 것만 꺼낸 후에 그냥 내버려둔대, 어차피 화장할 거라는 이유로."

딸들은 유서를 쓴다거나 연명치료를 안 하겠다는 것과 요양원에 가겠다는 나의 결정을 마음을 다져먹어야 하는 슬픈 일이 아니라 아주 당연한 과정으로 여기고 있었다. 좀비 수십 마리가 쫓아오며 몇 날 며칠 도망 다니다가 결국 죽는 영화를 보면 절대, 네버, 처음부터 아예 도망치지 않겠다고 다짐하기도 했다.

"살려고 도망치고 애쓰다가 결국 죽느니 그냥 첫 좀비에게 물려버릴 거야"라고도 했다. 귀신에 쫓기는 영화를 보면서도 사탄의 저주에 걸리더라도 아무튼 초장에 죽어버리는 게 낫다고 선언했다. 버티다 죽고, 갖은 고초를 겪다 죽느니 죽을 운명이라면 단박에 죽고 싶다는 그 마음이 어쩌면 고통에 내성이 안 생긴 청춘이라 그럴 수는 있겠다. 나중에 진짜로 병에 걸리거나 아플 때 살고 싶어서 얼마나 발버둥 치게 될지 짐작할 수 없지만 아무튼 아직 육체적 아픔이나 이별의 슬픔에 대해 잘 모르는 젊은 아이들이니 그럴 만했다.

이별의 고통도 작별의 아픔도 아직은 경험해본 적 없는 그늘 적은 딸들이니 다행이었다. 나를 부탁하지 않아도 되어서, 애들이 엄마를 어디에 부탁할 생각조차 없이 투명하니 맑아서 차라리 좋았다. 등록하고 나서 보니 사전연명의료의향서는 영어로 'Advanced Medical Directives'였다. 미리 인생의 마지막을 부탁하는 의학적 방향. 선명하게 정확해서 큰 보험 하나 들어둔 것처럼 뒷배가 든든하다. 이제 조금만 더 정리하면 언제 이 세상을 떠나도 된다.

죽음의 이야기가 필요했다

사랑을 담아 기억하든 슬픔을 적셔 되새기든, 그냥 이승에서 헤어진 게 아니라 저승으로 하나둘씩 사람들을 보낸 후에는 사랑했든 안 했든 마음이 예전과 달라졌다. 만나지 않아도 어딘가에서 살아 움직이고 있을 거라 알고 있던 때와 보려고 애써도 어디에 있는지 모를 때의 허청거림은 순간마다 헛발을 딛는 것 같았다. 친구가 죽고 선배가 죽고 엄마가 죽고 나보다 어린 사람들이 죽고 좋아하던 이들도 죽은 후에 스스로 위로와 애도를 구하는 방식으로 찾은 것은 그저 타나토스, 충만하게 넘실거리는 어두운 장소로 뛰어드는 것이었다. 이상한 죽음의 기운, 어둡지만 뜨거운 죽음의 충동, 타나토스의 본능에 깊이 빠져서 보고 또 봤다. 사람들이 살아 움직이는 아름답고 환한 곳 대신 죽고 죽이고 죽여주고 떠나보내는 곳만 일부러 찾아갔다. 근래 없이 지극한 정성이었다.

죽음의 이야기 속에 온전히 들어가 있을 때만 불안하지 않았다. 오로지 죽음에 다다르는 영화, 죽음과 관련된 글들 속에 머리를 넣고 있을 때에만 죽음의 진실 한 자락을 만지고 있는 것 같았다. 책을 읽을 때도 극장에 갈 때도 어둡고 슬픈 죽음 이야기에만 반응했다. 그렇게 가까이 있던 사람들이 죽고 겨울이 왔다. 나는 날씨에 따라 변하는 사람이 아니고 계절에 따라 일희일비하는 사람이 아닌데, 태어나서 처음으로 하루의 날씨에 계절의 이름에 마음이 들쑤셔졌다.

'없어서 그래. 없어져서 그래. 있다가 사라져서 그래. 어디로 갔는지 몰라서 그래.' 그런 날들이 자꾸자꾸 살아지면서 나는 아이러니하게도 또 처음으로 아주 살려고 부단히 노력하고 있는 느낌이었다. 이상하다. 살려면 생기를 찾아가야 하잖아, 왜 기를 쓰고 시들고 부서지고 사라지는 기운만 찾게 될까. 사람이 만나 눈이 맞고 떨면서 사랑을 시작하거나 환하게 웃는 이야기는 소설이든 시든 영화든 눈에 들어오지 않았다. '저러다 죽을 것을' '저러다 헤어질 것을' '한 치 앞도 모르면서 잘 알지도 못하면서 너무들 애쓰잖아' '그렇게 싸울 일이야? 금방 죽을 텐데' 아무것도 시답지 않았다. 멜로나

로맨틱, 해피엔딩은 글자만 봐도 우스워서 눈을 돌렸다.

죽고 난 다음엔 어떻게 되나, 그다음 세상은 어디인가 알고 싶었다. 죽기 전의 고통, 죽을 때 몸의 표정, 그 손, 코, 얼굴, 입술만 쳐다봤다. 눈물은 흘리나, 안 흘리나, 머리칼은 다 빠지나 안 빠지나, 숨이 가빠서 죽나, 멈춰서 죽나, 막혀서 죽나, 눈 감고 죽나, 눈 뜨고 죽나… 일시정지를 눌러서 죽음의 그 순간을 한참 보고 되돌려봤다. 죽는 사람들은 나이가 몇 살인가, 저 사람은 몇 살에 아팠나, 몇 살에 병에 걸렸나, 아, 누구를 두고 떠나나. 무슨 마음으로 죽어가나. 골방에 틀어 앉아 노트북이나 휴대폰만 들여다보며 우울인지도 모를 날들을 살았다. 다행인가, 불행인가. 세상 온 가득, 도처에 죽는 이야기들이 많았다. 죽음이, 죽는 사람이, 죽이는 사람이, 죽어가는 사람 이야기가 이렇게나 많다니. 그러니 볼 것이 지천이었다. 시리즈물은 에피소드가 많아 한번 들여다보면 일주일이 훅훅 지나갔다. 죽음의 이야기는 시간을 '죽이기'에도 아주 적합했다.

죽고 싶은 이를 살리는 것이 사실 죽이는 것이고 죽고 싶어 할 때 죽여주는 것이 깊은 사랑의 표현일 때, 그 선택과 결정은 누가 할 수 있나, 능동적으로 온 힘을 다해 죽음으로 가고자 하는 사람들의 이야기에 탐닉했다. 의식은 남보다 더 명징하게 살아 있다 해도 사지마비가 되어 입술 끝에 붙은 파리 하나를 쫓을 수 없을 때, 먹고 싸는 생명의 기본 행위조차 남의 손에 의지해야만 하는 사람은, 더욱이나 삶과 죽음에 대해 생각하게 된다. 해서 간절히 죽음을 원하는 사람은, 누군가 도와주지 않으면 죽을 수도 없다. 혀를 깨물어 피를 쏟아도 일부러 침대에서 떨어져 몸을 부러뜨려도 누군가가 '죽지 못하게 도와주면' 죽을 수 없다. 마침내 잘 죽는 사람들에게 박수를 쳤다.

엄마를 떠나보내고 1년 내내 그렇게 영화와 책과 경전 속에서 죽는 이야기들만 보고 읽고 들었다. 이상한 일이었다. 엄마를 그렇게 사랑한 게 아니었는데, 1년 넘게 못 본 적도 있었는데, 가까이에서 다정하게 만진 적이 없는데, 무엇보다 내 삶에 엄마의 살아 있는 움직임이 전혀 영향을 주지 않았는데, 왜 이렇게 엄마가 죽었다는 게 이상한가. 저기 멀리 그냥 살아 있을 때나 죽고 없는 이때나 달라진 건 진정 아무것도 없는데, 왜 그 사람이 죽어서 흔적도 없다는 것이, 어디로 갔는지 전혀 모른다는 것이 왜 이렇게 납득이 안 되도록 이상한가. 진짜 죽어서 없어진다는 게 무엇인지 깨닫기 위해서 그토록 많은 죽음의 이야기가 필요했나. 헛되고 허무한 것을 남들의 얼굴과 이야기로 확인하고 싶어서?

죽음의 이야기에 탐닉하다가 마지막으로 본 영화는 〈멕

베스〉였다. 수많은 죽음의 영화와 드라마를 거쳐 맥베스가 한 그 말 "Signifying nothing", 덧없는 이야기. 그 말에 다다르기를 원했다. 운명과 예언의 말에 미쳐서 왕이 된 남자, 불안과 공포와 질투로 시뻘겋게 눈이 타들어가던 남자가 아내가 죽은 후 아내의 시체를 안고 내뱉는 그 도저한 허무의 독백을 보려고 그 영화를 틀었던 거였다. 단지 그 허무의 장탄식을 들으려고.

폐하, 왕비께서 돌아가셨습니다.

후일 언젠가 죽었을 터이고 그런 말이 어울리는 날이 있었을 것이다.
내일, 또 내일, 또 내일.
이 더딘 걸음으로 하루 또 하루 삶의 마지막 순간까지 기어가서 우리의 어제들은 흙덩이 죽음에 달하는 어리석은 자들 앞을 비추리라.
꺼져라, 꺼져라, 가냘픈 촛불아!
인생이란 그저 걸어가는 그림자일 뿐, 무대 위를 잠깐 우쭐대며 오가다가 지나고 나면 아무도 알아주는 이 없는 가련한 배우에 지나지 않는다. 그것은 바보천지가 떠드는 허무맹랑한 이야기. 소리와 격정으로 가득하지만 덧없는 이야기.

She should have died hereafter.

There would have been a time for such a word.
Tomorrow, and tomorrow, and tomorrow.
Creeps in this pretty pace from day to day To the
last syllable of recorded time, and all our yesterdays
have lighted fools The way to dusty death.
Out, out, brief candle!
Life's but a walking shadow, a poor player That
struts and frets his hour upon the stage and then is
heard no more; It is a tale Told by an idiot, full of
sound and fury, Signifying nothing.

〈멕베스〉를 보는 동안 입고 있던 셔츠가 마침내 땀으로
축축해졌다. 꽉 쥔 주먹을 풀었다. 웬일인지 오그라든 마음
이 펴지는 것 같았다. '그만 봐도 되겠어, 죽음의 이야기는.'
1년을 그렇게 죽은 사람이 어떻게 죽는지, 산 사람이 어떻
게 보내는지 봤으니 이제 충분했다. 영화가 끝난 뒤 땀에 젖
은 원피스 셔츠를 벗고 샤워를 하러 목욕탕 문을 열었다. 이
제는 죽는 날까지 완전히 덧없어도, 덧없어서 잘 살 수 있을
것 같았다. 뜨거운 물이 정수리로 쏟아졌다.

엄마의 죽음은 처음이니까

© 권혁란, 2020

초판 1쇄 발행 2020년 1월 31일
초판 4쇄 발행 2023년 12월 13일

지은이 권혁란
발행인 이상훈
편집1팀 김진주 이연재
마케팅 김한성 조재성 박신영 김효진 김애린 오민정

펴낸곳 (주)한겨레엔 www.hanibook.co.kr
등록 2006년 1월 4일 제313-2006-00003호
주소 서울시 마포구 창전로 70(신수동) 화수목빌딩 5층
전화 02)6383-1602~3　**팩스** 02)6383-1610
대표메일 book@hanien.co.kr

ISBN 979-11-6040-341-1　03810